U0091378

乖，摸摸頭
忽晴忽雨的江湖，祝福你 有夢為馬 隨處可棲
大冰
作品
不要那麼孤獨，
請相信，
這個世界上真的有人在過著你想要的生活。
願你我，
帶著最微薄的行李和最豐盛的自己，在世間流浪。

目錄
Contents

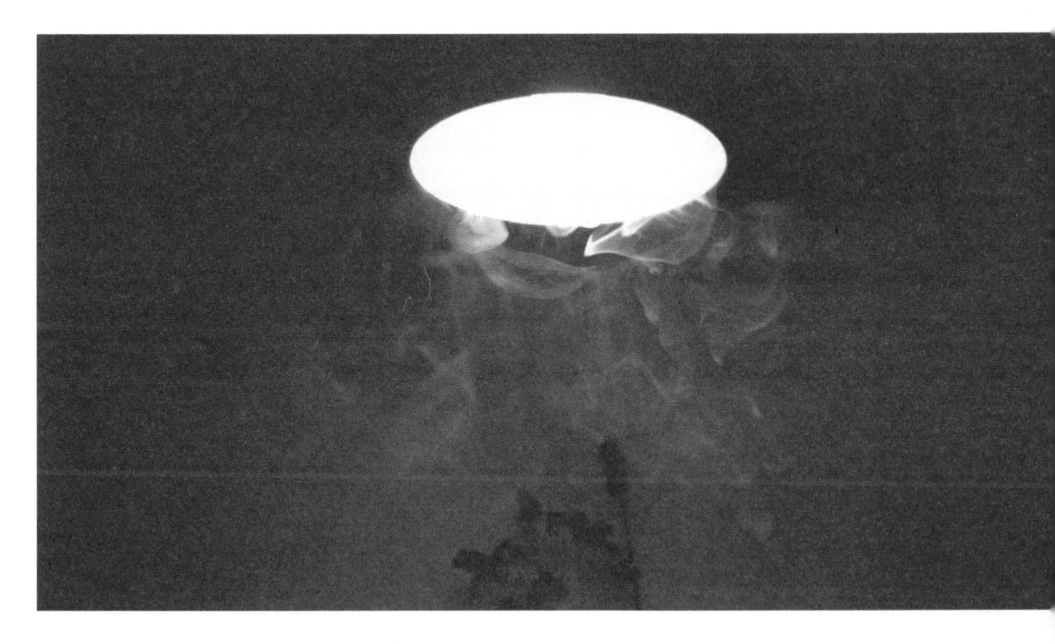

五一街文治巷
80

風馬少年 264

……於是我們站在埡口最高處唱《海闊天空》。
手鼓凍得像石頭一樣硬，吉他只剩下兩根琴弦，
一輛一輛車開過我們面前，每一扇車窗都搖了下來，
一張張陌生的面孔路過我們。
有人衝我們敬個不標準的軍禮，有人衝我們嚴肅地點點頭，
有人衝我們抱拳或合十，有人喊：再見了兄弟。
嗯，再見了，陌生人。

小因果 278

大人們不捨得叫醒他們，他們臉貼著臉，睡得太香了，美好得像一幅畫。
那個九歲的男孩不會知道，二十四年後，身旁的這隻小姑娘會成為他的妻子，陪他浪跡天涯。

作者序

我來自北方，距離臺灣 3000 公里外的北方。
在那個遙遠的地方，人們至今無法用一個清晰的標籤來界定我的身分，
大家都認為我是一個奇怪的人。

我長在海濱，從小學畫，大學主修風景油畫，多年來一直是一個油畫師。
我自己寫歌、唱歌，一度背著吉他浪蕩天涯，是的，我是一個流浪歌手。
我是一個數次大難不死的背包客，往昔的十餘年間，徒步旅行過整個中國，
有一雙 45 碼的大腳。
我打銀、賣銀，是個銀匠。
我裁剪、縫製，是個皮匠。
我做次文化田野調查，在大學裡兼任導師。
我愛喝酒，從山東到西藏，我開過 6 間酒吧，是個酒吧掌櫃。
我敲鼓、做鼓、賣鼓，是個手鼓藝人。
我還是個主持人，在山東衛星電視臺主持了 15 年黃金檔綜藝節目，
整整一代人看著我的節目長大。
我定居過山東濟南、雲南麗江、西藏拉薩……
我馴鷹、種茶花、燒陶、習武、爬雪山、修佛法……

我還是個作家。
我把多年來積累的江湖故事著述成書，
他們說我是個橫空出世的「野生作家」。

以上，是我對自己身分的簡單概述，因為編輯對我說：臺灣的讀者和大陸的不同，人家中意的是小清新、小確幸，這本書若在臺灣發行，身為作者的你最好隱藏掉自己的諸多江湖屬性。

呵呵，我幹嗎要隱藏，你們讀的是「書」，又不是「叔」。

《乖，摸摸頭》這本書在中國大陸上市 6 個月時，銷量已達一百萬冊，
有人說看哭了，有人說看醉了，有人說看完後人生有了 180 度的轉折……
卻無人能給它一個清晰的定位：不是小說、不是散文，也不是劇本。
究竟是什麼，誰也說不清。
我自己也說不清。

我的書和旁人的不同。
沒有虛構，也不需要虛構，
所有的主角都是真實存在的，所有的橋段都是真實發生的。
真實的故事自有萬鈞之力，我不編造故事，只是個真實人生的搬運工。
如若在翻閱此書時，你紅了眼眶，哽咽了聲音，
請一定明白，打動你的不是我的文筆，而是那些別樣的人生。
發光的、奇幻的、善意的人生。
到死之前，你我都是需要發育的孩子。
不要那麼孤獨，請相信，這個世界上真的有人在過著你想要的人生。
文字是隔空伸出的一隻手，乖，摸摸頭。

我知道兩岸有隔閡，文化大不同。

但你可知道，在很多現實問題上，我們又是何其相同。
比如年輕人的彷徨，中年人的焦慮，資源配置的匱乏，生活出口的單一。
比如「剛畢業就失業」。
我無意扮演人生導師，
卻極有興趣通過書中的故事給你介紹一下那些新鮮的活法，
例如：既能朝九晚五，又能浪跡天涯。
又例如：「平行世界，多元人生」等等。

你不一定有必要去學，但你一定有權去瞭解，
我不奢望這本書能解決你當下的現實問題，
但若能為你的人生出口增添幾個選項，實善莫大焉。
文字是隔空伸出的一隻手，乖，摸摸頭。
都在故事裡了，餘不一一。

說兩句題外話吧。
謝謝你買我的書，並有耐心讀它。
我的 Facebook 專頁是 大冰－乖，摸摸頭，
每一條留言和每一條傳給我的訊息，我都會看。
我是個寫故事的人，
若你愛看我寫的故事，那乾脆我們一起來製造一個故事好了。
我會定期抽取讀者，邀請他（她）小酌一場，聊聊書，聊聊生活的美學，
聊聊理想和愛情，聊聊人世間美好的東西，以及達成的路徑和可能性。
喝著酒，聊著天，我彈著吉他，咱們一起唱唱歌。
不論抽到的是誰，不論天涯海角，我必赴約。

這是一個承諾。

所以，拍上一張照片，
曬書曬黃金左臉，或者痛快淋漓的來一篇百無禁忌的書評吧。
來告訴我你是在哪裡讀的這本書吧——
失眠的午夜還是慵懶的午後、火車上還是地鐵上、斜倚的床頭、
灑滿陽光的書桌前、異鄉的街頭、還是熙攘的機場延誤大廳裡？

每篇文章的結尾，都附加了幾個 QR Code，可以連結到 youtube 影片，
去看看文中那些主角的模樣吧，去聽聽我和我的朋友們寫的歌。
不論你年方幾何，我都希望這本書對你而言是一次尋找自我的孤獨旅程，
亦是一場發現同類的奇妙過程。
書中的世界，雖距你萬重山水，但那些曾溫暖過我的，希望亦能溫暖你。

善意是人性中永恆的向陽面，
《乖、摸摸頭》這本書 12 個故事，講述了 12 種不同的善意。
我希望你讀完這本書之後，把她遠遠的送掉。
你身旁總有一個人，需要你去對他說聲：「乖，摸摸頭」
請把這本書郵寄給他吧，或許文字是隔空伸出的一隻手。
你的心意，願他能明瞭……

好了，不多說了，讀書去吧。

大冰 2015 年 4 月

推薦序

不為「成功」而活

像我這樣的個體戶主持人雖然到處遊蕩四下接活兒，卻並非每到一處、每接一檔節目都會結交到真正的朋友，更多的情況只是同行、同事、同僚，節目結束就各走各的路了。
大冰是我在山東衛視擔任《歌聲傳奇》節目主持人一年半時間裡的搭檔，也是我做這個節目最重要的收穫之一：一個朋友。
之所以覺得他是個朋友，是因為台前幕後和他的交談。

讀書，就是和作者交談。我相信看完書的朋友，會和我當初一樣，
在和大冰對話、聽他講完那些故事之後，把他當作自己的朋友。
很多人嚮往並羨慕大冰在書中描繪的生活，
但是有多少人敢於這樣去生活呢？
尤其在人人都夢想發大財出大名而且要「多快好省」的當下，似乎只有馬雲、李開復、張朝陽、李宇春和郭敬明才是人生的標準範本，其他的人生方式都是屌絲（註 1）的，都活得「該死」。

註 1：屌絲（或作吊絲），是網路文化興盛後產生的一種自嘲或諷刺的用語，稱呼由農村進入城市的體制外男女年輕人，泛指「人生失敗者」、「人生輸家」，或「愛情輸家」。「屌絲」在大陸地區年輕人之間的語言文化中廣泛流行，義近於台灣網路用語：「魯蛇」（Loser）。

所以，大冰的這本書，其實不僅僅是他個人的一段青春記錄，而且是一種有形無聲的抗議，對於這種物質到無恥、貪婪到無聊的當下的抗議——
難道只有一種成功活著的方式？難道書中這樣的生活不能存在、不能快樂？

難道我們不能不為「成功」而活？

不管我們自己會選擇怎樣的生活，我們都會為認識大冰本人及其書中記載的這些朋友，知道他們別樣的人生，而感覺世界的神奇美妙和人生的豐富多彩。
哪怕我們自己甘心安居金絲籠中，但是當我們看到那些自由的鳥兒在陽光下盡情起舞衝向藍天時，也要為牠們羽翼的光輝而歡呼。

主持人　黃健翔

推薦序

踏歌而行

大冰的人生是一場流浪式的人生體驗。

他是一個有著奇特魅力的人，眾多朋友中，沒有人比他的身分跨度更大，沒有人比他浪蕩江湖時經歷的那些奇人逸事更多。我這幾年也認識了一些他故事中的朋友，沒錯，他所經歷的那些人和事都是活生生的。

大冰講起話來，連珠炮式的，江湖氣的措辭，主持人的口才，流利又跳躍，但你總能從他的訴說中感受到熱愛生活的心。他是個忠實的生活家，愛閱讀，愛書寫，愛美術，愛美女，愛行走，也愛音樂；手壞了彈不了琴就打著手鼓唱，街頭唱，途中唱，自己唱，搭夥唱，天涯海角地唱。

有一年秋天，在拉薩，我和他坐在街頭賣唱，他面朝著滿街的陌生人唱著：誰說月亮上不曾有青草，誰說可可西里沒有海，誰說太平洋底燃不起篝火，誰說世界盡頭沒人聽我唱歌？

在麗江，我們坐在「大冰的小屋」裡喝酒，從午夜喝到凌晨，都醉倒了，就他還端坐著。

在我看來，大冰好像有著使不完的勁兒。大家湊在一起時，吉他在朋友們手中傳來傳去，他好像永遠都摟著個手鼓，微微低著頭微微閉著眼睛，手指飛舞。眾人你方唱罷我登場，他的鼓聲貫穿始終，不停息。

民謠歌手　萬曉利

推薦序

俠之小者的江湖

翻開大冰的書，
隨手捉住的盡是諸如「恩公」、「少俠」、「踢場子」之類的詞語。
這些詞個個江湖指數爆表，每每讀到，都能讓人從丹田冒出一股熱氣，
然後樂意抄起傢伙跟著他去行俠仗義。

沒錯，大冰在他的書中構建了一個自己的江湖，在那裡眾生平等，善惡分明，肝膽相照，童叟無欺，但奇怪的是，這些本是基本的價值觀卻在現代社會中漸漸遺失，我們追名逐利，我們膽小怕事，我們見到摔倒的人連扶一把都得先想一下。

這可能就是大冰的書人人愛讀的原因吧。

人們總是羨慕別人有一些自己沒有的東西，原來這世界有另一種人，他們的生活模式與朝九晚五格格不入，卻也個個活得有血有肉，有模有樣。世界上還有另一種人，他們既可以朝九晚五，又可以浪蕩天涯，比如大冰。

金庸先生在書中寫，為國為民乃俠之大者，依我看，大冰可能更願意做個俠之小者，不求頂天立地，只求播撒正義。你看他每晚在麗江「大冰的小屋」中給來往客官講著一個個好聽好玩的故事，再把故事就酒，把酒氣化成歌，然後在自己的江湖中自得其樂。

背包客　小鵬

乖，摸摸頭

有些話，年輕的時候羞於啟齒，
等到張得開嘴時，已是人近中年，且遠隔萬重山水。

每一年的大年初一，我都會收到一條同樣的簡訊。
在成堆的新年快樂，恭喜發財的簡訊中，有雜草敏短短的四字簡訊：哥，好好的。
很多個大年初一，
我收到那條四字簡訊後，都想回覆一條長長的簡訊……
但最終都只回覆四個字了事：乖，摸摸頭。

你身邊是否有這麼幾個人？

不是路人，不是親人，也不是戀人、情人、愛人。

是友人，卻又不僅僅是友人，更像是家人。

——這一世自己為自己選擇的家人。

（一）

我有一個神奇的本領，再整潔的房間不出三天一定亂成麻辣香鍋。我也不知道是怎麼搞的，就是亂，所有的東西都不在原來的位置上：手錶冷藏在冰箱裡，遙控器能跑到馬桶旁邊去，衣服堆成幾條戰壕，沙發上積滿了外套，扒上半天才能坐人。

我自己不能收拾，越收拾越亂，往往收拾到一半就煩了，恨不得拿個鏟子一股腦兒鏟到窗外去。

最煩的就是出門之前找東西，東翻西翻、越忙越亂，一不小心撞翻了箱子，成摞的稿紙雪崩一地，黑色墨水瓶吧唧一聲扣在木地板上，墨水跋山涉水朝牆角那堆白襯衫蜿蜒而去……

我提著褲子站在一片狼藉中，撿起一根煙來，卻怎麼也找不到打火機。

委屈死我了……

這種老單身漢的小委屈幾乎可以和小姑娘們的大姨媽痛相提並論。

每當這種時候，我就特別地懷念雜草敏，想得鼻子直發酸。

雜草敏是我妹妹，異父異母的親妹妹，短髮，資深平胸少女，眉清目秀的，很帥氣——外表上看起來性取向嚴重不明朗的那種帥。

她有一個神奇的本領，不論多亂的房間，半個小時之內準能整理得像間樣品屋，所有的物件都塵歸塵、土歸土、金錶歸當鋪，連襪子都疊成一個個小方包，白的一隊，黑的一隊，整整齊齊地趴在抽屜裡「碼」成軍團。

十年前，我們生活在同一個城市，在同一個電視臺上班，她喊我哥，我算她半個師傅，她定期義務來幫我做家務，一邊幹活、一邊罵我。

她有我家的備用鑰匙，很多個星期天的早晨我是被她罵醒的，她一邊用雨傘尖戳我的後脊樑，一邊罵：把穿過的衣服掛起來會累死你嗎？！每一回都堆成一座山，西裝都皺成粑粑（按：北方人稱大便為粑粑）了好不好！

過一會兒又跳回來吼：小夥子，你缺心眼兒嗎？你少根筋嗎？你丟垃圾的時候是不是把垃圾桶一起丟了？！

小夥子？小夥子是你叫的？我把拖鞋衝她丟過去，她回贈我一根雞毛撣子。

我把她當小孩兒，她嘴上喊我哥，心裡估計也一直當我是個老小孩兒。

雜草敏是一個南方姑娘，個子小小的，幹活時手腳俐落、身手不凡，戴著大口罩踩著小拖鞋咻咻地跑來跑去，像宮崎駿動畫片裡的千尋一樣。

那時候《神隱少女》還沒上市，市面上的大熱門是《流星花園》，大S扮演的杉菜感動了整整一代80後無知少女，杉菜在劇中說：杉菜是一種雜草，是生命力頑強的雜草。

雜草敏看到後頗為感動，跑來和我商量：哥，人家叫杉菜，我取個名字叫薺菜怎麼樣？薺菜也算是雜草的一種。

我說：不好不好，這個名字聽起來像餛飩餡兒一樣，一點都不洋氣，不如叫馬齒莧，消炎利尿還能治糖尿病。

她認真考慮了一下，後來改了 QQ 簽名，自稱「雜草敏」，一叫就是十年。

（二）

第一次見到雜草敏時，她還不到 20 歲。

那時候我主持一檔叫《陽光快車道》的節目，

裡面有個板塊叫「陽光女孩」，她是其中某一期的嘉賓。

她那時候高職幼保科剛畢業，在南方一個省立幼稚園當老師，本來應該按部就班混上十幾年，混成個部門小主管什麼的，怪就怪我的一句話，斷送了她的大好前程。

我那時候年輕，嘴欠（說話欠考慮），臺上採訪她時不按腳本出牌，我說：職業是職業，事業是事業，沒必要把職業升遷和事業成就混為一談，也沒必要把一份工作當唯一的軸心，別把工作和生活硬搞成對立面，兼顧溫飽沒有錯，但一輩子被一份工作拴死，那也太無趣了，吧啦吧啦吧啦……

我隨口胡謅，她卻醍醐灌頂，風馳電掣般地回去料理了後事，拎著一個超大號旅行箱跑回山東。

她說她夢想的事業並非在幼稚園裡從妙齡少女熬成絕經大媽，而是要當一名電視主播。

她說：萬分感謝你一語點醒夢中人，你幫人就幫到底吧。

我說：我 ×，你是不是以為當個主持人就像在莊稼地裡拔個蘿蔔那麼簡單，趕緊給我回幼稚園看孩子去。
她說：回不去了，已經辭職了。

見過孩子氣的，沒見過這麼孩子氣的，我相信因果報應，自己造的嘴孽當然要自己扛，於是喊來了幾個同行朋友手把手地親自教了她一個星期，然後安排她參加電視台裡的招聘。謀事在人成事在天，反正咱仁至義盡了就行，她自己考不考得上看她自己的造化。最後沒想到居然考上了，名次還挺前面。

雜草敏一開始是在兒童組實習，窩在機房裡剪片子，後來當兒童節目主持人，尖著嗓子哄孩子玩。她本身就是個孩子，又是幼教出身，嗲聲嗲氣的，哄起孩子來很有耐心。她畢竟是新人，有時候主持節目老 NG，連續七八次都過不了，導演不耐煩，告狀告到我這裡來，於是我老罵她。
一罵她，她就嬉皮笑臉地瞇著眼，用方言說：哥，不是有你罩著我嗎？

罩什麼罩！哥什麼哥！
她南方姑娘，「哥」被她喊成「鍋」，聽得人火大。
我沉著臉壓低聲音說：你別他媽跟我撒嬌，連 A 罩杯都不到的人是沒資格撒嬌的，你再這麼 NG 下去，哪兒來的給我滾回哪兒去。
她咬牙切齒地大聲發誓：哥，你別對我失望，我一定努力工作，努力發育。
一屋子的同事盯著我倆看，跟看耍猴兒戲似的……
我左手卡著她的脖子，右手捂住她的嘴，把她從我辦公室裡推了出去。

後來，她上進了不少，經常拿著新錄的節目帶子跑來讓我指點，每件事都捧著個小本子做記錄。我那時候實在是太年輕，好為人師，很享受有人來虛心求教的感覺，難免揮斥方遒唾沫星子亂飛，有時候聊得煞不住車，生活、感情、理想各個層面都長篇大論，著實過了一把人生導師的癮。

她也傻，說什麼她都聽著，還硬要把我當男閨密，什麼雞毛蒜皮的貓事、狗事都來找我給意見。我大好男兒哪裡聽得了那麼多婆婆媽媽，有時候聽著聽著聽煩了，直接卡著她的脖子把她推到門外去。不過，時間久了，關係畢竟是密切了許多，她再「鍋」「鍋」地喊我的時候，好像也沒有那麼煩人了。

電視臺是個龍蛇雜處的地方，

她傻乎乎的，太容易受欺負，有時也難免為她出出頭。

有一回，她像個小孩兒一樣躲在我背後露出半個腦袋，伸出一根指頭指著別人說：就是他，他欺負我。

我一邊黑著臉罵人一邊心裡覺得好笑，想起小時候，表弟經常拖著鼻涕跟我說同樣的話：就是他，他欺負我，哥哥你快幫我揍他。

那時候，雜草敏薪水低，她自己也不客氣，一沒錢了就跑到我的辦公室裡來，讓我帶她吃肉去，我看她一個小姑娘家背井離鄉來跳火坑，難免生出點惻隱之心，於是每逢擼串兒（吃串燒。北方、東北方言）、啃羊蠍子（羊脊髓骨肉）的時候都會帶上她。

她也不客氣，啤酒咕嘟咕嘟地往下灌，烤大腰子（烤羊腎）一吃就是三個起，吃得我直犯滴咕。有一回我實在忍不住了，語重心長地跟她說：妮子，大腰子這個東西吧，你吃再多也木（沒）有用啊，有勁兒你也使不上哇……

她愣了一下，沒聽懂，然後傻頭傻腦地齜著牙衝我笑。

我那時候短暫追過一個蠻漂亮的森林系女生，有時候帶著她們倆一起擼串兒，那個女生碰翻了辣醬瓶子，我掏出手絹來一根一根幫她擦手指頭，那姑娘賞我一個大 kiss。她愛抹口紅，印在我腮幫子上清清楚楚一抹紅。
這可把雜草敏羡慕死了，嚷著也要找人談戀愛印唇印，嚷了半年也沒動靜。
我把我認識的條件不錯的男生介紹給她，個個都喜歡她，她個個都不喜歡。
有一回，她來幫我收拾家裡的時候，我問她到底喜歡什麼樣子的男生，她歪著頭不說話，一邊疊衣服一邊不耐煩說：不要你管。

我說：哎喲，好心當成驢肝肺啊！
我伸手去拍她腦袋，
往左邊拍，她的頭就順勢歪向左邊，往右邊拍就歪向右邊。

（三）

那些年，我在拉薩開酒吧，每回一錄完節目就從濟南往西藏跑。
我有我的規矩，只要是回拉薩，那就只帶單程的路費，從濟南飛到成都或麗江，然後或徒步或搭車，一路賣唱或賣畫往前走，苦是苦了點些，但蠻有意思的，反正在這個世界掙來的銀子，少爺懶得拿到那個世界去花，少點就少點。

出門的時間短則半個月，長則三個月，有時候旅行的線路太漫長，就把雜草敏喊過來，把家裡的鑰匙、現金、銀行卡什麼的託管給她。

山東的孩子大多有個習慣，工作以後不論賺多少錢，每個月都會定期給父母匯點錢表表孝心，她知道我所有的銀行卡密碼，除了匯錢，她還負責幫我交水電費、管理費，還幫我的手機加值。

一併交接給她的，還有我的狗兒子大白菜。

她自稱白菜的姑姑，白菜超級愛跟她，跟著我只有狗糧，跟著姑姑有肉吃有珍珠奶茶喝，還能定期洗澡。

白菜是蘇格蘭牧羊犬，小男生狗，雙魚座，性格至賤無敵，天天覥著臉跟她擠在一張床上，摟著睡覺覺，天天屌絲的逆襲。

第一次和雜草敏做交接的時候，惹出了好大的麻煩，那是我第一次把她惹哭。
我約她在經七路玉泉森信門前的機場巴士站見面，一樣一樣地託付家產。
那回我是要去爬安多藏區的一座雪山，冰鎬、冰爪、快掛八字扣叮鈴噹啷掛了一背包。
雜草敏一邊心不在焉地盤點著，一邊不停地瞅我的背包。
她忽然問：哥，你不帶錢不帶卡，餓了怎麼買東西吃？
我說：賣唱能掙盤纏，別擔心，餓不著。
她的嘴一下子噘了起來，那個時候她對自助旅行完全沒概念，把雪山攀登、徒步穿越什麼的，想像成軍隊爬雪山、過草地，
以為我要天天啃草根、煮皮帶。

她沉默了一會兒，又問：雪山上會不會凍死人？你穿秋褲了沒？
呵！秋褲？

我急著上車，心不在焉地說：穿了也沒用，一般都是雪崩直接把人給埋了，或者從冰壁上直接大頭朝下栽下來乾淨俐落地摔成餅餅……
說著說著我發現她的表情不對了。

她忽然用手背捂住眼，嘴癟了一下，猛地抽了一口氣，
哇的一聲就哭出來了，眼淚嘩嘩地從指頭縫裡往外淌。
我嚇著了，我說：我 × ！雜草敏你哭什麼？
她齉著鼻子說：哥，你別死。
我又好氣又好笑，逗她說：我要是死了，你替我給白菜養老送終。
她哭得直咳嗽，一邊咳嗽一邊吼：我不！
我哄她，伸手去敲她頭。
越敲她哭得越厲害，還氣得跺腳，搞得像生離死別似的。
她那個時候已經是 20 歲的大姑娘了，但哭起來完全是個孩子。

後來生離死別的次數多了，她慢慢地習以為常，哭倒是不哭了，但添了另外一個熊毛病——經常衝著我坐的大巴士搖手道別，笑著衝我喊：哥，別死啊，要活著回來蛤。
司機和乘客都抿著嘴笑，我縮著脖子，使勁把自己往大巴士座椅縫裡塞。
他奶奶的，我好像是個橫店抗日志士，要拎著菜刀去暗殺關東軍司令似的。

（四）

唉，哪個男人年輕時沒莽撞過？那時候幾乎沒什麼惜命的意識，什麼山都敢爬，什麼路都敢闖。夜路走多了難免撞鬼，後來到底還是出了幾次事，斷過兩回肋骨殘過幾根手指，但好歹命賤，藏地的贊神和念神懶得收我。

左手拇指殘在滇藏線上。
當時遇到山上落石，疾跑找掩護時一腳踩空，骨碌碌滾下山崖，
幸虧小雞雞卡在石頭縫裡，才沒滾進金沙江。

渾身摔得瘀青，但人無大礙，就是左手被石頭豁開幾寸長的傷口，手筋被豁斷了。

我打著繃帶回濟南，下了飛機直接跑去千佛山醫院掛號。
大夫是我的觀眾，格外照顧我，
他仔細檢查了半天後問我：大冰，你平時開車嗎？
我說：您什麼意思？
他很悲憫地看著我說：有車的話就賣了吧，你以後都開不了車了。
他唰唰唰地寫病歷，歪著頭說：快下班了，你給家人打個電話，
來辦一下住院手續，明天會診，最遲後天開刀。

自己造出來的業自己扛，怎麼能讓爹媽跟著操心，
我猶豫了一會兒，撥了雜草敏的電話。
這孩子抱著一床棉被，穿著睡衣、趿著拖鞋衝到醫院，一見面就罵人，
當著醫生的面杵我腦袋，又抱著棉被跑前跑後地辦各種手續。
我訕訕地問：恩公，醫院又不是沒被子，你抱床棉被來幹嗎？
她懶得搭理我，一眼接一眼地白我。

到了住院部的骨科病房後，
她把我按在床上，強硬無比地下命令：你！給我好好睡覺休息！
醫院的被子本來就不薄，她卻非要把那床大棉被硬加在上面，然後各處掖被角。掖完被角，雙手抱肩，一屁股坐在床邊，生著悶氣。
隔壁床的病人都嚇得不敢講話。
我自知理虧，被裹成了個大蠶蛹，熱出一身白毛汗來也不敢亂動。

她就這麼乾坐了半個晚上，半夜的時候歪在我腳邊輕輕打起了呼嚕。
她在睡夢中小聲嘟囔著：哥，別死……

我坐起來，偷偷叼一根煙，靜靜地看著她。
清涼的消毒藥水味道裡，這個小朋友在我腳邊打著呼嚕，毛茸茸的睡衣，白色的扣子，小草的圖案，一株一株的小草。

會診的時候，她又狠狠地哭了一鼻子。
醫生給出的治療方案有兩種：
A 方案是在拇指和手腕上各切開一個口子，把已經縮到上臂的手筋和拇指上殘留的筋扽（拉直）到一起，在體內用進口物料縫合固定。
B 方案是把筋扽到一起後，用金屬絲穿過手指，在體外固定，據說還要上個螺絲。

治療效果相同，B 方案比較受罪，但比 A 方案省差不多一半的錢。
我想了想，說，那就 B 方案好了。
沒辦法，錢不夠。
那一年有個兄弟借錢應急，我平常沒什麼大的開銷，江湖救急本是應當，就把流動資金全借給了他。現在連提款卡的餘額算在內，帳戶上只剩兩三萬塊錢，剛好夠 B 方案的開支。B 方案就 B 方案，老爺們家的皮糙肉厚，受點小罪而已，沒什麼大不了的。

大夫說：確定 B 方案是吧？
我說：嗯哪。

雜草敏忽然插話道：A ！
借錢的事她不是不清楚，
提款卡什麼的都在她那裡保管，她不會不知道帳戶餘額。
我說：B ！
她大聲說：A ！
我說：一邊去，你別鬧。
她立刻急了，眼淚汪汪地衝我喊：你才別鬧！治病的錢能省嗎？！

她一哭就愛拿手背捂眼睛，當著一屋子醫生護士的面，嗚嗚地哭了起來。
我覺得太尷尬了，摔門要走。
醫生攔住我打圓場：好了好了，你妹妹是心疼你呢……
當著一屋子外人的面，我又臉紅又尷尬，想去勸她別哭，又拉不下臉來，又氣她又氣自己，最後還是摔門走了。

一整個下午，雜草敏都沒露面。
到了晚上，我餓得要命，跑到護士值班室蹭漂亮小護士的桃酥吃，正吃得高興呢，雜草敏端著保溫盒回來了。
她眼睛是腫的，臉貌似也哭胖了。
她把保溫盒的蓋子掀開，
怯生生地舉到我面前說：哥哥，你別生氣了，我給你下了麵條。

一碗番茄雞蛋麵，冒著熱氣，番茄切得碎碎的，蛋花也碎碎的。

我蹲在走廊裡，稀哩呼嚕吃麵條，

真的好吃，又香又燙，燙得我眼淚劈哩啪啦往碗裡掉。
從那一天起，只要吃麵，我只吃番茄雞蛋麵。
再沒有吃到過那麼好吃的番茄雞蛋麵。

我吃完了麵，認真地舔碗，雜草敏蹲在我旁邊，
小小聲說：哥，我以後不凶你了，你也別凶我了，好不好？
我說：嗯嗯嗯，誰再凶你誰是狗。
我騰出一隻手來，敲敲她的頭，然後使勁把她的短頭髮揉亂。
她乖乖地伸著腦袋讓我揉，瞇著眼笑。

她小小聲說：我看那個小護士蠻漂亮的。
我小聲說：是呢是呢。
她小聲說：那我幫你去要她的電話號碼好不好？
我說：這個這個……
小護士從門裡伸出腦袋來，也小小聲地說：他剛才就要走了，連我 QQ 號都要了……還他媽吃了我半斤桃酥。

最後還是執行了 A 方案。
她知道我死要面子，不肯去討債，也不肯找朋友借，更不願向家裡開口。
缺的錢她幫我墊了，她工作沒幾年，沒什麼錢，那一季她沒買新衣服。
手術後，感染化膿加上術後沾黏，足足住了幾個月的醫院。
雜草敏那時候天天來陪床，工作再忙也跑過來送飯，缺勤加曠工，獎金基本上都被扣光了，但我一天三頓的飯從來沒耽誤過。

我衣來伸手飯來張口，難得當回大爺，人家住院都住瘦，我是噌噌地長肉，臉迅速圓了。

整個病房的人都愛她，我騙他們說這是我親妹妹，有個小腿骨折的小老太太硬要認她當兒媳婦，很認真地跟我數著他們家有多少間房子、多少個店面。

雜草敏和那幫小護士玩成了姐妹淘，你送我個口紅我回贈個粉餅，聚在一起嘰嘰喳喳聊電視劇。

人家愛屋及烏，有兩個小護士經常在吃飯的時間噔噔噔地跑過來，摸摸我腦袋，然後往我嘴裡硬塞一根油燜大雞腿。

她們跟著她一起喊我「哥」，但老摸我腦袋把我當小孩兒，搞得我怎麼也不好意思開口要電話號碼。

生病也不能耽誤工作，電視台催我回去錄節目，整條胳膊打著石膏上臺主持終究不妥，雜草敏給我弄來一條彩色布套子，套在石膏上時尚得一塌糊塗，像花臂文身一樣漂亮。

錄節目的空檔，她神經兮兮地拿著透明膠帶跑過來往布套子上按。

我說你幹嗎？

她齜著牙笑，說：上面沾的全是白菜的狗毛，鏡頭一推，特寫特別明顯，我給你黏一黏蛤……

我揪著她耳朵讓她老實交代這條布到底是做啥用的。

我他媽胳膊上套著雜草敏的彩色長筒襪，主持了整整一季的節目你信不信？

（五）

整整半年才最終痊癒。

拆石膏的時候是臘月。那年的農曆新年和藏曆新年正好重疊，我歸心似箭，第一時間買票回拉薩。

雜草敏幫我收拾行囊，她偷偷把一條新的秋褲塞進包裡，

我沒和她拗，假裝沒看見。

依舊是她牽著白菜送我，依舊是將家產託付給她，依舊是在機場巴士站分別。

我隔著車窗向她招手，很緊張地看著她，

怕她再喊什麼「哥，別死啊，要活著回來蛤」。

她沒喊。

西風吹亂了她的劉海。

她蹲下身來，抱著白菜的腦袋一起歪著頭看著我。

那年開始流行舉起兩根手指比在臉旁，

她伸手在臉旁，笑著衝我比了一個「V」。

要多蠢有多蠢……

那年的大年初一，雜草敏給我發來一條簡訊：

哥，好好的。

我坐在藏北高原的星光下，捏著手機看了半天。

而後每一年的大年初一，我都會收到一條同樣的簡訊。

在成堆的新年快樂恭喜發財的簡訊中，有雜草敏短短的四字簡訊：哥，好

好的。

四個字的簡訊，我存進手機 SIM 卡裡，每年一條，存了很多年。

後來，雜草敏離開了濟南，像蒲公英一樣漂去了北京又漂回了南方。

再後來，她漂到澳大利亞的布里斯班，在當地的華語電臺當過主持人。

熱戀又失戀，訂婚又解除婚約，開始自己創業，做文化交流也搞話劇，

天南地北、兜兜轉轉、辛苦打拼。

不論身處何方，每年一條的簡訊，她從未間斷。

很多個大年初一，我收到那條四個字的簡訊後，

都想回覆一條長長的簡訊……

但最終都只回覆四個字了事：

乖，摸摸頭。

敏敏，我不知道該說些什麼。

你喊我哥，喊了十一年。

但一直以來我都明白，那些年不是我在罩著你，而是你在心疼我。

有些話，年輕的時候羞於啟齒，等到張得開嘴時，已是人近中年，

且遠隔萬重山水。

我好像從未對你說過「謝謝」，原諒我的死要面子吧，

那時候我也還是個孩子……

其實我現在依舊是個孩子，

或許一輩子都會是個顛三倒四不著調不靠譜的孩子。
喂喂喂喂喂，謝謝你……

我路過了許多的城市和村莊，吃過許多漂亮女孩子煮的麵，
每一個姑娘都比你胸大、比你腿長，
但沒有一個能煮出你那樣的麵來，又燙又香的番茄雞蛋麵，
燙得人眼淚劈哩啪啦往碗裡掉。
真想再吃一次哦。

今宵除夕，再過幾個小時就能收到你的新年簡訊了，
此時我在雲南麗江，有酒、有琴、有滿屋子的江湖老友。
你呢？雜草一樣的你，現在搖曳在何方？

好好的哦。
乖，摸摸頭。

大冰
除夕夜于麗江

YouTube 遊牧民謠，大軍《孤單情歌》

對不起

她哭著喊：對不起，對不起，對不起……

牠貼在地面上的腦袋猛抬了一下，好像意識到了些什麼，

脖子開始拼命地使勁，努力地想回頭看她一眼，

腿使勁，尾巴使勁，全身都在使勁……

終究沒能回過頭來。

白瓷盆裡空空的，今天她還沒來得及餵牠吃東西。

不管是欠別人，還是欠自己，你曾欠下過多少個「對不起」？

時間無情第一，它才不在乎你是否還是一個孩子，

你只要稍一耽擱、稍一猶豫，它立刻幫你決定故事的結局。

它會把你欠下的對不起，變成還不起。

又會把很多對不起，變成來不及。

（一）

先從一條狗說起。

狗是一條小鬆獅，藍舌頭大腦袋，沒名字，命運悲苦。

牠兩三歲時，被一個玩自駕的遊客帶來滇西北。狗狗長得憨，路人愛牠，搶著抱牠，拿出各種亂七八糟的零食來胡餵亂餵。

女主人分不清是憨還是傻，或者嚴重缺乏存在感，竟以自己家的狗不挑食為榮，繼而各種得瑟（得意忘形的樣子），動不動就讓牠表演一個。

狗比狗主人含蓄多了，知道人比狗更缺乏存在感，牠聽話，再不樂意吃也假裝咬起來嚼嚼。

女主人伸手摸摸牠下頜，說：乖孩子，咽下去給他們看看。
牠含著東西，盯著她眼睛看，愣愣地看上一會兒，然後埋下頭努力地吞咽。

牠用牠的方式表達愛，吃來吃去最後吃出病來。
一開始是走路搖晃，接著是吐著舌頭不停淌口水，胸前全部打濕了，
沾著土灰泥巴，邋裡邋遢像一塊氈。
後來實在走不動了，側臥在路中間，被路人踩了腿也沒力氣叫。
那時，古城沒什麼寵物診所，最近的診所在大理，大麗高速公路還沒開通，
開車需要四個小時。
狗主人迅速地做出了應對措施：走了。
狗主人自己走了。
車比狗尊貴，主人愛乾淨，牠沒機會重新坐回她的懷抱。

對很多趕時髦養狗的人來說，狗不是夥伴也不是寵物，不過是個玩具而已，
玩壞了就他媽直接丟掉。
她喊牠孩子，然後乾淨利落地把牠給扔了。
沒辦法罵她什麼，現在虐嬰不重判，墮胎不治罪，買孩子不嚴懲，
人命且被草菅，遑論狗命一條。

接著說狗。
小鬆獅最後沒死成。
狗是土命，沾土能活，牠蜷在泥巴地裡打哆嗦，幾天後居然又爬了起來。
命是保住了，但走路踉蹌，且留下了一個愛淌口水的毛病。
也不知道那是口水還是胃液，黏糊糊鋪滿胸口，順著毛尖往下滴，

隔著兩三公尺遠就能聞到一股酸溜溜的味道。
以前不論牠走到哪裡，人們都滿臉疼愛地逗牠，誇牠乖、可愛、懂事，都搶著抱牠，現在人們對牠視若無睹。
墨分濃淡五色，人分上下九流，貓貓狗狗卻只有高低兩類分法：
不是家貓就是野貓，不是寵物狗就是流浪狗。
牠青天白日地立在路中間，卻沒人看得見牠。
不為別的，只因為牠是條比抹布還髒的流浪狗。

都是哺乳動物，人有的，牠都有。
人委屈了能哭，狗委屈了會嗚嗚叫，牠不嗚嗚，只是悶著頭貼著牆腳發呆。
古城的狗大多愛曬太陽，三步一崗地橫在大馬路上吐著舌頭伸懶腰，
唯獨牠例外。陰冷陰冷的牆腳，牠一蹲就是一下午，不叫，也不理人，
只是瞪著牆腳，木木呆呆的。
牠也有心，傷了心了。

再傷心也要吃飯，沒人餵牠了，小鬆獅學會了翻垃圾。
麗江地區的垃圾車每天下午三點出動，繞著古城轉圈收垃圾，所到之處皆是震耳欲聾的納西流行音樂。垃圾車蒞臨之前，各個店家把大大小小的垃圾袋堆滿街角，牠餓極了跑去叼上兩口，卻經常被猛踹一腳。
踹牠的不止一個人，有時候像打哈欠會傳染一樣，只要一家把牠從垃圾袋旁踹開，另一家就會沒等牠靠近也飛起一腳。
人有時候真的很奇怪，明明自己不要的東西，狗來討點，不但不給，反而還要踹人家。
踹牠的也未必是什麼惡人，普普通通的小老百姓而已，之所以愛踹牠，

一來是反正牠沒靠山、沒主人，二來反正牠又不叫，又不咬人，
三來牠憑什麼跑來吃我們家的垃圾？
反正踹了也白踹，踹了也沒什麼威脅，
人們坦然收穫著一種屬於高級動物不一樣的存在感。

當然，此類「高尚行徑」不僅僅發生在古城的人和狗之間。
微博上不是整天都有人在「踹狗」嗎？踹得那叫一個義正詞嚴。
以道德之名爆的粗就是踹出的腳，「狗」則是你我的同類，管你是什麼學者、名人、巨星，管你是多大的V（VIP），多平凡的普通人，只要道德瑕疵被揪住，那就階段性地由人變狗，任人踹。
眾人是不關心自己的，他們只關心自己熟悉的事物，
越是缺少道德感的社會，人們越是願意佔領道德標準的制高點，
以享受領頭羊引領羊群般的虛假快感。
敲著鍵盤的人想：
反正你現在是狗，反正大家都踹，反正我是正義的大多數，踹就踹了，你他媽能拿我怎麼樣？是啊，雖然那些義正詞嚴我自己也未必能做到，我罵你出軌找小三是渾蛋，呵呵，我又何嘗不想腳踩兩條船，但被發現了、曝光了的人是你不是我，那就我還是人，而你是狗，我不踹你我踹誰？
反正我在口頭上佔據道德高峰俯視你時，你又沒辦法還手。
反正我可以很安全地踹你，然後不費吹灰之力就能獲得一份高貴的存在感。
你管我在現實生活中匱乏什麼，反正我就中意這種便捷的快感：以道德之名，帶著優越感踹你，然後安全地獲得存在感。

於是，由人變狗的公眾人物老老實實地戴上尖帽子彎下頭，

任憑眾人在虛擬世界裡踢來踹去，靜待被時間洗白……

抱歉，話題扯遠了，咱們還是接著說小鬆獅吧。
於是，原本就是狗的小鬆獅，
一邊幫高級靈長類生物製造著快感，一邊翻垃圾果腹，
如是數年。
幾年中不知道挨了多少腳，吃了多少立方公升的垃圾。
牠本是亂吃東西才差點丟掉半條命，如今無論吃什麼垃圾都不眨眼，
吃完了之後一路滴著黏液往回走。
那個牆腳就是牠的窩。

（二）

沒人會倒楣一輩子，就像沒人會走運一輩子一樣。
狗也一樣。
忽然有一天，牠不用再吃垃圾了。
有個送飯黨從天而降，還是個姑娘。

姑娘長得蠻清秀，長髮，細白的額頭，一副無框眼鏡永遠卡在臉上。
她在巷子口開服裝店，話不多，笑起來和和氣氣的。
夜裡的小火塘燭光搖曳，她坐在忽明忽暗的人群中是最普通不過的一個。
服裝店的生意不錯，但她很節儉，不肯去新城租間公寓，長租了一家客棧二樓的小房間，按季付錢。住到第二季時，她才發現樓下窗邊的牆腳裡住著一條狗。
她跑下樓去端詳牠說：

哎呀，你怎麼這麼髒啊……餓不餓，請你吃塊油餅吧！
很久沒有人特地蹲下來和牠說話了。
牠使勁把自己擠進牆腳裡，呼哧呼哧地喘氣，不敢抬眼看她。
姑娘把手中的油餅掰開一塊遞過去……
一掰就掰成了習慣，此後一天兩頓飯，她吃什麼就分牠點什麼，
有時候她啃著蘋果路過牠，把咬了一口的蘋果遞給牠，牠也吃。
橘子牠也吃，梨子牠也吃。
馬鈴薯牠也吃，玉米牠也吃。

自從姑娘開始餵牠，小鬆獅就告別了垃圾桶，也幾乎告別了踹過來的腳。
姑娘於牠有恩，牠卻從沒衝她搖過尾巴，也沒舔過她的手，總是和她保持著適當的距離，只是每當她靠近時，牠總忍不住呼哧呼哧地喘氣。
牠喘得很凶，卻不像是在害怕，也不像是在防禦。

滇西北寒氣最盛的時節不是隆冬，而是雨季，隨便淋一淋冰雨，打幾個噴嚏就是一場重感冒。雨季的一天，她半夜想起牠在淋雨，掀開窗子喊牠：小狗，小狗……
沒有回音。
雨點滴滴答答，窗子外面黑黝黝的，看不清也聽不見。
姑娘打起手電筒，下樓，出門，紫色的雨傘慢慢撐開，
放在地上，斜倚著牆腳遮出一小片晴。
濕漉漉的狗在傘下蜷成一坨，睡著了的樣子，並沒有睜眼看她。

她用手遮住頭往回跑，星星點點的雨水鑽進頭髮，透心的冰涼。跑到門口

一回頭，不知什麼時候牠也跟了過來，悄悄跟在她身後，見她轉身，立刻蹲坐在雨水裡，不遠不近地保持著兩公尺的距離。
她問：你想和我一起回家嗎？
牠不看她，一動也不動，木木呆呆的一坨。
她躲進屋簷下，朝牠招手：來呀，過來吧。
牠卻轉身跑回那個牆腳。
好吧，她心想，至少有把傘。

姑娘動過念頭要養這隻流浪狗，院子裡有一株茂密的三角梅，
她琢磨著把牠的家安置在樹蔭下。
客棧老闆人不壞，卻也沒好到隨意收養一條流浪狗的地步，
婉言拒絕了她的請求，但默許她每天從廚房裡端些飯去餵牠。
她常年吃素，牠卻自此有葷有素。
日子久了，感情慢慢深了一點。
餵食的方式也慢慢變化。一開始是隔著一公尺遠丟在牠面前，
後來是夾在手指間遞到牠面前，再後來是放在手掌上，托到牠面前。
一次餵食的間隙，她摸了摸牠腦袋。
牠震了一下，沒抬頭，繼續吃東西，
但邊吃邊呼哧呼哧地喘氣，喘得渾身都顫抖了起來。
不論她怎麼餵牠，牠都沒衝她搖過尾巴，也沒舔過她的手，
牠一直是木木呆呆的，不吵不鬧，不咬不叫。

她只聽牠叫過兩次。
第一次，是衝一對路過的夫妻。

牠一邊叫一邊衝了過去，沒等牠衝到跟前，男人已擋在自己的愛人前面，一腳飛了出去。

牠被踹了一個跟頭，翻身爬起來，委屈地叫了一聲，繼續衝上去。

姑娘驚奇地發現，牠居然在搖尾巴。

沒等她出聲，那個女人先喊了出來。

那個女人使勁晃著男人的胳膊，興奮地喊：這不是我以前那條狗嗎？

哎喲，牠沒死。

男人皺著眉頭，說：怎麼變得這麼髒……

話音沒落，牠好像能聽懂人話似的，開始大叫起來，

一聲接一聲，一聲比一聲拖得長，一聲比一聲委屈。

牠繞著他們跳圈子，叫得和哭一樣難聽。

那對男女忽然尷尬了起來，轉身快步走開，

姑娘走上前攔住他們，客氣地問為什麼不領走牠，是因為嫌牠髒嗎？

她說：我幫你們把牠清洗乾淨好不好？

把牠領走吧，不要把牠再丟在這裡了好不好？

狗主人擺出一臉的抱歉，說：想領也領不了哦。我懷孕了，牠現在是條流浪狗了，誰曉得有啥病，總不能讓牠傳染給我吧。

姑娘想罵人，手臂抬了起來，又放下了……她忽然想起了些什麼，臉迅速變白了，一時語塞，眼睜睜地看著那對夫妻快步離開。

狗沒有去追，牠木木呆呆地立在路中央，不再叫了。

牠好像完全能聽懂人們的對話一樣。

那個女人或許還是有那麼一點點愧疚的吧，晚飯後，他們從飯店裡拿來一個小瓷盆放在牠旁邊，裡面有半份松菇燉雞，是他們剛剛吃剩下的……

女人歎息著說：好歹有個吃飯的碗了，好可憐的小乖乖。

做完這一切後，女人無債一身輕地走了，

他們覺得自己送了牠一隻碗，很是對得起牠了。

一直到走，女人都和牠保持著距離。

一直到走，她也沒伸出手摸摸她的小乖乖。

她喊牠乖孩子，然後玩壞了牠，然後扔了牠。

然後又扔了一次。

事後的第二天，姑娘小心翼翼地把食物放進瓷盆，牠走過去埋下頭，慢慢地吃慢慢地嚼。

姑娘蹲在牠面前看牠，

看了半天沒看出牠有什麼異常，卻把自己給看得難過了起來。

（三）

姑娘第二次聽牠叫，也是最後一次聽牠叫。

她餵了牠整整一年，小鬆獅依舊是不搖尾巴不舔她手，也不肯直視她，但一人一狗多了些奇怪的默契。

不知從什麼時候開始，每天當她中午醒來後推開窗時，都能看到牠面朝著她的方向仰著頭。

一天兩天三天，晴天雨天，天天如此。

她微微奇怪，於是，那天醒來後躲在窗簾後偷看……

牠居然焦急地在原地兜圈子，一副焦躁不安的模樣。

她心頭一酸，猛然推開窗子，朝牠招手：小狗，小狗，不要擔心，我還在呢！

牠嚇得幾乎跳了起來，想迅速切換回木木呆呆的表情，但明顯來不及掩飾。

隔著冬日午後明黃色的耀眼光芒，他們望著對方，一人一狗，
一個在樓下一個在樓上。

然後，她聽到了牠痛苦的一聲尖叫。
一群人圍住了牠。第一棍子打在腰上，第二棍子打在鼻子上。
陽光燦爛，棍子敲在皮毛上，激起一小片浮塵，
牠使勁把頭往下埋，痛得抽搐成一團球。掌棍的人熟稔地戳歪牠的脖子，
又是一棍，打在耳後，再一棍，還是耳後。
她一邊尖叫一邊往樓下衝，客棧的小木樓梯太窄，掛畫被撞落，裸露的釘子劃傷了手臂，紅了半個手掌。
她一掌推過去，殷紅的掌印清清楚楚印在那個穿制服的人臉上。
一下子冒出來一堆穿制服的人，她被反擰著胳膊按在牆上。
他們怒斥她：為什麼打人！
她聲嘶力竭地喊：為什麼打我的狗！
七八個手指頭點到她的鼻子前：你的狗？你的狗你怎麼不帶回家去？
她一下子被噎住了，一口氣憋在胸口，半輩子的難過止不住地湧了出來。
第一聲慟哭就啞了嗓子。

扭住她的人有些發懵，鬆開胳膊任由她坐倒在地上，
他們說：你哭什麼哭，我們又沒打你。
路人過來勸解：好了好了，大家抬頭不見低頭見的，別為了條破狗傷了和氣。
她抓住那人的袖口喊：……救救牠救救牠。
路人歎了一口氣，小心地打商量：唉，各位兄弟，這狗牠又沒咬過人，

留牠一口氣又何妨。

手指頭立刻也點到他鼻子前：回頭咬了人，你負責嗎？

路人面子掛不住，一把攥住那根手指頭，局面一下子僵了。

她哀求道：不要殺牠，我負責！我養牠！

有人說：你早幹嗎去了，現在才說，存心找事是吧？警告你哦，別妨礙公務！

她啞著嗓子罵：流浪狗就一定該死嗎？！你還是不是人！

挨罵的人真的動了怒，棍子夾著風聲掄下去，

砸在小鬆獅脊樑上，一聲斷成兩截。

她「啊」的一聲大喊，整顆心都被捏碎了。

沒人看她，所有人都在看著牠。

牠好像對這一擊完全沒反應，好像一點都不痛。

牠開始爬，一躥一躥的，使勁使勁地爬，腰以下已不能動，

只是靠兩隻前爪使勁摳著青石板往前爬。

爬過一雙雙皮鞋，一條條腿，爬得滿不在乎。

她哭、牠爬，四下裡一下子靜了。

她跪在地上，伸出的雙臂攬了一個空，牠背對著她爬回了那個陰冷的牆腳，

牠背朝著這個世界，使勁把自己貼擠在牆腳裡。

忽然一個噴嚏打了出來，血沫子噴在牆上又濺回身上，

濺在白色的小瓷盆上，星星點點。

牠長長地吐出一口氣，然後一動不動了。

好像睡著了一樣。

她哭著喊：對不起，對不起，對不起……

牠貼在地面上的腦袋猛然抬了一下，好像意識到了些什麼，脖子開始拼命地使勁，努力地想回頭看她一眼，腿使勁尾巴使勁全身都在使勁……

終究沒能回過頭來。

震耳欲聾的垃圾車開過來了，嬉鬧的遊人，亮晃晃的日頭。

白瓷盆裡空空的，今天她還沒來得及餵牠吃東西。

（四）

2012 年年末的某天夜裡，有個披頭散髮的姑娘坐在我的酒吧。

她說：大冰哥，我明天走了，一早的車，不再回來了。

我問她為何走得那麼著急。

她說：去見一個人，晚了怕來不及了。

小屋的招牌青梅酒叫「相望於江湖」，

我斟一碗為她餞行，她低眉含下一口，一抬頭，嗆出了眼淚。

我說：那個人很需要你，是吧？

她點點頭，嘿嘿地笑，邊笑邊飲酒，邊笑邊擦眼淚。

她說：是我需要他。

她說：我需要去向他說聲對不起。

她喝乾了那碗相望於江湖，給我講了一個還未結局的故事。

她講故事的那天，是那隻流浪狗被打死的當天。

（五）

她是普通人家的孩子，大學上的是二本（註：指在大學聯招時，綜合實力低於一般大學的大專院校），在自己家鄉的小城市裡讀書。
她沒什麼特殊的愛好，也沒什麼同學之外的朋友，按部就班地吃飯、逛街、念書，按部就班地在小城市長大。唯一和別人不同的是，她家裡只有父親和哥哥。

她是旁人眼裡的路人甲，卻是自己家中的公主，父親和哥哥疼她，疼的方式各不相同。父親每天騎電動車接她放學，按時按點，雷打不動。
有時路過菜市場，停下車給她買一塊炸雞排，她坐在電動車後座上啃得津津有味。她說：爸爸你吃不吃？
父親回頭瞥一眼，說：你啃得那麼乾淨，我吃什麼吃呀？

哥哥和其他人的哥哥不一樣，很高、很帥氣、很遷就她。
她說：哥哥哥哥，你這個新髮型好難看，我不喜歡。
哥哥說：換！
她說：哥哥哥哥，你的這個新女朋友我不喜歡，將來變成嫂子的話一定會凶我的。
哥哥說：換！馬上換！
哥哥不是嘴上說說，是真的換，她的話就是聖旨，
從小就是這樣，並不覺得自己受委屈，只是怕委屈了妹妹。
母親離去時，妹妹還不記事，他心疼她，決心罩她一輩子。

他是個成績不錯的大學生，有獎學金，經常搶過電腦來翻她的淘寶購物車，

一樣一樣地複製下網址，然後登錄自己的帳戶，替她付款。
他臨近畢業，家裡沒什麼關係替他謀一份前途無量的工作，他也不甘心在小城市窩一輩子，於是順應潮流成了考研（報考研究所）大軍中的一員。
有一天，他從檯燈下抬起頭，衝著客廳裡的她說：等我考上研究所了……
將來找份賺大錢的好工作，然後帶你和爸爸去旅行，
咱們去希臘的聖托里尼島，碧海藍天白房子，漂亮死了。
她從沙發上跳下來，跑過去找哥哥打勾勾。她嘴裡含著巧克力豆，心裡也是。

沉浸在這樣的愛裡，她並不急著談戀愛。
這個時代流行明豔，不青睞清秀，旁人眼裡的她太普通了，主動追她的人不多，三拖兩拖，拖到大學畢業還留著初吻，她卻並不怎麼在乎。
她還不想那麼快就長大。

若日子一直這樣平平靜靜地流淌下去該多好。

命運善嫉，總吝嗇賦予世人恒久的平靜，總猝不及防地把人一下子塞進雲霄飛車裡，任你怎麼恐懼掙扎也不肯輕易停下來，非要把圓滿的，顛簸成支離破碎的，再命令你耗盡半生去拼補。
烏雲蓋頂時，她剛剛大學畢業。
父親用盡一切關係，幫她找到一份還算體面的行政工作。
哥哥卻忽然崩潰了，重度憂鬱症。

事情是從哥哥的一次高中同學聚會後開始變糟的。
他那時連續考了三年研究所，沒考上，正在拼死準備考第四次。

挨不住同學的再三邀約，勉強答應去坐坐。
一切都來得毫無徵兆。
哥哥赴宴之前，她嚷著讓他打包點好吃的東西帶回來，
哥哥一邊穿鞋一邊抬頭看了她一眼，神情古怪地笑了一笑。
他繫鞋帶，埋著頭輕聲說：小妹，今天是別人請客，不是我買單……
她開玩笑說：不管不管！偏要吃！反正你那些同學不是白領就是富二代，
不吃白不吃！
父親走了過來，遞給哥哥 50 塊錢讓他坐計程車去赴宴。
哥哥沒有接，他說：爸爸，我騎你的電動車去就好。

誰也不知道那天的聚會上發生了些什麼。

半夜時，哥哥空手回到家，沒替她打包好吃的。
他如往常一樣，安安靜靜走進自己的小房間。
第二天她推開哥哥的房門，滿地的雪白。
滿坑滿谷的碎紙片，教材、書；
以及她和哥哥一張一張貼在牆上的聖托里尼的照片。
他盤腿坐在紙片堆裡，一嘴疱疹，滿眼血絲。

她嚇壞了，傻在門口，不敢去抱住他，手指摳在門框上，
新做的指甲脆響一聲，斷成兩片。
哥哥不說話，眼睛也不看人。從那一天起，再也沒正視過她的眼睛。

從小，他就被教育要努力、要上進，被告知只有出人頭地、有名有利才叫

有前途，被告知機會均等、天道酬勤……

卻沒人告訴他，壓根兒就不存在平等的起跑線。

也沒人告訴他，不論入伍還是讀書，這個世界對於他這種普通人家的子弟而言，晉升的途徑有多狹窄，機遇有多稀缺。

學校教育教了他很多，卻從沒教會他面對那些不公平的資源配置時，該如何去調整心態。學校只教他一種辦法：好好讀書。

他接觸社會淺，接受的社會教育本來就少得可憐，

沒人教他如何去消解那些巨大的煩惱與執著。

他們不在乎你是否會心理崩塌，只教育你兩點：

1. 你還不夠努力；2. 你幹嗎不認命。

成千上萬普通人家的孩子沒資本、沒機遇、拼不了爹、出不了國，他們早已認了命，千軍萬馬地去擠考研究所的獨木橋。

努力了，考不上，怎麼辦？

隨便找個工作再認命一次嗎？一輩子就這麼一次接一次地認命嗎？

你教我們努力奮鬥去成功，為何對成功的定義卻是如此之窄？

為什麼不教教我們如果達不到你們所謂的成功標準，接下來該怎麼活？

只能認命嗎？

哥哥不服，不解，不想認命。

他被逼瘋了，卻被說成是因為自己的心態不健全。

所有人都是公眾價值觀的幫兇。

沒有人承認主謀是那套有著標準答案的價值觀，以及那些冠冕堂皇的公平。

就像沒人瞭解那場同學聚會上到底發生了些什麼。

（六）

禍不單行，父親也病了。

哥哥出事後，父親變得和哥哥一樣沉默，天天悶著頭進進出出，在家和醫院之間來回奔波，中年男人的傷心難有出口，只能窩在心裡，任它鬱結成恙。

人過中年，要病就是大病。醫生不說，爸爸不講，她猜也猜得出是絕症。

好好的一個家就這麼完了。

她自此出門不敢關燈，害怕晚上回來推開門時那一剎那的清冷漆黑。

她開始早出晚歸，只因受不了鄰居們悲憫的勸慰，

很多時候，那份悲憫裡更多的是一種帶著俯視的慶幸。

沒人給她買雞排，也沒人為她在淘寶上付款了，她必須每天拎著保溫盒，

掐著工作之餘的那一點時間，在兩個醫院間來回奔跑，

騎的是父親的那輛電動車。

頭髮慢慢枯黃，人也迅速憔悴了下來。

眉頭鎖久了，

細白的額頭上漸漸有了一個淡淡的「川」字，沒人再說她清秀。

哥哥的情況越來越糟糕，認知功能不斷地下降，自殘的傾向越來越明顯。

一個階段的電療之後，醫生並未給出樂觀的答覆，

反而說哥哥已經有了精神分裂的徵兆。

一天，在照顧哥哥時，他忽然精神失控，把熱粥潑了半張床，

她推了他一把，他反推回來，

手掌捺在她臉上，致使她後腦勺磕在門角上，鼓起杏子大小的包。

從小到大，這是他第一次推她。

她捂著腦袋跑到街上。街邊花園裡有小情侶在打啵，她路過他們，
不敢羨慕，不敢回頭，眼前是大太陽底下自己孤零零的影子。
她不曾談過戀愛，不知道上哪兒才能找到個肩膀靠一靠。
她給父親打電話，怯怯地問：爸爸，你到底什麼時候才能好起來……
父親在電話那頭久久地沉默。
她哭著問：爸爸，你到底什麼時候才能好起來？

事情好像永遠不會再好起來了。
化療失敗，父親一天比一天羸弱，再也下不了病床。
飯盒裡的飯菜一天比一天剩得多，末了不需要她再送飯了，用的是鼻胃管。
她一天比一天心慌，枕巾經常從半夜濕到天亮，
每天清晨都用被子蒙住腦袋，不敢看窗外的天光，
心裡默念著：再晚一分鐘起床吧……再晚一分鐘起床吧……

成住壞空，生死之事該來的該走的，擋也擋不住，留也留不住。
迴光返照之際，父親喊她到床頭，囁嚅半晌，對她說：
……你哥哥，就隨他去吧，不要讓他拖累了你。
她低下頭，不知道該如何接話。
父親盯著她，半晌無語。
終於，他輕輕歎了口氣，輕聲說：是哦，你是個女孩子……
又是久久的沉默，普普通通的一個父親在沉默中離去。

她去看哥哥，坐在他旁邊的床上。
哥哥頭髮長了，手腕上有道新疤，他依舊是不看她的眼睛，

不看任何人的眼睛，他是醒著的，又好像進入了一場深沉的夢魘。
衣服和床單都是帶條紋的，窗櫺也是一條一條的，
滿屋子的消毒藥水味彷彿也是。
她說：爸爸沒了……
沉沉的眼淚劈哩啪啦往下掉，她渾身輕得找不到重心，卻不敢靠向他的肩頭。
她說：你什麼時候才能好起來……

從醫院出來，她發現自己沒有喊他「哥哥」。
不知道為什麼，她害怕再見到他，
之後幾次走到醫院的柵欄門前，幾次拐出一個直角。
父親辭世後的三年裡，她只去看過他四次。

命運的雲霄飛車慢慢減速，日子慢慢回歸平靜。
只剩她一個人了。
她一個人吃飯、上班、逛街、跳槽，交了幾個閨密，都是新單位的同事，沒人知道她還有個哥哥。熱心人給她介紹朋友，相親時，她幾次把話咽回肚裡，不想告訴人家自己有個精神病的哥哥。

時光洗白了一點心頭的往昔，帶來了幾道眼角的細紋。
她積攢了一點錢，愛上了旅行，去過一些城市和鄉村，兜兜轉轉來到這座滇西北的古城。
這裡是另一方江湖，沒人關心你的出身背景、階級屬性、財富多寡和名望高低，也沒人在乎你過去的故事。反正孤身一人，在哪裡都是過，於是她決定不走了，留在了這個不問過去的小城，開了一家小店，認認真真地做

生意，平平淡淡地過日子。

偶爾，她想起在電動車後座上吃雞排的日子，想起打過勾勾的聖托里尼，想起醫院裡的消毒藥水味。
她想起父親臨終時說的話：是哦，你是個女孩子……
她自己對自己說：是哦，我是個女孩子……
慢慢地，哥哥變成了一個符號，不深不淺地印在往昔的日子裡。
越來越遠，越來越淡。

然後她遇到了一隻流浪狗。
直到她遇到了這隻流浪狗。

（七）

2012年年末的一個午後，
我路過古城五一街王家莊巷，他們打狗時，我在場。
我認識那隻狗，也熟識旁邊慟哭的姑娘。
那個姑娘攥住我的袖子哀求：大冰哥，救救牠，救救牠。
我為了自己的面子攥住了一根手指，而未能攥停那根棍子。

我看到棍子在牠身上砸斷，牠不停地爬，爬回那個牆腳。
我聽到那個姑娘邊哭邊喊：對不起，對不起，對不起……

我幫她把那隻流浪狗掩埋在文明村的菜地，
帶她回到我的酒吧，陪她坐到天亮。

那天晚上，她在大冰的小屋裡，喝了一整壺相望於江湖，講了一個沒結局的故事。故事裡有父親，有哥哥，有一個終於長大了的女孩子和一隻流浪狗。
她告訴我說：我要去見一個人，晚了怕來不及。
她說：我需要去對他說聲對不起。

天亮了，我幫她拖著行李，去客運站買票，目送她上車離去。
我沒再遇見過她。
她留下的這個故事，我一直在等待結局。

時隔一年半。
2014 年春末，我看到了一條微博。
微博圖片上，一個清秀的姑娘站在一片白色的世界裡，
她左手摟著一幅黑框照片，右手挽著一個男子的胳膊。
這是一家人的合影：妹妹、哥哥、天上的父親。
結束了，結束了，難過的日子都遠去吧。
大家依偎在一起，每個人都是微笑著的，好起來了，都好起來了。

抱歉，故事的結局不是這樣的。
2014 年 4 月 19 日，江南小雨，我點開了一條沒有文字只有圖片的微博。
圖片上她平靜地注視著鏡頭，
左手摟著一幅黑框相片，右手是另一幅黑框相片。
碧海藍天白房子，微博發自聖托里尼。

不管是欠別人，還是欠自己，你曾欠下過多少個「對不起」？

時間無情第一，它才不在乎你是否還是一個孩子，
你只要稍一耽擱、稍一猶豫，它立刻幫你決定故事的結局。
它會把你欠下的對不起，變成還不起。
又會把很多對不起，變成來不及。

我不確定她最後是否跑贏了時間，那句「對不起」，是否來得及。

YouTube 遊牧民謠，靳松《不要等我回來》

YouTube 遊牧民謠，路平《想你的夜》

不許哭

她坐在門檻上，火光映紅面頰，映出被歲月修改過的輪廓……

妮可妮可，蒙奇奇一樣的妮可，你的娃娃臉呢？你的眼角怎麼也有了皺紋？

她說：哥，我不哭。

我說：乖，不許哭，哭個屁啊。

她抬起一張濕漉漉的臉，閉著眼睛問我：

哥，我們什麼時候回拉薩？

在遙遠的 21 世紀初，我是個流浪歌手。

我走啊走啊走啊走，途經一個個城市，一個個村莊。

走到拉薩的時候，我停了下來，心想：就是這裡了。

我留了下來，吃飯、睡覺、喝酒、唱歌。

然後我遇見了一個奇妙的世界。

然後我還遇見了一群族人，一些家人，以及一個故鄉。

後來我失去了那個世界和那些族人。

只剩下一點點鄉愁和一點點舊時光。

沒有什麼過不去，只是再也回不去。

魚和洋流，酒和酒杯，我和我的拉薩。

（一）

妮可是廣東人，長得像蒙奇奇（註 2），蠻甜。
她是高級日語翻譯出身，日語說得比國語還要流利，
2000 年初背包獨行西藏，而後定居拉薩當導遊，專帶外籍旅行團，
同時在拉薩河內仙足島開小客棧，同時在酒吧做兼職會計。

當年她在我的酒吧當收銀員，我在她的客棧當房客。

拉薩仙足島（位於拉薩市拉薩河的河心島）那時只有四家客棧，妮可的客棧是其中一家，客棧沒名字，
推開院門就是拉薩河，對岸是一堆一堆的白頭雪頂小山包。
我和一干兄弟住在妮可客棧的一樓，
每天喝她煲的亂七八糟叫不出名字來的廣東煲湯。
她喊我哥哥，我常把房間「造」得像垃圾場，她也一點都不生氣，
顛顛地跑來跑去幫忙疊被子、清桌子，
還平趴在地板上從床底下掏我塞進去的酒瓶和襪子。
她把我們的衣服盛進大盆裡，蹲在院子裡吭哧吭哧地洗，
我蹲在一旁吭哧吭哧地啃蘿蔔。

我邊啃蘿蔔邊問她：妮可妮可，你們客家妹子都這麼賢慧嗎？

註 2：日本超人氣玩偶，大名鼎鼎的蒙奇奇, Mochhichi! 是兩隻代表「幸福」和「幸運」的毛茸茸小猴子，無比卡哇伊。它們大概是世界上除了孫悟空以外最著名的猴子，1974 年於日本關口晃市誕生上市，為 Sekiguchi 公司的產品，已暢銷全球 40 年，粉絲遍佈世界各地，集可愛與時尚於一身。他倆都有一個習慣性的動作，那就是吮大拇指，非常可愛。

妮可齜著牙衝我笑，我也齜著牙衝她笑……
真奇怪，我那時候居然一點都不臉紅。
她說：哥啊，你真是一「隻」大少爺。

妮可把自己搞得蠻忙的，每天的時間都安排得滿滿滿，
她請不起幫手，客棧裡的雜事自己一肩挑，早上很早就起床洗洗涮涮，
一人高的大床單她玩似的擰成大麻花瀝乾水，自己一個人甩得啪啪響。
拉薩是日光城，10 點鐘曬出去滿院子的床單，12 點鐘就乾透了，
大白床單隨風輕飄，裹在身上貼在臉上全都是陽光的味道，
怎麼聞也聞不夠。
真好聞啊。
我每天睜開眼睛後的第一件事就是滿院子跑著抱床單，聞床單。

我一躥出來，妮可就追著我滿院子跑，她壓低聲音喊：哥啊，你別老穿著內褲跑來跑去好不好，會嚇到客人的。
我不理她，自顧自地抱床單，抱得不亦樂乎。

有一回還是嚇著客人了。
那天陽光特別好，白飄飄的床單像是自己會發光一樣，
我一個猛撲上去抱緊，沒想一同抱住的還有一聲悅耳的尖叫。
太尷尬了，手心裡兩坨軟軟的東西……床單背後有人。
妮可是拉薩為數不多的日語導遊，
她的客棧那時候時常會進出一些日本背包客。
好吧，是個日本妹妹。

那時候流行穿超人內褲，日本妹妹掀開床單後被超人嚇壞了，一邊哆嗦一邊連聲喊：蘇菲瑪索蘇菲瑪索（日語：對不起）。然後唰地給我鞠了一個躬。我連滾帶爬地跑回去穿長褲，然後給她賠罪，請她吃棒棒糖，她估計聽不懂我在說什麼，訕訕地不接話兒。我跑去找妮可學簡易日語對話，抄了半張 A4 紙的鬼畫符，我也不知道妮可教我的都是些什麼，反正我念一句，日本妹妹就笑一聲，念一句就笑一聲。

一開始是捂著臉笑，後來是眼睛亮晶晶地盯著我笑，笑得我心裡酥酥的，各種「亞滅蝶」（日語，不要的意思）。

僅限於此了，沒下文。

語言不通，未遂。

很多年之後，我在香港尖東街頭被那個日本妹妹喊住，

她的中文明顯流利了許多，她向她老公介紹我，說：這位先生曾經抱過我。

我想跑，沒跑成，她老公捉住我的手特別開心地握著。

我請她和她老公以及他們家公子去半島酒店喝下午茶，

她老公點起單來頗具土豪氣質，我買的單。

臨別，已為人母的日本妹妹大大方方地擁抱了我一下，

她說：再見啦，超人先生……

我想起妮可當年教我的日語，說：

瓦達西瓦大冰姨媽死（日語，在下大冰是也）。

妮可當年教過我不少日文單詞，基本上都忘光了，只記得晚上好似「空班哇」；早上好是「哦哈要狗砸姨媽死」，也不知道記得對不對。

我當時20歲出頭，熱愛賴床，每天「哦哈要狗砸姨媽死」的時間都是中午。
12點是我固定的起床時間，二彬子是12點半，雷子是1點。
雷子叫趙雷，歌手，北京後海銀錠橋畔來的。他年紀小，妮可疼他，
發給他的被子比我和二彬子的要厚半寸。每天趙雷不起床她不開飯。
雷子是回民，吃飯不方便，她每天端出來的蓋飯都是素的，
偶爾有點牛肉也都在雷子碗裡。
我不幹，舉著筷子去搶肉丁吃，旁人抬起一根手指羞我，
我有肉吃的時候從來不怕羞，照搶不誤。雷子端著碗蠻委屈，妮可就勸他：
呦呦呦，乖啦，不哭……咱哥還小，你要讓著他。
雷子很聽話，乖乖讓我搶，只是每被叼走一塊肉就嘟囔一句：殺死你。

雷子一到拉薩就出現高山症，一曬太陽就痊癒。大昭寺廣場的陽光最充沛，據說曬一個小時的太陽等同於吃兩顆雞蛋，我天天帶他去大昭寺「吃雞蛋」，半個月後他曬出了高原紅，黑得像只松花蛋（皮蛋）。

妮可也時常跟著我們一起去曬太陽，她怕黑，於是發明了一種新奇的日光浴方式，她每次開始曬之前先咕嘟咕嘟喝下半罐保溫瓶甜茶，然後用一塊大圍巾把腦袋蒙起來，往牆腳一靠開始打瞌睡。
我和雷子試過一回，蒸得汗流浹背，滿頭滿臉的大汗珠。
妮可說這叫蒸日光桑拿。

蒸完桑拿繼續喝甜茶。
光明甜茶館的保溫瓶按磅分，可以租賃，象徵性交點押金就可以隨便拎走。
甜茶是大鍋煮出來的，大瓢一揮，成袋的奶粉塵土飛揚地往裡倒，

那些奶粉的外包裝極其簡陋，也不知是從哪兒進的貨。
一保溫瓶甜茶不過一塊八毛錢，提供的熱量卻相當於一頓飯，且味道極佳，我們都搶著喝。
現在想想，當年不知吞下了多少三聚氰胺。

雷子倒茶時很講究禮貌，
杯子一空，他先給妮可倒，再給我倒，再給自個兒倒。
妮可誇他，說：哎呀，雷子真是個好男人。
他立刻擺一副很受用的表情，謙遜地說：
Lady first,
gentleman last,
handsome boy honest.

旁邊坐著一個英國老頭兒，人家扭頭問：What?

（二）

那時候大家住在一起，過著一種公社式的生活，我的酒吧老賠本，妮可的客棧也不賺錢，日子偶有拮据，卻從未窘迫。大家誰有錢花誰的，天經地義地相互守望著，高高興興地同住一個屋簷下，白開水也能喝出可樂味，掛麵也能吃出義大利麵的感覺來。

既是家人，彼此關心就是份內的義務，我們那時候最關心的是二彬子，或者說二彬子是最不讓人省心的（最讓人擔心）。
二彬子是我酒吧合夥人大彬子的親弟弟，來自首都北京大通州。他說話一驚一乍的（精神緊張興奮，舉止誇張反常），胡同串門子啥樣他就啥樣，脾氣也急，驢起來敢和他親哥玩摔跤。他親哥原本在拉薩市區租了小房子和他一起住，後來發現根本管不了他，於是塞到我身邊來圖個近朱者赤。

他蠻親我，經常跑到我面前掏口袋。
他說：老大，我搞了些無花果給你吃。
我說：我不吃。
他說：吃吧吃吧吃吧。
然後硬往我嘴裡塞，真塞，摁著腦袋塞，塞一個還不夠非要塞滿，
非要把我塞得和隻蛤蟆一樣。
我知道他是好心好意，但嘴裡塞滿了怎麼嚼？！

他也蠻親妮可，經常誇妮可。
看見妮可吭哧吭哧洗衣服，就誇：嘖嘖，你和我媽一樣賢慧。
妮可偶爾炒菜多放兩勺油，就誇：嘖嘖，你做的飯和我媽做的飯一樣好吃。
看見妮可穿了一件新衣服，就誇：嘖嘖，你的身材和我媽的身材一樣苗條。
妮可被他給誇毛了，
要來他媽媽五十大壽時的照片瞻仰風采，看完後氣得夠嗆。

二彬子當時和一個小女朋友談戀愛，叫小二胡。小二胡讀音樂學院，一把二胡走天涯，趁著暑假來拉薩勤工儉學（半工半讀的意思）。
小姑娘家境很一般，但窮遊得很有志氣，她在宇拓路立了把陽傘，
每天在街頭拉四個小時的二胡賺學費。
二彬子會兩句京劇花臉，天天跑過去喊一嗓子「蹦蹬淬！」，他一蹦蹬淬，

小二胡立刻琴弓一甩西皮流水（京劇曲調，活潑歡快、節奏緊湊，表現歡樂的情緒），兩個人四目相對含情脈脈，旁邊圍觀的老外們單眼相機哢嚓哢嚓響成一片。

二彬子請小二胡來客棧吃過飯，他一本正經地穿了一件白襯衫，
還把下擺紮進腰裡。我們逗他，告訴他第一次請人吃飯應該送花送禮物。
他二話不說就躥出門，不一會兒就捧回一大簇漂亮的格桑花，
高興得小二胡眼睛直眨。
過了不到半小時，隔壁鄰居客氣地敲開門，客氣地和我們商量：
……花就算了，當我送了，但花盆能不能還給我……
小二胡感動死了，二彬子翻牆為她偷花，太浪漫了，
她當場發誓要嫁給二彬子，把我們一家人嚇壞了。

暑假結束後，小二胡和二彬子生離死別了一場，而後一路顛沛，沿川藏線返鄉。臨走時，她把二胡上的一個金屬配件留給了二彬子做紀念。小二胡後來考去了維也納，遠隔萬重山水，他倆沒能再見面。

二彬子麻煩妮可打了根絛子，把那個金屬配件掛在脖子上。
妮可問他想不想小二胡，他岔開話題打哈哈，說：
妮可，你的絛子打得真漂亮，你和我媽一樣手巧。
妮可手巧，但嘴笨，有心勸慰二彬子卻不懂該怎麼勸慰，
她狠狠心把家裡的電話開通了國際長途功能，但二彬子一次也沒打過。
二彬子看不出有什麼異樣，依舊是每天咋咋呼呼地進進出出。
他的脖子上天天帶著那個奇怪的掛飾。

聽說，那個二胡金屬配件叫「千斤」。

（三）

夏有涼風秋有月，拉薩的生活簡單而愜意，並無閒事掛心頭，
故而日日都算是好時節。
和單純的旅行者不同，那時常駐拉薩的拉漂們（非拉薩地區居民，卻在拉薩工作或生活的人們）都有份謀生的工作。
妮可除了開客棧，還兼職做導遊。

當年來拉薩的窮老外太多，一本《孤獨星球》走天涯，人人都是鐵公雞，妮可的導遊生意常常半年不開張，偶爾接個團都像中了彩券一樣。
每次她一宣佈接到了團，整個客棧都一片歡騰，然後大家紛紛瞎忙活瞎出主意，這個給她套上一件衝鋒衣（PIZEX），那個給她掛一隻軍用水壺，大家都把自己最拿得出手的物件貢獻出來，逼著她往身上掛。
我那個時候身上最值錢的家用電器是易立信大鯊魚手機，也貢獻出來給她撐場面。每次她滿身披掛地被我們推出門，捯飭（方言：修飾打扮）得比遊客還要遊客。
她手摳著大門不撒手，笑著喊：不要啊……去個布達拉宮而已啊。
二彬子把她抱起來扔出去，她隔著門縫用廣東話笑罵：
契興啊（發神經啊）……去布達拉宮用不著拿登山杖啊。

布宮的門票比故宮的還要貴，我們都捨不得花那個錢，妮可是我們當中唯一進過布達拉宮的。她的小導遊旗是最特別的，
登山杖挑著一隻易立信大鯊魚手機，後面跟著一堆日本株式會社老大叔。

易立信後來被 SONY 收購，不知道是否拜妮可所賜。

那時候，我們在拉薩的交通工具是兩條腿加自行車，偶爾坐三輪車，萬不得已才打車（坐計程車）。
拉薩打車貴，北京起步價 7.5 元的時候，拉薩就是 10 塊錢了。
大家在各自的城市各有各的社會定位，來到拉薩後卻都回歸到一種低物質需求的生活中，少了攀比心的人不會炫富，也不太會去亂花錢。
大家好像都不怎麼打車，再遠的路慢慢走過去就是了，
心緒是慢悠悠的，腳下也就用不著匆忙趕路。

在我印象裡，妮可只打過一回車。
有一天下午，她像一隻大兔子似的蹦到我面前，攤開手掌向我借錢打車，
我說借多少？她說快快快，150 ！
我嚇了一跳，150 塊都可以打車到貢嘎機場了，一問她，果不其然。
妮可帶團的一個客人掉了一個單眼相機蓋，
她必須在一個半小時內趕去機場才來得及交還。
我問她是客人要求她去送嗎，她說不是。我說那客人會給你報銷打車費嗎？
她說：哎呀哥哥呀，這不是錢不錢的問題……
我樂了，好吧這不是錢的事，這是算術的問題好不好，
打車去貢嘎機場要花 150 塊，回程又是 150 塊，這還不算過路費……

我拗不過她，陪她打車去貢嘎機場，計費器每跳一次我就心痛一下，
我算術好，十幾斤牛肉沒有了。
丟鏡頭蓋的是個大阪大叔，我們隔著安檢口把鏡頭蓋飛給了他，

機場公安過來攆人，差點把我扣在派出所。
返程的錢不夠打車，坐機場大巴也不夠，我們走路回拉薩，
走了十里路才攔到順風車。

司機蠻風趣，逗我們說：你們是在散步嗎？
我一邊敲妮可的腦袋一邊回答說：
是，啊，吃，飽，了，撐，得，慌，出，來，散，散，步嘍，啊，哈！
說一個字敲一下。
那個丟鏡頭蓋的大阪大叔後來郵寄了一隻陶瓷招財貓來，算是謝禮。
我把那隻貓橫過來豎過去地掏啊掏啊，掏了半天也沒掏出來我那 150 塊錢。

十幾斤牛肉啊……牛肉啊！
牛肉啊！

（四）

我那個時候晚上開酒吧，白天在街頭賣唱，
賣唱的收入往往好於酒吧的盈利，往往是拿下午賣唱掙來的錢去進酒，
晚上酒吧裡再賠出去，日日如此，不亦樂乎。

拉薩不流行硬幣，琴盒裡一堆一堆的毛票（稱印有毛澤東頭像的人民幣），
拉薩把毛票叫作「毛子」，我們把街頭賣唱叫作「掙毛子的幹活」。
那時候，大昭寺附近好多磕長頭的人，
路人經過他們的身旁都習慣遞上一張毛子，以示供養、以敬佛法。
藏民族樂善好施，佈施二字是人家時時刻刻都會秉行的傳統價值觀，

受其影響，混跡在拉薩的拉漂們也都隨身常備毛子。
朝聖者一般不主動伸手要毛子，主動伸手的是常年混跡在大昭寺周圍的一幫小豆丁（小孩子），這幫孩子算不上是職業的小乞丐，抱大腿不給錢就不走的事是不會做的，他們一般小木頭樁子一樣栽到你跟前，伸出小爪子用一種很正義的口吻說上一句：古奇古奇，古奇古奇。

古奇古奇，是「求求你給一點兒吧」的意思。

你不理他，他就一直說一直說，直到你直截了當地來上一句：毛子敏度。
口氣和口吻很重要，這幫孩子都是吃軟不吃硬的性格，
惹惱了他們的話當真會罵你。
他們罵人只有一句：雞雞敏度！
一般人罵人是指著鼻子，他們是指著褲襠開罵，罵得你虎軀一震、菊花一緊。

敏度，在藏語裡是沒有的意思。

我是屬於打死也不受脅迫的天蠍座，當年被「敏度」了不知多少回，時間久了那幫小祖宗一見到我，遠遠地就高喊「雞雞敏度」，搞得我和紘按錯、鼓點敲亂，搞得身旁剛到拉薩的漂亮妹子一度以為那是我的藏文名字。

高原的空氣乾燥，街頭開工時，水如果喝得少，幾首歌就能把嗓子唱乾。
妮可妹妹心腸很好，每天晚上都會跑來給我送水。每次她都抱著瓶子，笑眯眯地坐在我身後，順便幫我們收收賣唱的錢。
她最喜歡聽趙雷唱歌。

雷子那時是拉薩的街頭明星。每天他一開唱，成堆的阿佳（藏語，姐姐）和普木（藏語，姑娘）臉蛋紅撲撲地衝上來圍著他聽。他脾氣倔，刺蝟一隻，只肯唱自己想唱的歌，誰點歌都不理睬。

妮可例外，點什麼他唱什麼，妮可怕他太費嗓子，

每天只肯點一首，點一首他唱三首，誰攔都沒法子。

雷子喊她「姐」，在妮可面前他乖得很。

雷子另外有個姐姐嫁到了國外，那個姐姐對他很好，他曾給姐姐寫過一首歌：

姐姐若能看到我這邊的月亮該多好

我就住在月亮笑容下面的小街道……

姐姐我這邊的一切總的來說還算如意

你應該很瞭解我就是孩子脾氣

最近我失去了愛情生活一下子變得冷清

可是姐姐你不必為我擔心

姐姐你那邊的天空是不是總有太陽高照

老外們總是笑著接吻擁抱看上去很友好

你已經是兩個小夥子心中最美麗的母親

在家庭的紛爭中你是先讓步的賢妻

姐姐如果感到疲憊的時候去海邊靜一靜

我也特別希望有天你能回來定居在北京

我知道有一些煩惱你不願在電話裡和我講起

你會說 Don't worry 傻傻一笑說一切會好

一切會好

一切會好

…………

雷子從小苦出身，從很小的時候就開始自己養活自己，高興了沒人分享，委屈了自己消化。北京城太大，世事洞明人情練達，人人都是自了漢（註 3），坑他的人多、疼他的人少，故而，他把對他好的人都放在心尖上，以及琴弦最深處。

雷子歌中的那個姐姐應該對他很好吧。

我沒見過雷子歌中的那個姐姐，我只記得他在拉薩街頭放聲高歌時，一側身，露出了半截脫了線的秋衣，妮可坐在他身後，盯著衣角看了一會兒，偷偷側過身去，悄悄揩揩眼角的淚花。

她和那個遠在異國他鄉的姐姐一樣，都蠻心疼他。

會心疼人的姑娘都是好姑娘。

（五）

下午賣唱，晚上開酒吧。

酒吧名叫「浮游吧」，取自《詩經・曹風・蜉蝣》：

蜉蝣之翼，采采衣服，心之憂矣，於我歸息……

很多年之後，有人說浮游吧代表了拉薩的一個時代。

當年的浮游吧藏在亞賓館隔壁的巷子裡，英文名曰：For You Bar.

註 3：大乘佛教中正果分三等，最低等是阿羅漢，也就是這裡的自了漢，指自己明白佛法，但是卻無普渡眾生。這裡是指只顧自己不管別人的意思。

因為這個英文名字的緣故，當年很多窮遊的老外常來光顧，他們可能覺得這個名字非常浪漫，於是招牌底下時常可以看見小男生向小女生告白、小男生向小男生示愛。

我從小學美術，英語課三天打魚兩天曬網，英文水準爛到姥姥家，
字母是 24 個還是 26 個一直都搞不清楚，
為了酒吧的生意不得不拜託妮可幫我惡補英文。
她當真厲害，教了我一句酒吧萬能待客英文，那句英文就四個單字：
Coffee? Beer? Whiskey? Tea?
（咖啡？啤酒？威士忌？茶？客官您要喝哪一種呢？）
這句話直奔主題、直截了當、百試不爽，當真好用，我一直用到今天。

妮可當年在浮游吧當會計，她長得乖，是我們酒吧的吉祥物，
人人都喜歡逗她，一逗她她就笑，一笑，臉上就開出一朵花。
我說：妮可你這樣很容易笑出一臉褶子來的，回頭嫁不出去砸在手裡了如何是好？
她慌了一下，手捂在臉上，頃刻又笑成一朵花。
她說：或許有些人不在乎我有沒有褶子呢。

她說的那個「有些人」我們都認識，我不再說什麼。

好姑娘總會遇見大灰狼，妮可也不例外。
她那時候愛上的是一個渣男，腳踏兩條船的極品渣。
墨分五色，浪子有良莠，有些人走江湖跑碼頭浪蕩久了，養出一身的習氣，

張嘴閉嘴江湖道義，轉身抹臉怎麼下流怎麼胡來，這種人往往隱藏得極好，
像隻蜘蛛一樣，慢慢結網，然後冷不防地衝出來禍害人。
渣男嘴甜，表面功夫做得極好，女孩子的心理他吃得透透的。
他知道小姑娘都期待一個完美的故事，於是給妮可畫了一張餅，
從追她的第一天起就說打算娶了她和她舉案齊眉一輩子。
妮可愛上那枚渣男時，並不知他在內地已有女友，
渣男也不說，直等到妮可深陷情網時才吐露三分，
他解釋說內地的女朋友重病在身，現在和人家分手，等於雪上加霜。
他說：妮可，我是真的愛你，我想一直和你在一起。
為了咱們的將來，你能別去在乎那些不重要的事情嗎？
他吃定了妮可捨不得和他分手，逼著妮可默認了自己腳踏兩條船的事實，
只推說時間可以搞定一切。
妮可第一次談戀愛，莫名其妙成了個「小三」。

渣男和自己內地的女朋友打電話發簡訊的時候，不怎麼避諱她。
妮可單純，半輩子沒和人紅過臉吵過架，
她可憐巴巴地喜歡著他，憋了一肚子的委屈說不出口。她是客家人，
對感情一根筋得很（死腦筋），心火燒得凶了，就冒死喝酒澆愁。
她有哮喘，兩瓶拉薩啤酒就可以讓她喘到死。我們膽顫心驚地把她弄活，
過幾天客人少的時候，她又自己一個人躲到沒人的角落抱著瓶子喝到休克。
酒醒了以後她什麼也不說，只說自己饞酒不小心喝多了，
然後忙忙碌碌地該洗被單洗被單，該當導遊當導遊，該當會計當會計。
這個傻孩子苦水自己一個人咽，並不去煩擾旁人，找人來當垃圾桶。
那時候我們都只知她感情不順，具體原因並不清楚。

我蠻擔心她，有時在唱歌的間隙回頭看看她，她獨自坐在那裡出神……
這場面讓人心裡很難受。

我那時年輕，女兒家的心思琢磨不透，勸人也不知該怎麼勸，
翻來覆去就一句話，我說：妮可，別讓自己受委屈。
她臉紅了又白，輕聲說：這是我第一次談戀愛，總要努力去試試哦……
她又說：不要擔心我……也沒那麼委屈啦。
她實在太年輕，以為所有的愛情故事歷經波折後都會有一個大團圓的結局。

話說，你我誰不曾當局者迷過呢？

（六）

那時候，我們一堆人幾乎24小時待在一起，妮可例外，她談戀愛的那半年，幾乎每天都會消失一會兒，不用說，包準是約會去了。
愛情和理智是對立關係，戀愛中的女人情商高於智商，她那段時間偷偷買了眉筆粉餅，臉擦得明顯比脖子白，我們都發現了，就她自己不覺得。
有一次她打電話，被我聽到了。她用兩隻手抓著話筒，輕輕地說：
你不要生氣好不好？我只是想和你多待一會兒……
我沒別的意思……好了，我錯了，你不要生氣好不好？
她每次約會的時間長短不等，有時候半個小時，有時候三、五個小時。我們摸著一個規律，但凡她半個小時就回來，一定是癟著嘴悶聲不說話的，不用說，約會時又受氣了。她回來的時間越晚心情就越好，有時候到了酒吧夜間開始營業時才出現，哼著歌，眼睛彎彎的，嘴角也是彎彎的。

妮可蠻負責任，在我的印象裡，她談戀愛的那段時間好像從未耽誤過工作，
每天晚上開門營業時，她都會準時出現。
但有一天，妮可消失了很久，晚上也沒來上班。
她從下午出門，一直到半夜也沒出現。

那天太忙，沒顧得上打電話給她，半夜我們回客棧的路上還在猜她會不會夜不歸宿，等回到客棧了才發現不對勁。
妮可的房間是在大門旁，隱隱約約聽到她在房間裡哭。

我和二彬子跑去敲門，怎麼敲也敲不開，
二彬子比我性急，一腳踹開了小木門，妮可坐在地上閉著眼睛哭，
不知道她哭了多久，哭腫的眼睛早已睜不開了。
我過去拉她，冷不防看見腮上半個清晰的掌印。

我氣得哆嗦起來，問她：誰打的？！
她已經哭到半昏迷的狀態，撥楞著（晃動著）腦袋含含混混地說：
自己，自己摔的。
自己摔的能摔出個巴掌印嗎？！
我問：是他打的嗎？說話！

無論怎麼問她，她都不肯多說，只是哭，再不肯多說一句話。我和二彬子弄來濕毛巾給她擦臉，她一動不動地任憑我們擺佈，面頰剛擦完又哭濕，紅腫得像桃子，折騰了半天才把她抬上床蓋上了被子，不一會兒枕巾又哭濕了。
我咬著後槽牙說：

妮可，你先睡，有什麼話咱們明天說，需要我們做什麼你儘管說。
暴力不能解決問題，但解氣。她只要一句話，我們連夜把渣男打出拉薩。
但她死扛著什麼也不肯說，只是嘩嘩地淌眼淚。
在關上門之前，她終於肯開口了。
她聲音低低地輕喊：哥……
我說：嗯？
她說：哥……你們屋裡能不能別關燈？

我們沒關燈，一直到天亮，都隱約聽得到對面妮可房間裡傳來輕輕的抽泣聲。

妮可在床上躺了整整兩天，街面上的人問她哪兒去了，
我們只推說她身體不舒服不想出門。
第三天，渣男找到酒吧來了，他大咧咧地推開門，張嘴就問：
欸，那個誰，妮可怎麼不接我電話？
又說：一吵架就玩失蹤……女人啊，真麻煩。

之前礙著妮可的面子，大家對渣男都還算客氣，他來喝酒並不收酒錢，
偶爾也稱兄道弟一番。渣男知道我們和妮可的關係，很不把自己當外人，
平常在言辭間也是百無禁忌。
我們一干人來拉薩是來過日子的，並非來惹是生非的，開酒吧和氣生財，
遇到說話口氣硬的人也都是退一步海闊天空，
久而久之，渣男以為遇見的是一群只會彈琴唱歌的文藝青年。
他犯了一個錯，錯把文氓當文青。
氓是流氓的氓。

還沒等我從吧台裡跳出去，二彬子已經滿臉微笑地迎了上去。
渣男是被踹飛出去的，四腳朝天滾在臺階下，然後一路連滾帶爬，被一堆他心目中的文藝青年從浮游吧門口打到了亞賓館門口。
過程不多講了，魯提轄拳打鎮關西。渣男尿濕了褲子，磕掉了一顆門牙。
二彬子是北京通州人，來拉薩前的職業是城管。

我們等著 110 上門，一直沒等到，
渣男被打跑後沒再出現，事情就此畫上句號。

後來才知道，那天渣男和妮可約會時隨身帶了一份合同，
他想要妮可在合同上簽字，並說了一個交換條件，他說：
你把客棧給我一半，我回去和她斷了，全心全意和你在一起。
妮可以為自己聽錯了，這番話出自面前這個身材高大的男人之口？
妮可苦笑，問：你愛過我嗎？
渣男說：愛啊，一直都愛啊。
妮可接過合同，她說：如果你已經不愛我了，早點告訴我好嗎？
渣男說：你胡思亂想些什麼，我怎麼可能不愛你啊……快點簽字吧，親愛的。

他腳踏兩條船，她忍了。她以為他了解她的隱忍，
幻想著能忍到他良心發現的那一天，沒想到他並沒有良心。
所有的幻想和期待都變成了一個笑話。
合同在妮可手中被慢慢撕成雪花，一揚手撒滿了人行道。

渣男吃了一驚，一直以來他都以為自己吃定了妮可，

驚訝瞬間轉化為惱羞成怒，他抬手抽了妮可一個大嘴巴。
女人容顏逝去要十年，男人貶值不過一瞬間。
妮可沒哭也沒鬧，甚至沒再多看他一眼，她轉身離開，一步一步走回仙足島，關上房門後才痛哭起來。她第一次愛上一個人，在此之前她的世界一片單純，從未有過如此洶湧的傷心。

聽說，每個好姑娘都會遇到一隻大灰狼，據說只有遇到過後才能擁有免疫力，有免疫力是件好事，然而大灰狼留下的陰影呢？

事情過後，我們一度很擔心妮可的狀態，有大半個月的時間，我們帶她去踢足球，帶她爬沙拉烏茲，逃票去沙拉寺，希望大汗淋漓能代謝走一些東西，誦經聲能帶來一些東西。
她乖乖地跟在我們旁邊，看不出有明顯的異樣，和以前相比，只是話變得很少。

之前那個樂呵呵的妮可去哪兒了？我們想讓妮可快點好起來。
我們滿屋子「破四舊」（註 4），努力銷毀渣男的一切痕跡，搜出來的零碎裝了半編織袋：妮可為他織了一半的圍巾，妮可為他縫的手機套，妮可為他拍的照片……還有他唯一送過妮可的禮物：一隻杯子，上面印著一行字：我一生向你問過一次路。
問你妹啊問，滿世界玩得起的姑娘你不招惹，偏偏來禍害一個傻姑娘。
我一腳踩碎了杯子，硌得腳心生疼。

註 4：文革時期的用語，破四舊是指破除舊思想、舊文化、舊風俗、舊習慣。

渣男學過兩年美術，他追妮可的時候，曾在妮可客棧的牆壁上畫過一幅金翅大鵬明王。怕妮可睹畫傷情，我弄來乳膠漆把那幅畫塗刷乾淨。

我在那面嶄新的牆上畫了一隻碩大的卡通小姑娘，紅撲撲的臉蛋、童花頭，還有一對笑笑的小對眼。

又在卡通小姑娘旁邊畫了一堆腦袋，眾星捧月般圍在她周圍，有的小人兒齜著牙摳鼻屎，有的小人兒擺出一副黃飛鴻的姿勢，有的小人兒抱著吉他嘴張得比腦袋還大，所有的小人兒通通都是鬥雞眼。

妮可站在我身後看著我畫畫。

她問：哥，你畫的是什麼？

我說：喏，這是你，這是咱們一家人，咱們一起在過林卡（藏語，郊遊或野炊的意思），高高興興地一直在一起。

我說：妮可，你是不是很感動？感動也不許哭啊。

她一下子用手捂住眼，腦袋上下點著，帶著哭腔說：嗯嗯嗯……

我說：這才是好姑娘……哥哥請你吃個大蘋果吧。

我揮手在卡通小姑娘旁邊畫了一隻大蘋果。

（七）

妮可滿血復活的速度比我想像得要快，

沒過多久，每天早上甩床單的啪啪聲又重新響起來了。

我照例每天穿著內褲衝出去抱床單、聞床單。

她照例滿院子攆我。

我一度想撮合她和安子。

安子也住在仙足島，他租了房子想開客棧，但不知怎麼搞的，開成了一家收留所，他們家連客廳裡都睡滿了人，全都是朋友以及朋友的朋友，以及朋友的朋友的全國各地的朋友，沒一個客人。

有些朋友講情調，直接在客廳裡搭帳篷。

大部分的窮朋友對物質的要求沒那麼高，一隻睡袋走天涯。

安子性情純良，對朋友極好，他沒什麼錢，但從不吝嗇給浪蕩天涯的遊子們提供一個免費的屋簷。

他極講義氣，是仙足島當年的及時雨呼保義（水滸傳裡宋江的綽號）。

安子家每天開伙的時候那真是壯觀，一堆人圍著小廚房，邊咽口水邊敲碗。

沒人繳伙食費，也沒人具體知道這頓飯要吃什麼，

每個房客你一把蔥我一把麵地帶食材回來。

掌勺大廚是安子，他守著一口咕嘟咕嘟的大鍋，

拿回來什麼都敢往裡面放，然後一把一把地往裡面撒辣椒粉。

他是四川人，做菜手藝極好，頓頓麻辣雜燴大鍋菜，

連湯帶水，吃得人直舔碗。

我們時常去蹭飯，吃過一系列組合詭異的菜肴：

豬肉番茄燉茄子、花生土豆煮扁豆、牛肉燕麥香菜折耳根麵片子湯……

我們吃麼麼香，他是做麼麼香。

那麼反社會的黑暗料理食材搭配，也只有他能駕馭。

安子長得高大白淨，文質彬彬，典型的陽光男文藝青年。

不要那麼孤獨，你要相信，
這個世界真的有人在過著你想要的生活。

他那時在一家小報社工作，跑社會新聞也寫副刊雜文，靠著一條一條的新聞按條計酬領薪水。但拉薩就那麼大點地方，哪來那麼多事件新聞啊，有時候跑一整天，一條也沒有。

安子沒轍，就拽著客棧裡的人一起編心靈雞湯和人生感悟湊版面。

他客棧裡的人普遍太「仙」，張嘴不是馬奎斯就是傑克·凱魯亞克，

於是他經常跑到妮可的客棧來湊臭皮將。

那時大家都年輕，沒什麼社會閱歷，編出來的文字一派校園文學氣息。

大家七嘴八舌，安子默默寫筆記做整理。安子是個大孩子，編完了還要大聲朗誦，各種文藝範兒，各種陶醉，各種自我肯定。

我煙火氣重，聽不來白衣飄飄的年代，他念他的，我玩我的俄羅斯方塊。妮可的純情度比安子有過之而無不及，安子的文藝朗誦是她的最愛，聽得高興了經常一臉崇拜地鼓掌，還顛顛地跑去燒水，問人家要不要喝豆奶。

豆奶香噴噴的太好喝了，我也想喝……但她只沖給安子喝。

安子喝豆奶的樣子很像個大文豪，意氣風發一飲而盡。

怎麼就沒燙死他？

我看出點苗頭，串聯了滿屋子的人給他倆創造機會。

這倆人都還是純情少男少女，都不是主動型選手，若沒點外力的推動，八百年也等不來因緣具足的那一刻。

妮可客棧裡那時候有輛女式自行車，大家齊心合力把氣門芯給拔了，

車胎也捅了，車座也卸下來藏起來了。

那輛自行車是大家共用的交通工具，為了妮可，不得不忍痛自殘。

我們的算盤打得精。

沒了自行車，需用車時就攛掇（催促）妮可去向安子借，不是都說借書能借出一段姻緣嗎？那借自行車說不定也能借出一段佳話來。

佳話迅速到來了。
那天，妮可要出門買菜，我們連哄帶騙讓她洗乾淨了臉、梳了頭，
並換上一條小碎花裙子，然後成功地忽悠她去找安子借車。
大家擠在門口目送她出門，還衝著她深情揮手，搞得妮可一腦袋問號。

她出門不到十五分鐘就回來了，我們都好生奇怪，怎麼個情況？
安子沒把車借給你？
她傻呵呵地說：是啊，他沒借給我……
哎喲！怎麼回事？
妮可傻呵呵地說：安子聽說咱家的自行車壞了，就把他家的自行車送給我了。
送？
好吧，送就送吧，我們追問：然後呢，然後你怎麼說的？
妮可說：然後我說我們家還缺打氣筒。
我們追問：然後呢，然後他怎麼說的？
妮可傻呵呵地說：然後……他把打氣筒也送給我了。

你怎麼不說你們家還缺個男朋友？！
安子的自行車是老式 28 錳鋼，妮可腿短，騎 100 公尺歪把三、四回，
我們怕她摔死，一周後替她把車還了回去。

我們還是時常去安子家蹭飯，安子還是經常跑到我們客棧來編人生感悟，

編完了就高聲朗誦，每回妮可都給他沖一杯豆奶喝。
妮可和安子沒發展出什麼下文來，他倆之間的緣分，
或許只限於一杯純白色的豆奶。
是為一憾。

失去安子的音訊已經很久了，六年？七年？我記不清了。
輾轉聽說他回到內地後，安居在一個叫豐都的小城，收斂心性娶妻生子，撰文為生。
仙足島的歲月已成往昔，如安子那般仗義的江湖兄弟如今寡鮮。如今是自己為王的年代，人們懶得付出和交流，只熱衷於引領和表達，微博和訊息上每天都可以刷出成堆的心靈雞湯人生感悟，無數人在轉發，卻不知有幾人能真正做到知行合一。
我亦俗人，有時也轉發一些人生感悟，有時一邊讀一邊想，個中某些金句，會不會出自安子的筆端。
也不知他現在過得好不好，多年未見了，有些想念。

（八）

需要想念的人有好多。
月無常滿時，世事亦有陰晴圓缺。
2008 年 3 月 14 日（註 5）。
我的家人紛落天涯，我的族人四散。
我慌著一顆心從濟南趕往拉薩，
橫穿了半個中國卻止步於成都，無法再往前行。

很多人撤到了成都，妮可也在其中。

她站在寬巷子的路口，抓住我的胳膊，指甲尖尖的，死死地摳在我胳膊上，她哭：哥！家沒了。

我說：你他媽哭個屁！不許哭！

我說：人在哪裡，家就在哪裡。

一個月後，新家在成都落成，位置在東門大橋的一座「回」形住商大樓裡，名為「天涯往事」，隔壁是「蜂后」。

我幫妮可在牆壁上畫畫，畫了她的卡通像，又畫了自己的，然後忽然不知道該再畫誰的了。我回頭，妮可站在吧台裡擦杯子，葛莎雀吉（註 6）的吟唱回蕩在偌大的 loft 裡，空曠的屋子裡，只剩下我們兩個人。

我站到門口抽煙，行人慵懶地踱過，「胖媽爛火鍋」的味道飄過，滿目林立的店鋪，聞不到煨桑（註 7）的煙氣，望不到我的拉薩河。

「天涯往事」開業的第二天，我返程回北方。

臨行前，妮可為我做飯吃，炒了牛肉，燉了牛肉，一桌子的肉，沒人和我搶。

她送我到樓梯口，忽然停下腳步。

註 5： 2008 年 3 月 14 日發生於西藏自治區及青海省的大規模藏人抗議示威活動。抗議地點以拉薩為主，又稱「三．一四事件」。示威者為了紀念 1959 年 3 月 10 日武裝反抗中共 49 周年，在中國的藏區、印度藏南的部分藏族激進人士舉行抗議活動。但後來演變成藏族暴徒襲擊漢族、回族平民和商店、汽車等暴力事件，並直接造成 18 名無辜平民死亡。之後武裝警察嚴守拉薩各個街口，嚴禁一切的集會活動。

註 6：葛莎雀吉是當今擁有西藏藝術傳承的知名歌者，聲音充滿了許多奇妙的元素，蘊涵豐富的人文精神與慈悲情懷，深具不可抗拒的穿透力。她提供了一個安適的場域，如同在母親最溫暖的懷抱中。

註 7：藏族人用松柏枝焚起的靄靄煙霧，以祭天地諸神。

她問：哥，我們什麼時候回拉薩？
我站在樓梯末端，轉身，伸手指著她，只說了一句：不許哭。
她使勁憋氣、使勁憋氣，好歹沒哭出來。
她站在樓上往下喊：哥，常來成都看看我。

我沒能在成都再看到她。
一個月後，「5・12」大地震。

新開業的「天涯往事」沒能撐到震後重建的時期，迅速地變成往事，
與許多往事一起，被隔離在了過去。
震後，妮可背著空空的行囊回到了廣東，她在NEC（日本電氣）找到一份日文商務翻譯的工作，躋身朝九晚五的白領行業。
之後的數年間，她到濟南探望過我，我去廣東看望過她。
2008、2009、2010、2011、2012、2013、2014。
除了妮可、二彬子和趙雷等寥寥數人，
當年同一屋簷下的家人如今大多杳無音訊了。
二彬子也來濟南看過我一次，他回北京後結婚生子，挺起了啤酒肚，儼然已是一副中年人的模樣。我和他提起小二胡，他借酒遮面打哈哈。
和趙雷見的次數算多的。
有時在簋街午夜的粥鋪裡，有時在南城他的小錄音室裡，他一直沒放下那副刺蝟脾氣，也一直沒放下吉他，巡演時路過濟南，聽說也曾路過拉薩。
這個世界奔跑得太快，妮可一直沒能再遇見他倆。

（九）

2013 年除夕，妮可來找我過年，我們一起在麗江古城包了餃子，那裡有我另外一個世界的另外一群族人。大家都很喜歡妮可，昌寶師弟尤其愛她，包餃子時蹲在她腳旁拿腦袋蹭她。

我們喝酒、彈琴、唱歌，把嗓子喊啞。12 點鐘聲敲響時衝到門口放鞭炮，滿世界的喜氣洋洋，滿世界的劈哩啪啦。

我醉了，滿世界給人發紅包，發到妮可時，我敲敲她腦袋，問她開不開心啊，喜不喜歡麗江啊，要不要留下來啊。

她坐在門檻上，火光映紅面頰，映出被歲月修改過的輪廓……妮可妮可，蒙奇奇一樣的妮可，你的娃娃臉呢？你的眼角怎麼也有皺紋了？

妮可也醉了，她說：哥，我不哭。

我說：乖，不許哭，哭個屁啊。

她抬起一張濕漉漉的臉，閉著眼睛問我：

哥，我們什麼時候回拉薩？

除夕夜裡的麗江，煙火開滿了天空，我輕輕抱了她一下，拍拍她的背。

妮可你看，好漂亮的煙火。

妮可，我曾悄悄回過一次拉薩。

2010 年 30 歲生日當天，一睜開眼，就往死裡想念。

一刻也不能等了，一刻也不容遲緩，臉都沒洗，我衝去機場，

EXIT

該醉的時候一定不能少喝，該唱歌的時候一定不要乾坐。也許無趣的不是這個世界，而是我們沒有堅持那些有趣的活法而已。

酒，古人又名狂藥。有時民謠也是一劑狂藥，良藥苦口，狂藥辣心。這個世界病得不輕，失眠的人們聽歌去吧，在溫吞水一樣的日子裡咂一口狂藥，或許喚醒的不僅僅是麻木的味蕾。

輾轉三個城市飛抵拉薩貢嘎機場。

再度站在藏醫院路口的時候，我哽咽難言，越往裡走，大昭寺的法輪金頂就越看得真切。那一刻，我是個近鄉情怯的孩子，匍匐在滾燙滾燙的廣場上，一個長頭磕完，委屈得涕淚橫流。

端著槍的武警過來攆我，他說：走嘍走嘍，不要在這裡躺。

我打車來到仙足島，客棧林立，沒有一個招牌是我熟悉的。

我翻手機，一個一個打電話。空號、空號、忙線中……沒了，全沒了。

很難受，從 17 歲浪蕩江湖起，十幾年來第一次嘗到了舉目無親的感覺。

沒有什麼過不去，只是再也回不去了。

兩年後，我隨緣皈依三寶，做了禪宗臨濟宗在家弟子。皈依的那天跪在準提菩薩像前我念：往昔所造諸惡業，皆由無始貪嗔癡……

我想我是癡還是貪？願我速知一切法吧，別讓我那麼駑鈍了。

大和尚開示我緣起論時，告訴我說萬法皆空唯因果不空。

他說，執念放下一點，智慧就升起一點。

可是師父，我執念重，如縷如麻如十萬大山綿延無盡。

我根器淺。

時至今日，我依舊執著在和拉漂兄弟們共度的那些時光裡。

他們是我的家人，我的族人，我彌足珍貴的舊時光。

若這一世的緣盡於此，若來生復為人身，我期許我能好好的，大家都能好好的，這個世界也是好好的。我期許在弱冠之年能和他們再度結緣於藏地，再度沒皮沒臉地做一回族人、當一回家人，再度彼此陪伴相互守望，

再度聚首拉薩。

（十）

給我一夜的時間吧，讓我穿越回九年前的拉薩。

讓我重回拉薩河上的午夜。
那裡的午夜不是黑夜，整個世界都是藍色的。

天是清透的鈷藍，一伸手就能攥得。
月光是淡藍，渾樸而活潑，溫柔又慈悲，不時被雲遮住又不時展露真顏。
每一片雲都是冰藍，清清楚楚地飄啊飄，移動的軌跡清晰可辨。
星星鑲在藍底的天幕上，不是一粒一粒的，是一坨一坨的，漂亮得嚇人。
星空下是藍波蕩漾的拉薩河，河內是藍瓦藍牆的仙足島，
島上住著我熟睡的家人和族人，住著當年午夜獨坐的我。

我習慣在大家熟睡後一個人爬上房頂，抽抽煙、聽聽隨身聽，
或者什麼也不做只是仰著頭看天。
藍不只代表憂鬱，漫天的藍色自有其殊勝的加持力，
覆在臉上、手上、心上、心性上，覆蓋到哪裡，哪裡便一片清涼。
四下裡靜悄悄的，腳下房間裡的呼嚕聲清晰可辨，這是二彬子的，
這是趙雷的，那是妮可的……
我想喊叫出來。
聲音一定會沿著拉薩河傳得很遠。
我想翻身爬起來踩著瓦片爬到屋頂最高處，用最大的聲音喊啊，喊：
我心裡很高興啊，我很喜歡你們啊！

有種可以對抗命運的力量，叫做善意。

善良是一種天賦，善意是一種選擇。

情義這東西，一見如故容易，難的是來日方長。
真正的朋友，分開十年，見了面就像昨天剛剛分手似的。

我總覺得，對年輕人而言，沒有比認認真真
去「犯錯」更酷更有意義的事情了。

管你們被吵醒後生不生氣，反正我就是想喊啊。

我想著想著，然後就睡著了。

趙雷有首歌，叫《畫》，他唱到：

為寂寞的夜空畫上一個月亮

把我畫在那月亮下面歌唱

…………

畫上有你能用手觸到的彩虹
畫中有我決定不滅的星空
畫上彎曲無際平坦的小路
盡頭的人家夢已入
…………

曾經有一個午夜，他和妮可一起，悄悄爬上屋頂，悄悄坐到我旁邊。
他不說話，從口袋裡掏出三根皺皺巴巴的「蘭州」，遞給妮可一根，自己叼一根，給我點上一根。
煙氣嫋嫋，星斗滿天。
妮可伸出雙臂，輕輕攬在我們的肩頭。

沒有人說話，不需要說話。
漫天神佛看著呢，漫天遍野的藍裡，忽明忽暗的幾點紅。

You Tube 趙雷《未給姐姐遞出的信》

You Tube 遊牧民謠，大冰《在大昭寺廣場曬太陽》

You Tube 趙雷《畫》

唱歌的人不許掉眼淚

次日午後，他們辭行，沒走多遠，背後追來滿臉通紅的老嫗。
她孩子一樣囁嚅半晌，一句話才問出口：你們這些唱歌的人，
都是靠什麼活著的？
這個一生無緣踏出茫茫荒野的老人，鼓起全部的勇氣發問。
她替已然年邁的自己問，替曾經年輕的自己問。
緊張的，疑惑的，膽怯的，彷彿問了一句多麼大逆不道的話。
三五個漢子立在毒辣的日頭底下，沉默不語，涕淚橫流。
老人慌了，擺著手說：不哭不哭，好孩子……我不問了，不問了。

你我都明白，這從來就不是個公平的世界。
人們起點不同，路徑不同，乃至遭遇不同，命運不同。
有人認命，有人順命，有人抗命，有人玩命，希望和失望交錯而生，倏爾一生。

是啊，不是所有的忍耐都會苦盡甘來，不是所有的努力都會換來成功。
他人隨隨便便就能獲得的，於你而言或許只是個夢。
可是，誰說你無權做夢？

很多年前，我有幾個音樂人朋友曾背著吉他、手鼓、冬不拉（一種哈薩克族民間流行的彈撥樂器），一路唱遊，深入西北腹地采風，途中遇見一老嫗，歌喉嚇人地漂亮。
做個不恰當的比喻：秒殺後來的各種中國好聲音。
他們貪戀天籟，在土磚房子裡借宿一晚，老嫗燒馬鈴薯給他們吃，
沒有電視，沒有收音機，連電燈也沒有，大家圍著柴火一首接一首地歡歌。
老嫗寡言，除了燒馬鈴薯就是唱歌給他們聽，
間隙，撫摸著他們的樂器不語，手是抖的。
老人獨居，荒野上唱了一輩子的歌，第一次擁有這麼多的聽眾，
一整個晚上，激動得無所適從。
次日午後，他們辭行，沒走多遠，背後追來滿臉通紅的老嫗。
她孩子一樣囁嚅半晌，一句話方問出口：你們這些唱歌的人，都是靠什麼活著的？

這個一生無緣踏出茫茫荒野的老人，鼓起全部的勇氣發問。
她替已然年邁的自己問，替曾經年輕的自己問。
緊張的，疑惑的，膽怯的，彷彿問了一句多麼大逆不道的話。

三、五個漢子立在毒辣的日頭底下，沉默不語，涕淚橫流。
老人慌了，擺著手說：不哭不哭，好孩子……我不問了，不問了。

走出很遠，幾次回頭，老嫗樹一樣立在原地，越來越小的一個黑點，倏爾不見。

他們把這個故事講給我聽，我又把這個故事講給了許多歌手朋友聽。
我問他們同一個問題：若當時在場的是你，你會如何去回答老人的那個問題。
「你們這些唱歌的人，都是靠什麼活著的？」

一百個人有一百種回答。
個中有些在北京工人體育場開過個唱、擁有百萬歌迷，
有些登上過音樂節主舞臺、辦過全國巡演，有些駐唱在夜場酒吧，
有些打拼在小樂隊中，還有一些在地下通道裡賣唱。
我最後一次問這個問題時，得到的回答最特殊。

（一）

臨滄，滇西南的小城，位於北回歸線上，
此地亞熱帶氣候，盛產茶葉、橡膠、甘蔗。
最後一個回答我那個問題的兄弟出生在那裡。
他的父母文化程度不高，給他取名時並未引經據典，
只是隨口起了一個最常見的名字：
阿明。

短暫的童年裡，阿明是個不怎麼被父母疼愛的小孩。
沒辦法，世道艱辛，家境困難到對阿明無力撫養，
一歲時他剛斷奶，便被寄養到了外婆家。
外公外婆對阿明疼愛有加，某種意義上，幾乎代替了爸爸媽媽。
阿明在外婆家長到七歲，才回到自家村寨上小學。
剛念了一個學期的書，家破了。
父親嗜賭成性，輸光了微薄的家產，母親以死相挾，父親死不悔改，
家就這麼散了。
阿明只上了半年小學便輟學了，
他甚至沒來得及背熟拼音字母表，便被母親再次送回了外婆家。

外公外婆已年邁，多恙，繁重的體力活兒幹不了，仰仗著兩個舅舅在田間地頭操持，一家人勉強謀一個溫飽。屋漏偏遭連夜雨，兩個無知的舅舅窮極生膽鋌而走險，犯了搶劫罪，鋃鐺入獄。
照料外公外婆的義務責無旁貸地落在阿明身上，他當時剛剛高過桌子。
家裡最重要的財產是一頭牛、一頭豬和十來隻雞鴨。

每天早上七八點鐘阿明起床，早飯後他會把牛趕到很遠的山坡上去放，牛在山坡上四處覓草吃的時候，阿明鑽到潮濕的山坳裡尋找餵豬的野草。
家裡養的雞鴨不能吃，蛋也不能吃，要用來換油鹽錢，阿明心疼外公外婆沒肉吃，常常在打完豬草後跑到梯田裡套水鳥。
套水鳥不麻煩，將馬尾拴在木棍上製成一個小陷阱，放在水鳥經常出沒的地方，待君入套即可。麻煩的是設置機關和尋找水鳥經常出沒的路線，這常會耗去大半天的時間，阿明往往直到天黑後才返家，常被外婆責罵，罵完了，外婆抱著他，一動不動的。
水鳥肉少，退毛開膛後，能吃的不過是兩根翅膀兩隻鳥腿，筷子夾來夾去，從外公外婆的碗裡夾到阿明的碗裡，又被夾回去。
昏黃的燈光下，三口人推來讓去，不怎麼說話。

家境很多年裡都沒有得到改善，阿明也再沒回到學校，放牛、餵豬、打水鳥，時間一天一天過去，他一年一年長高，憨憨的，懵懵懂懂的。
山谷寂靜，蟲鳴鳥鳴，阿明沒有玩伴，早早學會了自己和自己說話。
他自己給自己唱歌聽。瞎哼哼，很多民間小調無師自通，越唱越大聲。
野地無人，牛靜靜地吃草，是唯一的聽眾，阿明七唱八唱，唱出了一副好嗓子。

15 歲時，阿明基本有了一米七的身高，他和外公外婆去幫寨子裡一戶農家插秧。傍晚收工時，第一次拿到了五元的工錢，旁人發給他的是成年人的工錢，不再把他當個孩子了。
他高興之餘，猛然意識到：終於長大了。
意識到這一點的還有賭鬼父親，他來探望阿明，嘴裡喊「兒子」，眼裡看的是一個結結實實的勞動力。

一番軟磨硬泡後，阿明從外公外婆家被拽回了父親的家。

他身材雖高，心智卻小，進門後看著凋敝的四壁，破舊不堪的傢俱，心中一片迷茫，不知是該悲還是該喜。趴在地上寫作業的弟弟抬起頭來，陌生的兄弟倆盯著對方，沉默無語。
弟弟走過來，手伸進他衣服口袋裡掏吃的東西，阿明傻站著，任憑他掏。
傍晚，一個灰頭土臉的青年走進家裡，是剛剛從工地下班回來的哥哥。
哥哥不用正眼看他，喊了一聲他的名字，就再沒什麼話了，阿明使勁回憶，他嚇了一跳，哥哥的名字為何怎麼也想不起來了？

一家人坐在一起吃飯，和外公外婆家不同，
沒人往他碗裡夾菜，筷子伸得稍慢一點，菜盤子就見了底。
阿明想到自己離開後外公外婆再沒水鳥肉吃，心裡狠狠被揉搓了一下。
席間，父親一直和哥哥探討著阿明工作的問題，
他們不避諱，也不在乎阿明是否有選擇的權利，理念樸素得很：
你是這家的人，你既已長大，掙錢養家就是天經地義。
幾天後，父親和哥哥開始帶著阿明到建築工地幹零活兒。
搬磚篩沙不需要什麼技術，只需要體力，阿明小，還沒學會如何偷工省力，他肯下力氣，工資從一天 5 元漲到了 15 元，一幹就是半年，手上一層繭。

2000 年元旦的夜裡，建築工地趕工，加班加點，阿明站在腳手架間迎來了千禧年。
哥哥和一群工人走過來，把嘴上叼著的煙摘下來遞給他，說：
過節了，新世紀了呢……

阿明只上過半年小學，並不明白什麼叫作新世紀。

遠處有禮花，有炸開的鞭炮在一明一暗，建築工地上噪音大，遠處的聲音聽不見。阿明忽然興奮了起來，他說：過節了，我給你們唱個歌吧。

工人們奇怪地看著他，沒人搭腔，哥哥哂笑了一下，

越過他，走開了。

阿明看著他們的背影，張嘴唱了一句，

水泥車轟隆隆地響，迅速把他的聲音吞沒了。

他抬手，吞下一口煙，然後嗆得扶不住手推車。

阿明 15 歲，第一次抽煙。

（二）

15 歲到 17 歲，阿明在建築工地裡從零工幹到泥水匠。

一天，父親說遠處有一個工程給的工錢很高，每天可以拿 25 ～ 30 元的工錢。父親說阿明你去吧，好好幹。

他幫阿明打包了行李，把他託付給工友，送他坐上汽車。

車開了整整兩天后，停在了一個酷熱無比的地方。

緬甸。

阿明他們所在的工地位於緬甸東北部的一個地區，此地聞名於世。

人們叫它「金三角」。

這片地區屬於佤邦，毗鄰的還有撣邦和果敢。

阿明第一次出遠門，去的不是繁華的都市，而是比家鄉還要貧窮落後的地方。

那裡的城鎮不大，每過幾個路口就會有一家小賭場，不管白天黑夜，賭場周

圍都會有一些站街的緬甸婦女，吆喝著過往的男人，她們喊：10 元一次。
其中有人拽住阿明的胳膊喊：5 元也行……

剛到緬甸的時候，工頭便告誡：佤邦的法律和中國的不一樣，千萬不能偷盜，此地約定俗成的規矩是小偷要麼被囚禁一輩子，要麼被就地擊斃！
阿明一直以為這是危言聳聽，直到後來，一個工人因為欠了小賣部兩條煙的錢沒能償還，被當地武裝分子荷槍實彈地抓走，活不見人死不見屍。

工頭說，這次的工程是給佤邦政府修建一座軍校，
配套建築包括宿舍、球場、食堂、教室、浴室、槍械庫以及地牢。
軍校的修建地址遠在離小鎮十多公里的深山，在小鎮裡停留了三天後，
阿明擠在拖拉機上去往那個人跡罕至的地方。
時逢春季，路途中不時會看到一些鮮豔的花朵，紅色、紫色、白色的花朵成群成片地鑲嵌在深山之中，阿明忍不住伸手去摸，同車的人說，漂亮吧……罌粟花。
一陣風吹過，花香瞬間彌漫了整個山谷，阿明縮回手，屏著呼吸，心裡打鼓一樣地怦怦跳，他在家鄉見過很多吸食毒品的人，沒一個人有好下場。
同車的人都笑他，他們都以為這個年輕人已經 20 多歲了，
沒人知道他還未滿 18 歲。

搭完簡易工棚後，緊鑼密鼓的工程開始了。
緬甸酷熱，下同樣的力，比在國內時出的汗要多得多，人容易口渴，也容易餓，每天收工前的一兩個小時是最難熬的，胃空的時候會自己消化自己，抽搐著痛。

一天收工吃晚飯時，阿明發現桌子上多了一道野菜，好多工人都沒見過這道野菜，不願意下筷子。其中一個年長的工人帶頭夾了一筷子放到嘴裡說：這不就是罌粟苗嘛！
看他吃得滿不在乎，阿明也試探性地夾了一點放到嘴裡輕輕咀嚼，
發現味道還不錯。
年長的工人說：吃吧，沒事。他比畫著說：等長到這麼高的時候，
就不能吃了，有毒性了，會上癮的。
阿明嚼著罌粟苗，心裡不解，
明明幼苗時是沒毒的，
為什麼長大後卻會那麼害人呢？

佤邦的夏天是最難熬的，強烈的紫外線夾雜著原始森林的水蒸氣籠罩著谷地，悶熱得想讓人撕下一層皮。
汗水浸透的衣服磨得身上煞痛，眾人都脫光了衣服幹活，到晚上沖涼時，個個後背刺痛難耐，這才發現背上的皮膚已被大塊曬傷，這真是件怪事，陽光明明是從樹葉間隙投射下來的，居然還這麼毒辣。
睡覺前，大家互相咒罵著幫對方撕去燒傷的皮膚，接下來的好多個晚上，每個人都只能趴著或側著睡覺，半夜忽然聽到一聲怪叫，指定是某人睡夢中翻身，碰著背部了。

剛修建完軍校的地基，著名的緬甸雨季便像個噴嚏一樣不期而至。
這裡的雨風格詭異，一會兒一場暴雨，一會兒又豔陽高照，顛三倒四，變臉一樣。

在阿明的記憶裡，雨季無比漫長，因為沒有事情做。
下雨時無法施工，工友們都聚在工棚裡喝酒打撲克或賭博，阿明沒錢賭博，更不喜歡在汗臭味裡聽那些黃色笑話，於是戴上斗笠，穿上蓑衣，獨自到附近的森林裡採摘一些山毛野菜。邊採邊和著雨聲大聲唱歌。
這裡除了雨水、樹木就是菌子，鬼影都沒一個，沒人笑話他的歌聲。

雨季是野生菌生長的季節，佤邦的野生菌品種足有四、五十種之多，但能食用的不過十多種，幸好放牛時的曠野生活教會了阿明識別各種野生菌，能食用的、可以入藥的、含有劇毒的，他總能一眼辨出。
雨季的緬甸，讓阿明莫名其妙地找回了童年時牧牛放歌的生活，他樂此不疲，漸漸養成了習慣，只要一下雨，立馬迫不及待地出門。

他經常能採到足夠整個工地的人吃一頓的野生菌，運氣好的時候還能採到雞樅菌。
雞樅菌是野生菌中味道最鮮美的，貴得很，一斤雞樅菌的價格等於三斤豬肉。
雞樅菌的生長也是所有菌類中最具傳奇色彩的，這一點，阿明從小就有體會。

七、八月份，每個雷雨交加的夜晚都會讓年幼時的阿明興奮異常，次日天明，外公總會帶著他上山找雞樅菌。祖祖輩輩的傳說裡，雞樅菌是依附雷電而生的精靈，只有在雷雨過後，雞樅菌才會從土裡鑽出來。
這真是一種浪漫的說法，天賜神授的一樣。

但事實或許沒有這麼浪漫，確切地說，雞樅菌是由白蟻種植出來的。
在每一片雞樅菌下面的土層裡都會有一個蟻巢，有經驗的挖菌人在挖雞樅

菌時都會很小心地儘量不去傷到蟻巢，因為在下一場雷雨來臨時，
相同的地點上，雞樅菌還會準時長出來。
外公和阿明總會記錄下每一片雞樅菌的生長日期和地點，
慢慢積累得多了，他們每年都會因此而得到不少的收入。
外公常說：多挖點，換成錢攢起來，將來給咱們阿明娶媳婦啊。

緬甸的雞樅菌和雲南的沒有什麼區別。
雨林裡，阿明挖著雞樅菌，唱著歌，想念著外公外婆，
身上和心裡都是濕漉漉的。
有時候他會停下來哭一會兒。
然後接著挖。

（三）

有時雨一下就是數天，天氣怎麼也沒有要放晴的跡象，
阿明便會步行十多公里去小鎮上。
沿途的罌粟花有的還在盛開，有的已經結果，有的被風雨吹得東倒西歪，
很長一段時間裡，阿明搞不懂它們到底有多長的花期。
在連續大雨的浸泡下，簡易公路早已泥濘不堪，時而山體滑坡，時而泥石流，
除了坦克，沒有其他交通工具能在這裡行駛。帆布鞋已糊上了厚厚的黃泥，
每邁出一步都無比吃力，阿明把鞋脫了提在手上，光著腳走到小鎮。

鎮上有兩千多戶人家，有佤族人、傣族人、緬族人和一些到此謀生的華人。
佤族人和傣族人阿明不陌生，中國也有，緬族人則比較陌生，
他們的膚色比佤族人還黑，說的語言阿明完全搞不懂。

好玩的是，這裡明明是外國，當地人卻大多會用雲南方言交流，
漢語是官話，手機也能收到中國移動的信號，能撥打也能接通。
鎮上有一所小學，漢語老師是從雲南聘請過來的，據說小學文化的人就可以在這裡當老師了，且頗受尊重。阿明遺憾地琢磨：可惜，我只念了半年小學。

小鎮上還有幾家診所，也都是華人開的，都沒什麼醫療資質，主要醫治傷風感冒之類的小毛病，但是他們必會的技能是醫治一種當地叫「發擺」的常見病，熱帶雨林瘴氣重，發病迅猛，分分秒秒要人命。阿明陪著工人來醫治過一回，親歷過一遭人在鬼門關打轉的情形。

鎮上還有幾家三、五層樓的旅館，主要接待過往的商人、賭客和嫖客。
長期住旅館的妓女是極少的，她們大多住在賭場後面用石棉瓦搭建的簡易房裡，也在那裡接客。個中不乏容顏姣好的華人女子，據說有些是被拐賣來的，也有些是因種種緣故欠賭場的賭資，被扣禁在此賣肉還債，不論哪種情況，她們的命運都已註定：接客接到死。

鎮上還有三、四家錄影室，這是阿明徒步十公里的動力。
錄影室主要播放港臺槍戰片和古裝武俠連續劇，可容納二、三十個觀眾，
門票兩元。只要買了門票待在裡面不出來，就可以從下午一直看到淩晨。
阿明光顧錄影室，主要是為了聽每部影片的插曲、片頭曲和片尾曲，偶爾片子中間有大段的歌詞配樂，他總是豎起耳朵睜大眼睛，聚精會神地聽，
一字一句地用心記下歌詞。
偶爾，不耐煩的老闆把片頭片尾快進掉，阿明總會跑過去央求，

老闆奇怪地打量這個黑瘦的年輕人，搞不懂怎麼會有人愛看演職員字幕表。
他陶醉在零星的音符片段裡，世界上怎麼會有那麼多神奇的人，這些好聽的曲調他們是怎麼作出來的，他們唱歌怎麼都那麼好聽？他們一定都是上過學的吧，他們的父母家人一定都會在他們唱歌時，帶著微笑傾聽。
當年的錄影大多已經開始有字幕，阿明一邊看錄影一邊看字幕，莫名其妙地認識了許多字，拜許多港臺片所賜，他居然認識了大量的繁體字。
雲南臨滄的鄉下孩子阿明的基礎語文教育，
是在緬甸佤邦的錄影室內進行的。

阿明的生理衛生教育，也是在這裡完成的。
淩晨的錄影室觀眾最多，因為這時老闆會播放一些香港三級片，
有時候也放毛片，癡漢電車東京熱，都是日本的。
趕來看毛片的大多是在附近幹苦活兒的工人，
每個人都屏著呼吸捕捉螢幕上的每一聲呻吟，有些人伸著脖子一動不動，
有些人的手伸在褲襠裡，一動一動。
看了一整天錄影的阿明往往在這個時候沉沉睡去，
有時候，有些三級片多插曲，他又從睡夢中睜開眼睛。

阿明在佤邦待滿一整年的時候，他獲得了此生的第一份驚喜。
老天送了他一份禮物。
一天中午，阿明幹活時尿急，還沒來得及洗去手上的水泥沙灰，便跑到一旁的草叢裡撒尿。剛準備滋的時候，突然發現草叢裡有一個醒目的東西，他一邊滋尿一邊走近，定睛一看，原來是個隨身聽。
四下舉目一看，沒什麼人影，低頭仔細端詳，污漬斑斑，

貌似已經躺在這裡很久。
阿明把這個寶貝帶回了工地，隨身聽裡有一盤磁帶，好神奇，
連日的雨居然沒讓這台小機器失靈。阿明把隨身聽弄出聲響，
裡面傳出嘰裡咕嚕的緬甸歌曲。
阿明猜想，這大概是一個緬甸哥們兒在附近瞎逛時把它遺失在了草叢裡。
但奇怪的是，這種荒郊野嶺，怎麼會有人跑來閒逛？
工地太偏遠，沒有收音機信號，隨身聽的收音機功能基本作廢，
看來只能聽磁帶。阿明剪開自己最好的衣服縫了個裝隨身聽的口袋，
然後抱著這只個天而降的寶貝，徒步去小鎮。
懷裡抱著寶貝，腳下縮地成寸，不一會兒就到了。

正逢小鎮趕集。
佤邦趕集的方式和老家一樣，每隔五天，山民從四面八方彙集到這裡交易。
交易的物品繁雜，各種山毛野菜，各種低廉的生活用品，
水果、蔬菜以及獵人捕獲的獵物。以前每逢趕集，阿明都會去看看獵人捕獲的各種野生動物，有麂子、穿山甲、野雞、蛇、猴子、鸚鵡，還有一些說不上名字的動物，但這次，他在集市裡尋找的是那個賣答錄機磁帶的湖南人。
那個湖南人曾攆過阿明。
他的攤位上有個大喇叭，放的是震耳欲聾的各種流行歌曲，阿明曾站在喇叭前一動不動地聽了幾個小時，湖南人吼他：
不買就走遠點，有點出息，別跑到我這裡白聽。
阿明賠笑：讓我再聽一會兒吧，你又不會損失什麼東西。
湖南人走出來，插著腰看他，伸手推了他一個踉蹌。
阿明不怪他，背井離鄉到此地的人，有幾個真的過得舒心如意？

今時不同往日。

阿明蹲在地攤前選了一堆磁帶，

大陸校園民謠、臺灣金歌勁曲、香港寶麗金……他花光了身上所有的錢。

活到 18 歲，這算是阿明一生中最幸福的時刻了，

他找不到人分享這份喜悅，抬頭衝湖南人傻笑。

湖南人愣愣地看了他一會兒，送了他一副國產耳機。

自從有了隨身聽，阿明的生活不一樣了。

每天回到工棚的第一件事就是聽歌，隨身聽藏在枕頭下面，揭開一層雨布，

再揭開一層塑膠布，隨身聽躺在衣服裁剪而成的布包裡，擦拭得晶亮。

急忙插上耳機，音樂流淌的瞬間，全身的血液砰的一聲加速，

呼吸都停頓了幾秒，太舒服了，工棚幾乎變成了宮殿。

工棚是剛來時搭建的，山裡砍來的野竹子砸扁後拿鐵絲和釘子固定，

這就是牆壁了，上面搭石棉瓦當屋頂。

竹子牆壁多縫隙，夏天穿堂風習習，倒也涼快，只不過風穿得過來，蚊子

也穿得過來。緬甸的蚊子大得能吃人，天天咬得人氣急敗壞卻又束手無策。

人不能靜，一靜，蚊子就落上來，睡覺時也必須不停翻身，

這裡的蚊子作息很怪，白天晚上都不睡覺，作死地吸血。

阿明聽磁帶時很靜，音樂一響，他就忘記了身上的癢痛。

他耳朵裡插著耳機，腿上插滿蚊子的尖嘴，兩種不同的尖銳，

輕輕針刺著他 18 歲的人生。

歌曲太多情，阿明開始失眠。

午夜他捧著隨身聽站在竹窗前，極目所望，蒼茫漆黑的森林，無邊無際。

心情跟著耳中的歌詞一起跌宕起伏，他已成年了，眼耳口鼻舌身意都健全，
雖然沒上過學、沒讀過書、沒談過戀愛、沒交過好友，
但別人該有的情緒情感他都有，且只多不少。
不知為何，一種無助感在黑夜裡慢慢放大，讓人想要放聲痛哭。
他品味著隨身聽裡淒苦的歌詞，想想自己的當下，他拿在錄影裡看到的重罪犯人和自己比較，一個被發配到採石場搬運巨石，鞭痕累累，一個被桎梏在熱帶雨林裡，從日出幹到日落，曬得跟非洲雞一樣。
就這麼和泥、搬磚、切鋼筋過一輩子嗎？
一輩子就只能這樣了嗎？
那些能把聲音烙在磁帶上的歌手，他們都是怎麼活的？
多麼美妙，把唱歌當工作，靠唱歌養活自己。
我要怎樣去做，才能像他們一樣，一輩子靠唱歌去生活？

工人們都已入睡，酸臭的體味陣陣，酣睡聲中夾雜著蚊子的嗡嗡聲。
一種夾雜著憤怒的動力在阿明心底翻滾。
他翻出磁帶裡面的歌詞，咬牙切齒地對照著隨身聽裡的歌聲一字一句學習認字。沒有課本和老師，磁帶裡的歌者就是課本和老師，石子劃在竹子牆壁上，這就是紙和筆。

下一個雨季來臨時，整整一面牆的竹子已被阿明由青劃成白，經過無數次的書寫強記，阿明已經可以不用聽隨身聽就能把歌詞讀出來了，幾十盤磁帶，幾百首歌詞，他讀寫無礙。

工人們漠然看著他的自習，該打牌的打牌，該賭博的賭博，該睡覺的睡覺，

沒人發表什麼意見，像一片隨風搖擺的植物在看一隻叢林中覓食的動物。

（四）

工程快接近尾聲時，阿明被安排去修建地牢。
地牢修建在山坳最低處，四周懸崖，上面灌木茂密。
光地基就挖了一個多星期，採石隊從遠山炸來許多巨石，拖拉機運到這裡，四人一組，拇指粗細的鐵鏈捆住巨石一一抬到指定地點，阿明磨破的肩膀長出了老繭，巨石讓他自此一肩高、一肩略低。
耗時兩個多月後，地牢初具規模。
阿明站在這個直徑 10 米、深 15 米的地牢裡，抬頭仰望天空，一種不寒而慄的感覺猛然襲來，四周牆壁光滑，空無一物，地底的暗河裡透來陣陣寒流，小吼一聲便會發出巨大迴響。
真的有人將被終身囚禁於此？
他爬出地牢，一刻都不願待在這裡，打心裡盼望工程早日結束，期望能領全工資然後早點離開。工頭不放人，說工程還沒完，他開玩笑嚇唬阿明說：你要是現在跑了的話，就把你抓回來扔進去。
雖是玩笑，卻讓人心悸。

又用了一個多月的時間，地牢正上方修建了一座碉堡，碉堡很嚴實地將整個地牢隱藏在下面，通往地牢的入口不過是一個直徑 50 公分左右的洞口，讓人從外面無法察覺到地牢的存在，人爛在裡面也不會有人知道。
終於結束了，也不知誰將被扔進去。

阿明領到了一部分工錢。

他已經很久沒去過鎮子上了，現在手上有錢了，他心急火燎地跑去買磁帶。
湖南人不賣磁帶了，他攤位上掛著三、五把吉他出售。
阿明曾經見過吉他。外公外婆的寨子裡有戶殷實人家，他家裡就有一把，
寨子裡的人都稱之為「大葫蘆瓢」。那戶人家沒人會彈，
只是掛在牆上做裝飾，不讓人碰的。
吉他的聲音阿明不陌生，幾十盤磁帶的薰陶已經讓他深愛上了吉他的音色。
阿明當機立斷買了人生中第一件樂器，國產廣東紅棉吉他，
170 塊錢，一個星期的工錢。
除了那個撿來的隨身聽，從小到大，這是他給自己置辦的最值錢的一樣家產。
湖南人收錢時莫名其妙地問了他一句：貴不貴？
他不覺得貴，怎麼會貴呢，170 塊錢買來個希望。

阿明發覺彈出來的聲音和隨身聽裡的完全不一樣，破鐵絲一樣，
難聽得要死，糾結琢磨了好幾天，也不知是什麼原因。
他懷疑湖南人賣給他一把壞了的琴，生氣地扛著吉他去理論。
湖南人罵他：鳥你媽媽個 ×，你不知道吉他需要按和絃嗎？
你不知道吉他調弦後才能演奏嗎？
湖南人調過弦後，阿明順手一彈，喜形於色，這次和答錄機裡的音色一樣了。
湖南人斥罵嘲諷了他半天，然後丟給他一本《民謠吉他入門教程》。
他對阿明說：要麼別練，要練就好好練，吃得苦，霸得蠻（註 8），
將來你才能靠它吃飯。
他怎麼知道我有這個野心？

註 8：霸得蠻，湖南方言，執著之意。有一種明知不可而為之，敢為人先的精神。

阿明的呼吸急促起來，靠音樂吃飯……就像那些磁帶上的歌手一樣嗎？他抱緊吉他，像抱住一副登天的梯子。

湖南人不耐煩地攆走了他，沒收書錢。

工程雖然結束了，但大部分工錢卻被拖欠著沒有結清。

邊練琴，邊等工錢，工錢遲遲不到，兩個月後阿明加入了另一個工隊，到了一個叫作富板的小鎮，為那裡的村莊接通電線。

富板有個叫作南亮的村子，阿明戲稱它為「難亮」，道路崎嶇，電纜很難架設，而且當地人都用一種排斥疑惑的態度相待，不怎麼待見他們的工作。

村民不太清楚阿明他們的來意，50 歲以上的老人都聽不懂漢語，還好此行的司機是緬族人，溝通了好幾天，村裡人才放鬆了警惕。

這個村子有一兩百戶人家，依山而建，村前小河，河畔農田。

時已入秋，水稻已收割完畢，田間只剩一堆堆農戶儲存下來餵牛的草垛，幾頭水牛散放田間，不時有幾隻白鷺尾隨著水牛，踱來踱去。

如此景致，頗能靜心，適合操琴。

阿明工餘時間坐在河畔練琴，教材捧在手上，吉他橫在膝上，不知不覺就練到暮色昏沉，不知不覺就練到月明星稀。水牛陪著他，白鷺飛走又飛來，並不怕他，偶有村人路過，駐足半天安靜地聽，也不過來聒噪打擾他。

基本的吉他和絃他差不多都掌握了，陪著叮咚的吉他聲，他輕輕唱歌，水牛掃著尾巴，靜靜地聽，水霧升起來，露水凝起來，衣衫是濕的。

這個村子有兩三百年的歷史，全村傣族，村子中央一座佛寺，

阿明住的地方就在佛寺邊上。

這是一間傣族傳統竹樓，一樓堆放著僧人用的柴火，

二樓原本是僧人擺放雜物的地方，現在騰出來給工人暫住。
阿明覺少，時常半夜爬起來，坐在竹樓邊練琴。整個村子都是睡著的，
只剩佛寺裡有幾點燭火，僧人的木魚聲有規律地響著，彷彿節拍器。

日間勞作，夜裡練琴。
差不多三個月的時間，村子裡每戶人家都通上了電，村民早已拋去了成見，
對待工人很客氣，阿明的心裡對這個村子生出些親近，
這種感覺和在雨林裡的工地時不同，同修建地牢時可謂天差地遠。

工程結束，臨別時，村裡的頭頭岩嘎領著一大群村民送來了自釀的水酒。
從翻譯口中得知，頭頭很感激工人們，問工隊裡有沒有未婚的小夥兒，
他願意把村裡的姑娘嫁給他們。
頭人說：那個會唱歌的小夥子就不錯。

頭人岩嘎帶領著全村男女老少在佛寺外的大榕樹下為工人們送行，
他對阿明說：你不肯留下沒關係，給我們留下一首歌吧。
這是阿明的第一次演出，幾百個人雙手合十，笑著看著他。
他緊張極了，半首歌還沒彈完，就撥斷了二弦，
他尷尬地立著，紅著臉承諾將來練好了吉他一定再來給大家唱歌。
頭頭和村民笑著鼓掌，他們說：類的、類的（好、好）。

在富板鎮陸續做了一些電路維修工作，
一個月後，阿明回到了軍校附近的那個小鎮。
軍校的工錢依然沒有結到。弟弟因沒考上初中，也來到了這裡，

阿明和弟弟斷斷續續地在這個小鎮上幹一些零活兒維持生計。

就這樣，拖滿了一年，軍校的工錢終於結清了。
那一年，金三角很不穩定，政府軍和反政府武裝頻繁發生武裝衝突，
局勢很嚴峻，當地武裝開始從工人中軟硬兼施吸納兵員，
已經習慣了佤邦生活的阿明不想扛槍殺人，
他背著吉他，揣著那個寶貝隨身聽，匆匆翻越國境線。
17 歲到 19 歲，他掙了一份苦力錢，練了一手吉他，自學了數千個字，聽爛了幾百首歌，在金三角的緬甸佤邦待了整三年。

（五）

回國後的阿明找了一個在服裝店賣衣服的工作，無他，唯有在這裡，
他可以一天到晚聽音樂，而且可以想放什麼歌就放什麼歌。
先是賣衣服，後是賣鞋，同事都蠻畏懼他，這個年輕人怎麼這麼奇怪？
除了賣東西就是坐在板凳上發呆，都不和人聊天開玩笑的。
他們並不知道，他沉默發呆時是在聽歌，腦子唰唰地轉著，
每一句歌詞每一個小節都被拆開了揉碎了仔細琢磨。
他在縣城的一隅租了一間平房，下了班就回去練琴。縣城實在太小，
一家琴行都沒有，紅棉吉他每次彈斷了琴弦，都要托人從臨滄捎來，
他不再掃弦，開始仔細練習分解，古典彈法細膩，不容易彈斷琴弦。

他開始知道了一些流派，知道了一些市場流行音樂之外的小眾音樂人、一些殿堂級的搖滾人，明白了布魯斯、雷鬼、藍調以及民謠。
他喜歡民謠，不躁，耐聽，像一種訴說。

既然是訴說，那說些什麼呢？
無病呻吟的風花雪月，還是言之有物的思辨和觀察？
是感慨、感歎，還是真實的生活？
阿明開始嘗試創作，自己作詞作曲，自己寫歌唱歌，沒有觀眾，沒有同修，沒有表揚和批評，沒有衡量標準和參照表，他拿不準自己的歌曲是否及格。
磁帶上的那些歌手的生活依舊遙遠，
他過著朝九晚五的小店員生活，依舊沒有找到靠音樂生活的途徑。

在服裝店裡幹了兩年後的某一天，阿明辭去工作，
決心去傳說中的北上廣（北京、上海、廣州）闖世界。
在此之前，他先來到了中緬邊境的一個小鎮孟定，
受雇於一個農場主，種香蕉。
沒辦法，外面的世界太陌生，
他需要防身的積蓄，需要上路的盤纏，需要出發之前先前準備。

民工，店員，再到果農，阿明背著他的吉他，
在自己的階級屬性框架裡打轉轉，沒有達官貴友可以提攜，
沒有學歷證書可以佐證，沒有名師指路，也沒有錢。
阿明跑去孟定掙錢。

他喜歡孟定，這裡的居民以傣族人居多，讓人親近，其次是佤族人和漢族人。中緬國境線劃定時期，從緬甸遷回的大量華人華僑被安置在這裡，他們開建了七個農場，主要種植橡膠和香蕉，阿明去的香蕉園位於華僑農場第三分場旁。

農場主很胖，有雙狡黠的眼睛，他承租了 200 多畝的農田種香蕉，
然後將這 200 多畝的香蕉地劃分為四份，由四戶人家代為管理。
他承諾收貨時，以每公斤香蕉七毛錢的利潤結算給每戶香蕉管理者，
種植期間首先每月向每戶人家發放 700 元生活費，待香蕉收穫時再將其從結算的利潤中扣除。

阿明懷著滿心的憧憬接下了其中一份，五十來畝，兩千多株香蕉樹，如若豐收，這筆錢足夠他凍不著、餓不著、出門闖蕩三年世界。
他高高興興地在合同上簽名，老闆探過腦袋來瞅瞅，說：你的字怎麼這麼醜？火柴棍一樣。

孟定的氣候條件十分適宜香蕉的成長，可想而知，
這裡的年平均氣溫非常高。阿明剛到時，200 多畝的農田剛收穫完水稻，
拖拉機運來了上萬株香蕉樹苗，四五十個工人花了一個多星期時間，
才把這些香蕉苗全部種在了地裡。
接下來香蕉就完全交給阿明了，和當民工時一樣，他還是住工棚。

香蕉樹生長得很快，沒到兩個月的時間就長到齊腰高。
香蕉吃起來容易，種植起卻繁雜困難，必須每天為它們鬆土鋤草，打藥施肥，修剪枯葉，除去再生苗……每一株香蕉樹都需要精心呵護，你稍微一偷懶敷衍了事，它立馬死得乾乾脆脆的。
種香蕉比當建築工人累多了，耗神耗力，琴是沒工夫天天練了，
阿明每天收工後抽時間、擠時間，確保自己不會手生，
有時候太累，彈著彈著，抱著琴睡去。

他依舊獨來獨往，唯一的朋友是小強。

小強一家住在阿明隔壁，他們家分管了另一片香蕉地。
這是一個複雜的家庭，倒楣到底了，複雜到電影也未必拍得清。
小強的父親好酒、懶惰、不務正業，曾娶過三個老婆。
第一個老婆眼看日子過不下去了，在生下小強的哥哥後與人私奔，
遠走他方。
第二個老婆是小強的媽媽，在小強七八歲時去世，
太窮，沒錢看病，死在自家床上。
第三個老婆是個緬甸女人，在生下小強的弟弟後跑回了緬甸，再也沒有回來。

小強 14 歲，個子不高，嚴重發育不良，沒有上過一天學。他每天穿著一雙破舊的人字拖，提著大塑膠桶給香蕉施肥，桶大，他提不高，拖著走。
小強的父親常醉酒誤工，有時醉在田間地頭不省人事，死豬一樣拖也拖不動，他躺在自己的嘔吐物裡，螞蟻爬了半身。小強的弟弟只有六七歲光景，還沒懂事，哥哥 20 多歲，整日裡東遊西逛不好好幹活，所以這一家人的工作大半都落到了小強頭上。
小強沒得選，他認命，每天吃飯、睡覺、幹活，忙得幾乎沒時間發育。
阿明在他身上看到幾分自己當年的影子，心中不忍，有時幫他幹幹活。
小強沒媽，沒人教他感激人的話，只懂得齜著牙衝阿明笑，
一來二去，兩個人熟了許多。

一天晚上，阿明在屋裡彈琴唱歌，小強推門進來蹲在一旁聽得入神，一曲結束，他用崇拜的眼神看著阿明，問學吉他難不難。

阿明說：這有什麼難的？只要有手都能彈，我教你。
阿明把吉他遞過去，小強卻嗖地把雙手背到身後，
阿明用力拽出來，然後吃了一驚。
這哪是一雙 14 歲小孩兒的手啊！
密佈的老繭，厚得像腳後跟，粗笨的手指滿是皴裂的口子，
髒得看不出顏色的 OK 繃一頭翹起，還不捨得撕掉，指甲蓋摳在肉裡，上面半個月牙印都沒有。
小強不好意思地說：別把琴弄髒……我去洗個手。

阿明移開目光，沉默了一會兒，他發現小強穿了一雙極不匹配的大拖鞋。他轉移話題，問這雙鞋這麼大是不是他父親的，小強回答說這是上次趕集時自己買的，之所以買大的，是為了長大後還可以接著穿。

阿明不是沒苦過，但怎麼也忍不住眼淚，小強是面鏡子，他不敢再往裡看，也不知道該說些什麼。
他低著頭，一味地彈琴。
小強忽然開口：真想快點長大，長大後就可以幹很多活兒，掙很多錢……也不用再挨打。
他羨慕地看著阿明說：你看，你就已經長大了，真好……

阿明後來寫了一首歌，叫《小強》：

他說他就有個夢想，想一夜就能長大
我問他為何那麼想，他說他就想長大

雲沒有方向地飛，落葉不怕跌地落下
他說他很想長大
他說他只想長大……

阿明教了小強半年吉他。
香蕉樹長到三米多高時，小強一家被攆出了這片香蕉地。
原因很簡單：父親經常醉酒誤工，疏於管理，嚴重影響了香蕉的長勢，
被農場主取消了管理資格。
後來有一天在趕集時，阿明在馬路邊遇到小強，小強說他在幫一戶農家放養鴨子，200 多隻，太累了，沒有多餘的時間來跟阿明學習吉他。
臨別，他對阿明說：別人都說彈琴唱歌沒用，不能養活人。
阿明下意識地反駁：能的，能養活！
小強看著他，齜著牙笑了一會兒，擺擺手，走了。

從此阿明再沒見過他，聽說有人看到他在孟定的街道上撿垃圾，還有人說他在其他香蕉地裡幹一些雜活兒，還聽到一種說法，他被送去了境外，扛槍當了炮灰兵。

（六）

香蕉終於開花了，碧綠的花苞探出枝頭，一天一天往下垂。阿明的工作量也一點一點加大，三天一打藥，五天一施肥，還要為每一株香蕉樹安置三米多長手臂粗細的撐杆，防止香蕉樹因為果實過重而側倒或傾斜。
夜裡彈琴的時候，阿明偶爾會想起小強的話：彈吉他沒用，不能養活人。
他開始煩躁，香蕉園像個籠子，囚著他，籠子的鐵條看不見，卻也掰不斷。

工作越來越累，有時又累又煩，阿明會對著香蕉樹胡踢亂打一番，
或者跳進河裡，閉目靜泡，半天不願出來。
他抱著腦袋想，這個世界上有那麼多像我一樣歲數的人，裡面一定也有許多愛彈吉他唱歌的人吧，他們每個人都在過著這樣的生活嗎？
他們都是怎麼活的？
我是不是不配彈吉他，我是不是想要的東西太多了？
他想破了腦袋也想不明白，河水清涼，卻冷卻不了這顆發燒的腦袋。

對岸傣族人的西瓜地裡也成片地開滿了黃色小花，白天來小河裡洗澡的傣族人也一天一天多了起來。小河三四米寬，清澈見底，河底全是細沙，間或散佈著一些鵝卵石，河兩岸長滿了翠綠的鳳尾竹。
當地的傣族人在這條河裡洗澡的風俗已不知有多少年，天熱時，集體沐浴的人上至五、六十歲，下至五、六歲，小孩兒全部光著屁股，成年男子穿著底褲，女人洗澡時則穿著傣族傳統裙子。男女老少赤膊相見，光風霽月，他們攪碎水波嬉戲打鬧，笑聲飄得很遠。

阿明停下手中的活計看著他們，看著看著就看呆了，他取出吉他撥彈，水聲交融著吉他聲，一時間讓人如同入得三摩地（註 9）。彈著彈著，他不自覺地吟唱起來，沒有歌詞，即興吟唱，彷彿長長的歎息，又好似大聲的呻吟。
一首歌唱完，心裡好似鬆快了些許，他放下琴，繼續幹活。
當天夜裡，阿明剛上床，忽然，六七輛摩托車的馬達轟鳴聲由遠而近，
停在了工棚門口，嘈雜的機械聲夾雜著些許男女的對話讓阿明茫然地坐起。

註 9：三摩第 , Samādhi 的梵語音譯，又譯三昧、三摩提等。即住心於一境而不散亂之意。

邊民彪悍，與外來人員打架的事件時有發生，阿明不知何時得罪了人家，
惴惴然推開門出去看個究竟。
剛出門，一個傣族小夥子迎上來，敞開的衣襟半遮著鼓鼓的肌肉。
他用生硬的普通話問：白天在河邊唱歌的人是不是你？
阿明倒退一步：你們想幹嗎？
傣族小夥子的臉上嘩地一下子堆滿了笑意，他逮住阿明的手，
自我介紹說他叫岩明，白天在河邊洗澡時聽到阿明的彈唱，很是喜歡，
於是約了周圍村寨的十個朋友一同來聽歌。

阿明鬆了一口氣，邀請他們進屋，十幾個人男男女女都笑嘻嘻地看著阿明，
他們還帶來了一些傣族米酒和酸辣小吃。
三碗酒下肚，阿明敞開了心扉，吉他彈得如流水。
阿明忽然間多了一堆要好的朋友，之後的日子裡，他們幾乎每天晚上都會過來，和阿明一起彈琴唱歌。他們喜歡他的彈唱，總是不停央求：
再來一首，再來一首吧。

轉眼潑水節到了，河對岸的西瓜也熟透了，
傣族小夥子岩明和他的夥伴們邀請阿明去他們村做客。
中午，全村人彙聚在寺裡的大榕樹下，佛爺做完了祭祀儀式，男人們從佛寺的儲存室裡搬出一年才用一次的象腳鼓（註 10）敲打起來，身著盛裝的小僕少（傣族少女）跳起了孔雀舞。

註 10：象腳鼓，外形似一支高腳杯，傣族的重要民間樂器，因鼓身似象腳而得名，廣泛用於歌舞和傣戲伴奏。傣族周邊的其他民族也喜用之。象腳鼓是用一整段木頭挖空或幾塊木材拼粘製作，上端是杯形共鳴腔，鼓面蒙皮——通常是用羊皮。鼓身外表塗漆，鼓腰以下雕有裝飾圖案，有的還在鼓身上繫綢帶或鳥羽。

潑水節正式開始了，人們互相潑水祝福，阿明是客人，第一個渾身濕透，
他濕淋淋地抱著吉他，一首接一首地給大家唱歌，很快，
吉他裡也被灌了半箱水，聲音奇怪地拐著彎。
太開心了，阿明忘了去擔心吉他，他嘴合不上，眼睛和耳朵都不夠用了，
每個人都在衝著他笑，從童年到少年缺失的歡樂好像都在這一天裡被補齊了，這是他第一次正兒八經地過節。
傍晚，岩明家的院子裡聚滿了親朋好友，豐盛的傣味擺滿長桌。
他從小沒吃過超過四個菜的晚餐，在香蕉地的這些日子裡，雖然有生活費，但習慣了簡樸，每天吃的都是空心菜和蓮花白，一日三餐隨便打發，現在猛然看到這滿桌豐盛的晚餐，眼睛立馬拔不出來了。
他使勁掐自己的大腿，告訴自己不能丟人不能丟人……卻怎麼也咽不完口水。
待岩明的父親說完祝福的話，阿明埋頭開吃，他吃得太猛了，手不受控制地頻頻出擊，一筷子菜還沒咽下，一筷子菜又塞進嘴裡。他不好意思看人，壓低腦袋不停裝填，彷彿想用這桌美食去填滿心裡的那些大大小小的空洞。
吃得正香，後背突然傳來一道涼意。
阿明還不明所以，所有人都用異樣的眼神看著他，然後笑了起來。
阿明的嘴巴塞得滿滿的，他回過頭，一個漂亮的傣家女孩捂著嘴笑，
手上的竹瓢還在滴著水。岩明的父親站起身，端杯祝酒道：
「小夥子，來喝一杯，你是今天最幸福的人啦！」
在這個傣族村子的傳統裡，在席間的眾目睽睽下，女孩給男孩潑水，
是表達愛慕的意思，男生若有意，當席喜結連理。
那個潑水的女孩面頰微紅看著阿明，窄窄的筒裙，細細的腰。
阿明傻掉了，落荒而逃。

岩明用摩托車送阿明回工棚。
他在摩托後座上問岩明：我這麼窮這麼醜，她怎麼會喜歡我？
岩明說：怎麼會不喜歡你？你唱歌那麼好聽……
岩明咂咂嘴，歎口氣說：可惜可惜，她澆完你水後，你應該澆回去才對，現在你跑了，錯過了，不算數了，沒戲了……
這可是我們寨子裡最好看的小僕少。
車又開了一會兒，岩明哈哈大笑著說：兄弟，我後背能感覺出你的心跳，咚咚咚的！哈哈，你這個傻瓜後悔了吧？

（七）

香蕉豐收，整車整車地被拉走，經過一個多月的忙碌，採摘告一段落。
一天晚上，農場主來到工棚給阿明結算工錢。
農場主賴皮，輕車熟路地澆下一盆涼水，
他理直氣壯地說出了一些以前從未提及的苛刻條款。
譬如，生長期因蟲害死去的香蕉樹要賠償，掛果期（即結果期）被大風刮倒的香蕉樹要賠償，所有人力不可抗拒的損失都要由阿明來賠償……七算八算，工錢比阿明預期中的少了幾乎一半，而且還要到下一季香蕉成熟時才能一起結清。
阿明不滿，想要離開，卻又受縛於之前簽訂的合同，受制於農場主張嘴閉嘴打官司的威脅，他沒得選，只能吞下委屈，繼續當雇工留在香蕉園。
他長到 20 多歲一直在中國邊陲的底層世界討生活，
沒人教他如何維護自己的權利。
他能做的只有祈禱來年不要再有這麼多天災人禍，
期待農場主能發點善心，不再刁難。

農場主象徵性地留下了一些錢，拍拍屁股揚長而去，沒有絲毫良心不安。
臨走時，他指著屋角的吉他，對阿明說：你還挺有閒情逸致……
阿明使勁咬緊後槽牙，聽得見咯吱咯吱的響聲。

香蕉在生長過程中會從根部長出很多再生苗，採摘完香蕉後，
需要砍掉主株，只留下長勢最好的那株再生苗，
這樣就不用再從幼苗開始種植，省去了一些麻煩。
阿明憋著火在香蕉林裡砍主株時，
正逢緬甸政府軍和果敢特區彭家聲部開戰。
彭家聲曾是當年金三角地區有名的「戰神」，但那時已臨耄耋之年，
久未用兵，將庸兵懶，沒幾天，他的部隊便被緬甸政府軍打散，
其本人也不知所終。
緬甸政府軍摟草打兔子，順勢將兵力部署到了左近的佤邦地區，
坦克開到了阿明當年修建軍校的那個小鎮。
佤邦軍隊和緬甸政府軍在小鎮對峙了好些時日，
聽說後來經過好多次談判才使局勢不再緊張。

阿明想念起小鎮上的集市、錄影室，暗自慶倖自己已離開了那裡。
戰爭開始後，難民倉皇逃到了中國邊境，中國政府搭建了簡易帳篷，把他們安置在指定區域，婦女絕望的眼神，小孩哭鬧的聲音，讓人感到陣陣淒涼。

阿明輾轉得到一個消息：那個賣給他磁帶和吉他的湖南人，已死於流彈。
湖南人當年贈他的那本《民謠吉他入門教程》他一直留著，扉頁已翻爛，
用透明膠帶勉強固定著。

那個耳機他也還留著，撿來的寶貝隨身聽早用壞了，耳機沒地方插。
聽說那個湖南人也曾是個彈唱歌手，在他的家鄉一度小有名氣，
中年後不知何故淪落緬甸佤邦，靠賣磁帶、賣琴維生。
客死異國的人屍骨難還鄉，應該已被草草掩埋在某一片罌粟田畔了吧。

阿明買來元寶、香燭，在香蕉園裡祭奠那位湖南人，
香蕉盛在盤子裡，紅棉吉他擺在一邊。
那幾句濃重的湖南腔他還記得呢：
鳥你媽媽個 ×，你不知道吉他需要按和絃嗎？……
要麼別練，要練就好好練，吃得苦，霸得蠻，將來你才能靠它吃飯。

阿明第二天離開了孟定的香蕉園，臨走時沒去討要工錢。
除了背上那把紅棉吉他，他身無長物。
阿明沒回家鄉，他一路向北流浪，邊走邊唱，一唱就是許多年。

（八）

某年某月某夜，雲南麗江大研古城五一街文治巷，大冰的小屋。
三杯兩盞淡酒，老友們圍坐在火塘邊上，輕輕唱歌，輕輕聊天。
在座的有流浪歌手大軍、旅行者樂隊的張智、「越獄者」路平、
麗江鼓王大松……大松敲著手鼓，張智彈著冬不拉，吟唱新曲給大家聽。
張智唱的是後來被傳唱一時的那首《流浪者》，他唱：

我從來都不認識你，就像我從來都不認識我自己
所以我不停地走，所以我不停地找啊

太陽升起來又落下去，愛人來了她又走了
所以我不停地走，所以我不停地找啊……

小屋的門外站著兩個人，靜靜地聽著，一曲終了才推門進來。
來者一位是大松的徒弟瓶罐，一位是個黑黝黝的長髮披肩的精瘦男子。
我蠻喜歡瓶罐，這是個樸實的年輕人。他來自臨滄鄉下，勵志得很，來麗江後先是在手鼓店當雜工，又跟隨大松學了一年打擊樂，然後考取了南京藝術學院。

瓶罐第二天即將趕赴南京入學，臨行前來看看我們。
他介紹身旁那個黝黑的長髮男子：這是阿明，我的老鄉，
小時候我們一起在建築工地上幹過活兒。
他也是一個歌手，今天剛剛流浪到麗江，我領他來拜拜碼頭。
小屋是流浪歌手的大本營，進了門就是自己人，酒隨便喝歌隨便唱。廣庇寒士的本事我沒有，提供一個歇腳的小驛站而已，同道中人聚在一起取取暖。
我遞給流浪歌手阿明一碗酒，問他要不要也來上一首歌。
阿明蠻謙遜，推辭了半天才抱起吉他。
他唱了一首《青春萬歲》：

短暫的青春像是一根煙，不知何時不小心被點燃
美麗的青春就像一杯酒，喝醉再醒來我已經白頭
但我沒有後悔，我已展示過一回
我沒理由後悔，誰也只能有一回
青春萬歲，我願意為你乾杯，青春萬歲，我願意為你喝醉

青春萬歲，我一直與你相隨，青春萬歲，再次回頭看我也不會枯萎…………

阿明唱完歌，半晌無人說話，我開口問他：是你的原創嗎？
他靦腆地用雲南話回答：野路子，我沒讀過書，瞎寫的……
張智插話，就兩個字：好聽！
大軍和大松交換著眼神點著頭，路平遞給阿明一支煙，拍了拍他的肩說：歌詞我喜歡。
我用雲南話說：兄弟，以後不論何時過來，都有你一碗酒喝。
阿明客氣地端起酒碗，環敬一圈，一飲而盡。
都是活在六根弦上的人，拉近彼此之間的距離一首歌即可。
就這麼著，我認識了阿明。

阿明在麗江找了一份酒吧駐唱的工作，他的作品和唱法異於常人，
經常會讓客人駐杯發愣，繼而滿面淚痕。
酒吧老闆恭送他出門，說他的歌太沉重，不能讓客人開心，太影響酒水銷量。
阿明不說什麼，繼續去其他酒吧見工。
兜兜轉轉，偌大個古城800家酒吧，最後只有一家叫38號的酒吧讓他去容身。

38號酒吧離小屋不遠，也是個奇葩的所在，老威和土家野夫曾在那裡長期戰鬥過，一個鬼哭，簫聲嗚咽，一個痛飲，黯然銷魂。現任老闆阿泰也是奇人一個，自稱是畫畫的人裡面歌唱最好的，唱歌的人裡面畫畫最好的，喝醉了愛即興作詩，不在自己酒吧念，專跑到我的小屋來念，興起了還會脫了褲子念，大有魏晉竹林癲風。

阿泰識貨，阿明留在了 38 號酒吧，一待就是數年。有時我路過北門坡，阿明的歌聲流淌過耳朵，夾雜在其他酒吧勁爆的 High 曲聲中，安靜又獨特。

阿明每天午夜一點下班，下班後他會來大冰的小屋小坐，
我遞給他酒，他就安靜地喝，我遞給他吉他，他就緩緩地唱歌。
幾年間，他每天都來，話不多，一般坐上半個小時左右，
而後禮貌地告辭，踩著月色離去。
阿明花 10 塊錢買了一隻小土狗，取名飛鴻，他吃什麼飛鴻就吃什麼。
飛鴻極通人性，長大後天天跟在他身旁，半夜他推門進小屋前，
飛鴻會先進來，輕車熟路地跳到座位上，蜷著身子縮著尾巴。
阿明性格悶，朋友不多，他極愛飛鴻，把牠當兄弟和朋友。
飛鴻和阿明一樣悶，一副高冷範兒，但很護主。麗江午夜酒瘋子蠻多，
阿明常走夜路，有幾次被人找碴找事，飛鴻衝上去張嘴就啃，罵阿明的，
牠啃腳脖子，敢動手的，牠飛身照著喉嚨下嘴，幾次差點搞出人命。
狗如其名，整條街的狗沒敢惹牠的，風聞牠身手的人們也都不敢惹牠，
牠幾乎成了阿明的護法，24 小時跟著他。
一人一狗，一前一後走在古城，漸成一景。

有一天半夜，我問阿明，如果你將來離開麗江了，飛鴻打算送給誰養？
他想也不想地回答：我去哪兒就帶牠去哪兒……將來去北京也會帶著牠。
我說：阿明的志向不小啊，將來去北京打算幹嗎？還是唱歌嗎？
他說：是啊，要唱就唱出個名堂來。
我說：有志氣，加油加油，早日出大名掙大錢當大師。
阿明笑，說：我哪有那種命……

能靠唱歌養活自己，能唱上一輩子歌，就很知足了。
我問：這是你的人生理想嗎？
他很認真地點點頭。

我心裡一動，忍不住再度講起了那個故事：
很多年前，我有幾個音樂人朋友曾背著吉他、手鼓、冬不拉，一路唱遊，深入西北腹地采風，路遇一老嫗，歌喉嚇人地漂亮，秒殺各種中國好聲音。
他們貪戀天籟，在土磚房子裡借宿一晚，老嫗燒馬鈴薯給他們吃，沒有電視，沒有收音機，連電燈也沒有，大家圍著柴火一首接一首地歡歌。
老嫗寡言，除了燒馬鈴薯就是唱歌給他們聽，
間隙，撫摸著他們的樂器不語，手是抖的。
老人獨居，荒野上唱了一輩子的歌，第一次擁有這麼多的聽眾，
一整個晚上，激動得無所適從。
次日午後，他們辭行，沒走多遠，背後追來滿臉通紅的老嫗。
她孩子一樣囁嚅半晌，問：你們這些唱歌的人，都是靠什麼活著的？

我第一百次問出那個問題。
我問阿明：若當時當地換作是你，你會如何回答老人的那個問題？
阿明沒有回答我的問題。

大冰的小屋安安靜靜，滿地空酒瓶，飛鴻在睡覺，肚皮一起一伏，客人都走了，只剩我和阿明。
阿明的臉上沒有什麼波瀾，他沉默了一會兒，緩緩地開口，
給我講述了另一個故事。

這是個未完待續的故事，裡面有金三角的連綿雨水，孟定的香蕉園，
千禧年的建築工地……
故事裡有窮困窘迫、顛沛流離、渺茫的希望、忽晴忽雨的前路，
還有一把紅棉吉他和一個很想唱歌的孩子。
這個孩子最大的願望，不過是想一輩子唱歌，同時靠唱歌養活自己。
他是否能達成願望，還是一個未知數。

那天晚上，阿明講完他的故事後，也留給我一個問題。
他的問題把我問難受了。

他靦腆地問我：
冰哥，你覺得，像我這種唱歌的窮孩子，到底應該靠什麼活著呢？

我又能說些什麼呢……
酒斟滿。
弦調好。
阿明，天色尚早，再唱首歌吧。

YouTube 旅行者，張智《流浪者》

YouTube 阿明《青春萬歲》

聽歌的人不許掉眼淚

時光荏苒，眨眼帶走許多年。
有人說：小屋是麗江的一面旗，不能倒。
當然不能倒。
於我而言，它哪裡僅是間小火塘，它是一個修行的道場，
是我族人的國度，哪怕有一天我窮困潦倒捉襟見肘了，
捐精賣血我也要保住這間小木頭房子。

給你講一個最遙遠的理由。

你曾歷經過多少次別離？

上一次別離是在何年何月？誰先轉的身？

離去的人是否曾回眸，是否曾最後一次深深地看看你？

說實話，你還在想他嗎？

古人說：日暮酒醒人已遠，滿天風雨下西樓。

古人說：從此無心愛良夜，任他明月下西樓。

古人還說：無言獨上西樓……

古人說的不是西樓，說的是離愁。

情不深不生娑婆，愁不濃不上西樓。黯然銷魂者，唯別而已矣。

怨憎會、求不得、愛別離，每個人的每一世總要歷經幾回錐心斷腸的別離。

每個人都有一座西樓。

我曾目睹過一場特殊的別離。

也曾路過一座特殊的西樓。

（一）

不要一提麗江就說豔遇。
那時的麗江，還不是豔遇之都。

過了大石橋，走到小石橋，再往前走，一盞路燈都沒有。三角梅香透了半條街，老時光零零星星地堰塞在牆壁夾角處，再輕的腳步聲也聽得見。
流浪狗蜷縮在屋簷下舔爪子，虎皮大貓撣耗子，嗖嗖跑在青石板路上畫「之」字……遠遠的是一晃一晃的手電筒光圈，那是零星的遊人在慢慢踱步。
整條五一街安安靜靜的，一家鋪面都沒有，一直安靜到盡頭的文明村。

我和路平都愛這份寧靜，分別在這條路的盡頭開了小火塘。
火塘是一種特殊的小酒吧，沒有什麼卡座，也沒舞臺，
大家安安靜靜圍坐在炭火旁，溫熱的青梅酒傳來傳去，沉甸甸的陶土碗。
木吉他也傳來傳去，輕輕淡淡地，彈的都是民謠，唱的都是原創。
尋常的遊客是不會刻意尋到這裡的，故而來的都是偶爾路過這條小巷的散客。他們行至巷子口，覓音而來，輕輕推開吱吱嘎嘎的老木頭門，安安靜靜地坐下，安安靜靜地喝酒聽歌。
那時候沒有陌陌和訊息，沒人低頭不停玩手機。
那時候四方街的酒吧流行一個泡妞的四不原則：
不主動、不拒絕、不負責、不要臉。
火塘小酒吧也有個待客四不原則：
不問職業，不問姓名，唱歌不聊天，聊天不唱歌。
這裡不是四方街酒吧街，沒人進門就開人頭馬，大部分客人是一碗青梅酒坐半個晚上，或者一瓶瀾滄江矮炮坐一個通宵，他們消費能力普遍不強，

我們卻都喜歡這樣的客人。
他們肯認真地聽歌。

路平的小火塘叫 D 調，青石磚門楣。
我的，叫大冰的小屋，黃泥磚牆壁。
小屋裡發生的故事，三本書也寫不完。
遊牧民謠在這裡誕生，26 任守店義工在這裡轉折了自己的人生。
數不清的散人和歌者在這裡勒馬駐足，李志在這裡發過呆，
張佺在這裡撥過口弦，李智和吳俊德在這裡彈起過冬不拉，
萬曉利在這裡醉酒彈琴泣不成聲。
時無俗人論俗務，偶有遊俠撒酒瘋。（註 11）

支教（註 12）老師菜刀劉寅當年在小屋做義工時，曾寫過一首歌。

《大冰的小屋》
月光慢慢升起，扔出一枚煙蒂，靜靜地呼吸
一個女人離去，留下落寞背影，碎碎的繡花裙
昏暗的燈光裡，點上一支雙喜，滿地空酒瓶
一個男人闖進，穿件黑色風衣，背起滿臉鬍鬚
…………

註 11：大冰於 2013 年返回小屋守歲時所作。原詩如下：
十年滇北復山東，來時霧霾去時風；知交老友半零落，江湖少年不崢嶸。
忽憶昔年火塘夜，大冰小屋初築成；時無俗人論俗務，偶有遊俠撒酒瘋。
倥傯數載倥傯過，何日始兮何日終；今夕又是一歲盡，新釀青梅為誰盛。
註 12：支教是指支援落後地區鄉鎮中小學校的教育和教學管理工作。

人群都已散去，門環的撞擊，清脆的聲音
大冰的小屋，一切都很安靜，你我沉默不語
大冰的小屋，一切都是安定，世界陪我一起
大冰的小屋，總有人離去，我們依然在這裡
…………

時光荏苒，眨眼帶走許多年，房租從四位數漲到六位數，麗江的民謠火塘日漸凋零，從當年的上百家到當下這唯一的一家。
小屋是最後一家民謠火塘，不用麥克風不用音響，只唱原創民謠。
有人說：小屋是麗江的一面旗，不能倒。
當然不能倒。對我而言，它哪裡僅是間小火塘，它是一個修行的道場，
是我族人的國度，哪怕有一天我窮困潦倒捉襟見肘了，
捐精賣血我也要保住這間小木頭房子。
按理說，佛弟子不該執念於斯，但我有九個理由守住它、護持住它。
給你講一個最遙遠的理由。

就從歌裡的那個穿繡花裙的女人說起吧。

那個女人叫兜兜，眉目如畫，是我見過的最白的女子。
兜兜臉色白得透明，白得擔待不起一丁點陰霾。
手伸出來，根根是白玉一般的色澤。不知道她是長髮還是短髮，
不論室內室外，她始終戴著帽子，從未見她摘下來過。

她說話細聲慢語，笑笑的，一種自自然然的禮貌。

我那時酷愛呼麥（一種藉由喉嚨緊縮而唱出「雙聲」的泛音詠唱技法），熱衷唱蒙古語歌曲，她問我：這是什麼歌？

我說：蒙古語版《烏蘭巴托的夜》

她輕輕地挑一下眉毛，瞇起眼睛說：真好聽……有漢語版麼？

那時候兜兜歪坐在炭火旁，頭倚在男人的肩頭，火光給兩個人鍍上一道忽明忽暗的金邊，她在他的手心裡輕輕打著拍子。跟隨著吉他的旋律，兩個人都微微閉著眼睛。

…………

來自曠野的風啊，慢些走

我用沉默告訴你，我醉了酒

飄向遠方的雲啊，慢些走

我用奔跑告訴你，我不回頭

…………

男人眼中淚光盈盈一閃，稍後又慢慢隱退。

兜兜喊他大樹，聽起來很像在喊大叔，他 40 多歲的光景，新加坡人。

我和路平都對大樹有種莫名的好感。

這是個聽歌會動情的男人，有一張溫暖的面孔和一雙厚實的手。他好像一刻都離不開她的模樣，要不然攬著她，要不然讓她倚靠在自己身上，要不然把她的手擱在自己的手心裡……好像她是隻黃雀兒，須臾就會躥上青雲飛離他身邊。

古人描述男女之情時，並不用「愛」字，而是用「憐惜」一詞。

大樹沒有中年男人的矜持和城府，

他對她的感情，分明是一種不做任何避諱的憐惜。
不論什麼年紀的女人，被百般呵護寵溺時，
難免言談舉止間帶出點驕縱或刁蠻，兜兜卻一丁點都沒有，
她喜歡倚靠在他身上，好像他真的是棵大樹，承擔得住她所有的往昔和未來。

（二）

他們都愛小屋，經常一坐就是一個晚上。
那時，來小屋的人一半是客人一半是歌手，經常是歌手比客人還多。
流浪歌手們背著吉他，踩著月色而來。有人隨身帶一點花生，有人懷裡揣著半瓶鶴慶大麥，詩意和酒意都在六根弦上，
琴弦一響，流水一樣的民謠隔著門縫往外淌。
時而潺潺，時而叮咚，時而浩浩湯湯，時而跌宕。

靳松的歌最苦 ×，小植的最滄桑，大軍的歌最溫暖，我的最裝 ×，
菜刀的歌最奇怪，各種腎上腺素的味道。
那時候，菜刀已經開始在寧蒗山區的彝族山寨當支教老師。他在小屋當義工時基本的溫飽有保障，去支教後卻基本沒有了經濟來源，我讓他每過幾個星期回麗江一趟，把小屋的收入分他一部分當生活費。他知道小屋存在的意義，故而並不和我瞎矯情。
菜刀最初寫歌是我攛掇（慫恿）的，我一直覺得他骨子裡有一種很硬朗的東西，若能付諸音樂的話，會創作出很奇特的作品。他採納了我的建議，邊支教邊寫歌，後來製作了一張自己的民謠專輯，每次回麗江時，都站在街頭賣唱、推銷 CD，打算用賣專輯 CD 掙來的錢給孩子們買肉吃。
他實在是沒錢，手寫的歌詞單，封套也是自己用牛皮紙裁的，

有的是正方形，有的是梯形，比盜版碟還要盜版，故而幾乎沒人願意買。
一箱子碟賣不出一兩肉錢，菜刀很受打擊，一度有點沮喪。
有一天，菜刀從街頭回到小屋後，情緒很低落，一個人躲在角落裡悶著頭，
我隨口問他今天的銷量如何，他用手比出一個「0」，然後苦笑了一下，
很認真地問我：大冰哥，你覺得我真的適合唱歌嗎？
我說：啊呸，不就是碟片賣不出去嗎，至於嗎？
當著一屋子客人的面，我不好多說什麼，遞給他一瓶風花雪月讓他自己找開瓶器。菜刀好酒，一看到啤酒眼裡長星星，喝完一瓶後很自覺地又拿了一瓶，很快喝成了隻醉貓。喝完酒的菜刀心情大好，他美滋滋地拿過吉他撥彈幾下，高聲說：接下來我給大家唱首原創民謠……
我說你省省吧，舌頭都不在家了還唱什麼唱。
他不聽勸，非要唱，且滿嘴醉話：今天晚上就算是我的原創音樂告別演出了……以後我再也不唱自己寫的歌了，以後大家想聽什麼我就唱什麼，我唱五月天去……我唱 TWINS（香港女子歌唱團體）去……
他彈斷了三弦，把自己的作品唱了兩首半，剩下的半首還沒唱完就抱著吉他睡著了，不一會兒，呼嚕打得像小豬一樣。
菜刀年輕，眾人把他當孩子，沒人見怪，大家該喝酒喝酒，該唱歌唱歌。
我起身把菜刀橫到沙發上睡，喝醉的人重得像頭熊，好半天才搞定，
累得我呼哧呼哧直喘氣。
正喘著呢，兜兜說：菜刀的 CD，我們要十張。
我嚇了一跳，十張？
大樹掏出錢夾子遞過來，兜兜一邊數錢一邊悄悄說：
別誤會，我們是真覺得他的作品挺不錯的，真的很好聽，他不應該放棄。
我們也不是什麼有錢人……先買十張好嗎？

她把錢塞進我手裡，又說：明天等菜刀老師醒了，能麻煩他幫忙簽上名嗎？菜刀趴在卡墊上一邊打呼嚕一邊滴答口水，起球的海魂衫（指各國水兵們穿的內衣）一股海鮮味，怎麼瞅也不像是個替人簽名的人。

那應該是菜刀第一次替人簽名。

他借來一根麥克筆，把自己的名字在報紙上練了半天，

往 CD 上簽名時他是閉著氣的，力透紙背。

他搞得太隆重了，像是在簽停戰協議。

兜兜接過專輯時對他說：

菜刀老師，我喜歡你的歌，雖然發音很怪，但你的歌裡有情懷。加油哦。

在此之前沒人這樣誇過他，我們一干兄弟在一起時很難說出褒獎對方的話，這算是菜刀靠自己的音樂獲得的第一份認可。

我在一旁看著這一幕直樂，菜刀老師像個遭到表揚的小學生一樣，耳朵紅撲撲的。他努力調節面部的肌肉，想搞出一副淡定的模樣，卻怎麼也合不攏嘴，沒辦法，菜刀老師的門牙太大了。

精神狀態決定氣場，此後菜刀的街頭演唱充滿了自信，雖然銷量還是很差，但再沒聽他說過要放棄原創這一類的話。

他把那種自信的氣場保留了很多年，他曾站在《中國達人秀》的舞臺上理直氣壯地說：我寫歌是為了給孩子們掙買肉吃的錢。也曾站在《中國夢想秀》的舞臺上說：我是一個支教老師，但也是一個民謠歌者。

菜刀後來接連出了兩張專輯，都是在支教工作的間隙寫的，他的歌越寫越好，第三張專輯和第一張相比有天壤之別，慢慢地，他有了一群忠實的音樂擁躉，也影響了不少後來的年輕人。

最初唆使菜刀寫歌的人是我，最初幫他建立信心的人卻是兜兜和大樹。
兜兜和大樹不會知道，若無他們當年種下的那一點因，不會結出當下的果。
有些時候，舉手之勞的善意尤為彌足珍貴。
雖然我不確定他們當年買碟時，是否真的愛聽菜刀的歌。

兜兜和大樹還幫大軍賣過 CD。
大軍是我的仫佬族兄弟，鬍子男、音樂瘋子、資深流浪歌手。我不喜歡結交不三不四的人，所以我認作兄弟的人一般都很二（東北方言。帶有傻氣，缺心眼的意思），大軍是個中翹楚，他那時候剛幹了一件二到家的事情——把累年 16 萬元的積蓄取出來，傾其所有制作了一張專輯。
他的這張專輯叫《風雨情深》，塑膠的外殼，錚亮的黑膠盤，製作精良、內外兼修，編曲和錄音不亞於一個出道歌手的專輯品質。
但花了 16 萬元啊！有這個必要嗎？
我罵他敗家，罵了半個多小時：你花一萬兩萬做個好點的 DEMO（樣片）就得了，有必要把全部身家押上去嗎？你有幾個錢能糟蹋？
一張碟你賣 50 元的話，得賣 3200 張碟才能回本。
你能保證麗江天天不下雨嗎？這裡半年是雨季！
你能保證琴被城管沒收的時候碟片不會被沒收嗎？你又不需要打榜（擠進排行榜）又不需要拿金曲獎，你這 16 萬元等於是打水漂兒啊，吧啦吧啦吧啦……
我負責罵人，大軍負責被罵，一邊還笑瞇瞇地喝茶。
大軍很包容地看著我說：但那是我自己寫的歌啊。
我形容不出那種眼神，好像他是個戴紅箍（註 13）的，我是個隨地吐痰的。

註 13：箍指袖章，紅箍即紅袖章。意指維持秩序或治安的人。

新碟出來後，大軍繼續以賣唱為生，計畫著攢夠了錢再出第二張，
他甚至已經把第三張碟的封面都找人畫好了。我計算了一下投入產出比，
回想了一下自己認識的那些心狠手辣的理財經理，沒有一個黑心理財經理
的手段有大軍對他自己狠。
不過說實話，大軍唱歌確實好聽，他有自己獨特的嗓音和風格，老暖男一枚。
大軍氣場很獨特，他在街頭唱歌時簡直可以用不卑不亢來形容，你若給他
鼓掌，他是面帶微笑寵辱不驚的。
收錢時他有種天經地義的理直氣壯，他會說：哎呀，
謝謝你支援我的音樂……我的 CD 好啊，什麼電腦都能放出聲音來……
每回聽他說這句話，我都暗暗咽下一口血，眼前飛過一隻烏鴉，
尾巴上拴著個牌子，上面寫著：16 萬元。

大軍每次都強調自己 CD 片的播放品質，還真有認真的客人要現場驗證的，
有一個時期幾乎是五分之一的比例。沒辦法驗證人家就不買，交了錢的也把
錢要回來，這對生意的影響比較嚴重，我勸他改改廣告詞，他不聽，堅持認
為自己的 CD 什麼電腦都能放出聲音來……但是大馬路上上哪兒找電腦去？

沒想到電腦自動出現了。
不知從哪天開始，大軍街頭賣唱時，兜兜和大樹天天去報到，大樹背著他
的筆記型電腦，一張一張地幫買碟的客人驗證 CD 片是否能放出聲音來。
兜兜坐在他旁邊，細心地幫忙拆封又重新包裝好。
人是很奇怪的動物，之前是每五個人裡才有一個要求驗證，現在硬體設施
一到位，幾乎人人都要求驗證，大樹天天把電腦充滿了電拿到街頭，不到
一個星期的時間就廢掉了光碟機。

大軍過意不去，請他們兩口子吃飯，他們笑著拒絕，轉過天來換了新光碟機又來幫忙做驗證。
我們一幫人都過意不去了，死說活說才說服他們赴一次宴，
席間推杯換盞相談甚歡，一個不留神，他們悄悄埋了單。

（三）

我忘了兜兜和大樹在麗江盤桓了多久，好像有一個多月，他們從客人變為友人，每天到小屋來報到，大家相處得很融洽。
他們在麗江的最後一夜，兜兜拿出一支錄音筆，擎在手上錄歌。
過了一會兒，大樹也伸出一隻手，托住她的手和那支錄音筆。
手心朝上，輕輕地托住。
這一幕小小地感動了我，於是唱結束曲時，
再次為他們唱了一首《烏蘭巴托的夜》，蒙古語版加賈樟柯版，
沒用吉他和手鼓，加了點呼麥，清唱了六分鐘。

別林特里，蘇不足喂，賽義何
也則切，亞得啦，阿木森沉麼
別奈唉，好噻一亞達，嗦啊嗦
安斯卡爾嗒嗒啊，沉得森沉麼
烏蘭巴特林屋德西，那木哈，那木哈
啊哦陳桑，郝一帶木一帶木西，唉度哈
…………

游飄蕩異鄉的人兒在哪裡
我的肚子開始痛你可知道
穿越火焰的鳥兒啊不要走
你知今夜瘋掉的啊不止一個人
烏蘭巴托的夜，那麼靜，那麼靜
歌兒輕輕唱，風兒靜靜追
烏蘭巴托的夜，那麼靜，那麼靜
聽歌的人不許掉眼淚
…………

大樹貌似在輕輕顫抖，他調整了一下坐姿，一支空酒瓶被碰倒，
輕輕叮咚了一聲。
這首歌是我的摯愛，那次演唱是狀態最好的一回，故而留了郵箱號碼，
請他們回頭把電子音頻檔寄給我。
兜兜微笑著點頭，然後站起身來伸出雙臂，說：能擁抱一下嗎？

擁抱？
我愣了一下，還沒來得及尷尬，已被她輕輕攬住。
她把下巴擱在我肩頭，輕輕拍拍我的後腦勺，說：弟弟，謝謝你的小屋。
我說：客氣什麼呀……下次什麼時候再來麗江？

兜兜輕輕笑了一聲，沒接我的話，自顧自地輕聲說：
多好的小屋哦，要一直開下去哦。
她沒說再見，拉起大樹的手，轉身出門。

她留給我的最後一個印象，是撲簌在夜風中的那一角碎碎的繡花裙。

一個月後我收到了載有音頻檔的郵件，以及一封簡訊。
信很短，只有一句話：
音頻檔在附件裡，弟弟，真想再聽你唱一次《烏蘭巴托的夜》。

我懶，回信也只寫一句話：文件收到，謝謝啦，有緣再聚，再見。
每個人是每個人的過客，和誰都不可能比肩同行一輩子，再見就再見吧。
我與兜兜自此再未見過面。

有一年，有客人從西安來，一進門就滿屋子上躥下跳地大呼小叫：
額們西安有一家酒吧和你這家酒吧簡直一模一樣。
我說：你個瓜慫（陝甘地區方言，即傻蛋、笨貨的意思），
踩碎我們家的接線板了。
我心下略略生疑，但沒怎麼當回事。
小屋的前身是間麗江古城唯一一家花圈店，變身酒吧後被挖地三尺改成了個半地窖的模樣，類似漢墓內室的棺槨模式，且四壁灰黃古舊，正宗的泥坯草磚乾壘土牆……在整個麗江都是獨一無二，怎麼可能在千里之外的西安會有個酒吧和我的小屋一模一樣？
還有蠟燭塔。
你說的那家酒吧怎麼可能有我們家這麼大隻的蠟燭塔？
一尺半高呢，多少年來不知多少滴蠟淚生生堆積起的。
西安客人：真的真的，真的一模一樣，牆也一樣，蠟燭也一樣，
額沒騙你……

我說：你乖，你喝你的啤酒吧，別 BB 了（別說話了）……
此後的一兩年間，接二連三地有人跟我說同樣的話，一水兒的西安客人，他們每個人都信誓旦旦地說：沒錯，那家酒吧和你的小屋一模一樣。
一樣就一樣唄，難道我還要飛越半個中國去親身驗證。
我問他們那家酒吧的老闆是誰，有人說是一對夫妻，也有人說只有老闆，沒有老闆娘，老闆好像是個新加坡人。
新加坡人，會是大樹嗎？
我很快推翻了這個猜測——若大樹是老闆，兜兜怎麼可能不是老闆娘？

此時的麗江已與數年前大不相同，五一街上酒吧越開越多，像兜兜和大樹那樣肯安安靜靜聽歌的客人卻越來越少。好幾年不見了，忽然有一丁點想念他們，我翻出兜兜的郵箱地址給她發郵件：
新釀的青梅酒，當與故人共飲，和大樹一起回小屋坐坐吧，
我還欠你們一首《烏蘭巴托的夜》。

發送郵件時，我心想，這麼久沒聯繫，說不定人家早就不記得你了，
這麼冒昧地發一封邀請信，會不會有點自作多情了？
郵件發完後的第三天，一個男人推開小屋的門，
他用新加坡口音的普通話說：大冰，來一碗青梅酒吧。
我哈哈大笑著上前擁抱他，我說：大樹！你是大樹啊！
我拽他坐下，滿杯的青梅酒雙手遞過去，我仔細端詳他，
老了，明顯老了，鬢角白了。
我一邊給自己倒酒，一邊問他：大樹，怎麼只你自己來了，兜兜呢？

他端著酒碗，靜靜地看著我說：兜兜不在了。

（四）

兜兜和大樹的那次麗江之旅，是她此生最後一次遠遊。

大樹和兜兜最初是異地戀。
大樹工作在廣州，兜兜那時做獨立撰稿人，居住在西安。
兩個人的緣分始於一家徵婚網站。

在旁人看來，故事的開端並不浪漫，他們並沒在最好的年紀遇見彼此。
兜兜遇見大樹時已近30歲，大樹已過不惑之年。
大樹從小是家中的驕傲，在新加坡讀完大學後，在美國拿了MBA碩士學位，之後輾轉不同的國度當高級經理人，人到中年時受聘於廣州一家知名外國企業，任財務總監。在遇見兜兜之前他把大部分的精力傾注在事業打拼上，生活基本圍繞著工作展開。
二人都是情感晚熟的人，在遇到對方之前，兩個人好像都在不約而同地等待，從年輕時一直寧缺毋濫到青春的尾端，直到對方的出現。

很多事情很難說清，比如一見鍾情。有人在熙攘的人群裡怦然心動，有人在街角巷尾四目相對，也有些人像兜兜和大樹一樣，在虛擬空間裡一見鍾情。
其實世上哪有什麼一見鍾情，所謂的一見鍾情，不過是你終於遇到了那個你一直想要的人而已。人海茫茫，遇之是幸，不遇是命。其實每個人都會遇到想要的人，可惜大多數人在遇到對方時，己身卻並未做好準備，故而，往往遺憾地擦肩。

萬幸，兜兜和大樹的故事沒有這樣的遺憾。

二人迅速見面，迅速地老房子著火，火苗不大，焰心卻炙熱。
他們都已經不是小孩子了，也不是外貌協會成員，歲月已經教會了他們如何去包容和尊重，也教會了他們如何隔著皮囊去愛一個人的心靈，他們遇到的都是最好的自己。
這份感情好比煲湯，他們細火慢燉，一燉就是三年。
三年裡雖然聚少離多，感情卻與日俱增。
他愛她的知性和善良，她愛他的睿智淳厚，他們沒吵過架，
異地戀的後遺症在他們身上幾乎不見蹤影，這簡直就是一個小奇蹟。
很多情侶在年少時相戀，在摩擦和碰撞中彼此成長，他們不停地調整相處的模式，不停地適應對方的價值觀，去悉心呵護一份感情，卻總難免因為林林總總的瑣碎矛盾而夭折。
也有些情侶就像兜兜和大樹一樣，心智成熟時方遇見，他們知道感情不是一味地遷就，也不是一味地依賴。歲月雖將容顏打折，卻賦予他們積澱，他們明白自己愛的是什麼，要的是什麼，也懂得如何去對待這份愛。
兜兜和大樹沒有在最好的年紀相戀，他們在最適合的年紀彼此遇見。

兜兜那時蓄著一米的長髮，背影如煙雲，她寫詩、畫畫、愛旅行，出版過自己的長篇小說，鶴立雞群在世俗的生活中。和後來被段子手們（業餘寫段子、短文的作家）冷嘲熱諷的文藝女青年們不同，兜兜的文藝是一種脫凡的詩意和輕靈，腹有詩書氣自華，她舉手投足自有調性，和刻意表演出來的文藝範兒有著本質上的不同。
她如古書裡的那些女子一般，身上的人間煙火氣不濃。

上天怎會讓這樣剔透的女人常駐人間。

你是否曾隱約感覺到，在這個世界上有種癲狂的力量瞬間便可顛覆一切，
主宰這種力量的不知是哪些促狹而偉大的神明。
古往今來無數的例證在揭示著這些神明有多麼的善妒，
他們見不得十全十美，也容不下完滿的人生，
他們在建築和摧毀之間不停地揮動魔杖，
前一秒還歲月靜好，
下一秒便海嘯山崩。
有人把這種力量叫作命運。

2008 年 11 月 18 日，兜兜被確診為癌症末期。
疾病來得毫無徵兆，發現得太晚，已是不治之症，從這一天起，她的生命進入倒數計時。

兜兜沒崩潰，獨自靜坐了一夜後，她坦然接受了這個現實。
她撥通了大樹的電話，如實告知病情，她說：樹，醫生告訴我康復的幾率已經為零，我認真考慮了一下……我們分手吧。
兜兜的態度很堅決，事已至此，她認命，但不想拖累別人，
不想將大樹的幸福毀在自己的手裡。
隔著兩千公里的距離，她的聲音清晰而冷靜。
她說：樹，你已經不年輕了，不要把時間浪費在我身上……
抱歉，不能陪著你了，謝謝你這輩子給過我愛情。
她儘量用平穩的語氣講完這一切，電話那頭的大樹已是泣不成聲。

兜兜說，大樹不哭。

兜兜說，我們面對現實好嗎？長痛不如短痛……

說著說著，她自己反而掉出眼淚來，她狠心掛斷電話，設置了黑名單。

與此同時的廣州街頭，路人驚訝地看著一個熱淚縱橫的中年男人，

他孩子一樣嗚咽著，一遍又一遍撥打著電話。

11 月的嶺南潮濕溫暖，路人匆匆，

無人知曉剛剛有一場雪崩發生在這個男人面前。

六個小時候後，大樹飛抵西安。

眼前茫茫一片，恍惚，恍惚的樓宇，恍惚的人影晃動。

晚秋初冬的天氣，他只穿著一件短袖衫卻完全感覺不到寒冷，

心裡只有一個信念：快點，再快點，快點去到她的身邊。

大樹敲門時，眼淚再次止不住，中年男人的眼淚一旦開閘，竟如此磅礴，

他哭得說不出話，所有的力氣都集中到了手上，

他死命控制著自己敲門的力度，卻怎麼也控制不了節奏。

兜兜打開門，愣了幾秒鐘，又迅速把門關上。隨著大門砰的一聲響，她的坦然和冷靜崩塌了，她不知該如何去面對他，只是一味地用背抵著門板。

「樹……你為什麼要來？」

大樹強止住哽咽，把嘴貼近門縫喊：兜兜開門吧，一切都會好起來的，

有我在，你不要怕。

兜兜說：樹，我不會好了……我自己可以面對的，你快走吧，忘了我吧，

我們都不是孩子了，你不要犯傻……

聲音隔著薄薄的一扇門傳出來，卻好似隔著整個天涯。

大樹喊：兜兜開門吧，我等了 40 多年才遇到你，沒有什麼比你更重要！
他用力地砸門，大聲地喊，半跪在地上緊貼著門板不停地央求，
幾十年來從未有過的情緒失控讓他變成了自己都不認識的陌生人。
門的背後，兜兜不停地重複著：……你不要犯傻，樹，你不要犯傻……

幾個小時過去了，十幾個小時過去了，天亮了又黑，大樹昏厥又醒來，
臨走時嗓子已經失聲。
他沒能敲開兜兜的門。

都說時間能改變一切，消解一切，埋葬一切。
兜兜相信時間的魔力，她祈求大樹不要犯傻，唯願他如常人一樣在命運面前緘默，理智地止步，明智地離去，然後把一切交給時間。
「結局既已註定，那就早點忘記我，早點好起來吧。」
她時日無多，只剩下用這種方式愛著他。

（五）

兜兜萬萬沒想到，大樹也只給自己剩下一種方式。
一個月後，大樹辭掉了廣州的工作，將全部家當打包搬到西安。
這是他事業上最黃金的時期，資歷名望、社會地位、高收入……
他統統不要了，不惑之年的男人瘋狂起來，
竟然比 20 歲的男生還要勇往直前，他只要她。

大樹沒有再去敲門，兜兜已經入院，他百般打聽，來到她的病床前。
她裝睡，不肯睜眼。

他說：兜兜，我們能心平氣和地聊聊天嗎？

他坐下，指尖掠過她的臉頰，他輕聲說：我們在一起三年了，難道我會不知道你在擔心什麼嗎？你放心好嗎，我向你保證，我將來的生活我自己會處理好的……兜兜，我們的時間不多了，不要再攆我走了。

他捉住她的手：

你在一天，我陪著你一天，陪你一輩子，不論這輩子你還剩下多少時間。

淚水滲出緊閉的眼，兜兜掙脫不開他的手，哭著說：樹，你傻不傻……

大樹卻說：兜兜，我們結婚吧。

2009 年 6 月 28 日，兩人在西安結婚。

事情變得簡單起來了：死神給你指明了道路的終點，但愛人在身旁說：

來，我陪你走完。

這條路好像忽然也沒那麼艱難了。

兜兜的身體狀況越來越惡化，一天比一天蒼白羸弱，遵醫囑，她開始住院靜養，大樹 24 小時陪著她。醫院的生活單調，二人的話都不多，很多時候都是默默看著對方，看著看著，掩不住的笑意開在眉梢眼角。

她打針，他替她痛，醫生叮囑的每一句話他都當聖旨去遵守，

比護士長還要護士長。

所有人都明白，不會有什麼奇蹟發生了，

但大樹認認真真地去做，就好像一切都還有希望。

有一天，大樹幫她切水果，兜兜從背後攬住大樹的腰，她說：

樹，趁我還走得動，我們去旅行吧。

她告訴大樹，從 20 世紀 90 年代末起，自己一個人旅行過很多地方，漫長的旅行中，她曾遭遇過一個奇妙的小城，在那裡人們放水洗街，圍火打跳，零星的背包客拎著啤酒走在空曠的青石板路上，

馬幫的駝鈴叮咚響，流浪歌手的吉他聲在午後的街頭會傳得很遠很遠。

她說：樹，你知道麼？從 2005 年我剛認識你的那一天起，我就夢想著有一天能和你定居在那個小城，安安靜靜地一直到老……這個夢今生是無法實現了，但我想和你一起去曬曬那裡的月亮。

兜兜說：大樹，你幫我去搞定醫生好嗎？

兜兜此生的最後一次旅行去了麗江。

她已經很虛弱了，坐久了會眩暈，稍微走快一點就會氣喘，大樹攬著她，給她倚靠的支點，兩個人站在玉龍雪山前吹風，坐在民謠小火塘裡聽歌，燭火映紅了每個人的面龐，唯獨映不紅她那一臉的蒼白。

木吉他叮咚流淌的間隙，她附在他的耳畔說：

真好聽哦，樹，這個世界上美好的東西真多。

她說：我們支持他們一下，買一些他們的專輯好嗎？

臨行前夜，她站在 2009 年的大冰的小屋裡說：

多好的小屋哦，要一直開下去哦。

她牽著大樹的手走出小屋的門，踩著月亮溜達在青石板路上。

碎碎的繡花裙飄蕩，她牽著他的手，甩來甩去甩來甩去……她輕輕說：

樹，我知道你一直盼著我好起來，我又何嘗不想，但希望越大失望越大，我真的不想這樣……聽我的好麼？回西安後不要那麼在意治療效果了。

她停下腳步，扳過他的肩膀：

你說過，我走以後你會好好地生活，可是我希望你從現在開始就好好地生活，一直一直地好好生活，好嗎？
她說：樹，答應我，這個世界上美好的東西那麼多，你要替我好好去體會哦。

重返西安後的兜兜接受了化療，她失去了如瀑的長髮，體重下降到 70 斤，她開始服用泰勒寧（註 14）。

劇痛的間隙，她攥著大樹的手開玩笑說：
在麗江還沒事，一回來就痛成這樣了，早知道就留在那裡不回來了。
她和大樹都明白，以她當下的狀況，已不可能再度橫穿大半個中國去往滇西北了。醫生暗示過，癌細胞已經擴散，兜兜隨時都會離去。
時間不多了，他們靜靜地四目相望，默默地看著對方。
大樹忽然開口說：兜兜，那我們就造一個麗江。

辭職後的大樹早就沒有了高薪，高昂的治療費用已將兩個人的積蓄消耗了大半，他拿出剩餘的積蓄盤下一間 50 平方米的屋子，仿照大冰的小屋的模樣，建起了一家火塘，命名為「那是麗江」。
一樣的格局，一樣的氣場，一樣的音樂，一樣的牆壁和燭臺。
門外是車水馬龍的西安，門裡是燭火搖曳的麗江。

兜兜最後的時光是在這間小火塘裡度過的，
最後的日子裡，大樹給了兜兜 50 平方米的麗江。

註 14：泰勒寧，Tylox，一種複方止痛藥，適用於各種原因引起的中重度、急慢性疼痛，如重度癌痛。

（六）

大樹獨行麗江赴約後的幾年間，
我曾數次路過西安，每次都會去「那是麗江」探望他。
「那是麗江」坐落於西安書院門旁的巷子裡，招牌是倒著掛的，兜兜走後，
大樹悉心打理著那裡的一切。
兩個人的麗江，如今是他一個人的西樓。
古人說：日暮酒醒人已遠，滿天風雨下西樓。
古人說：從此無心愛良夜，任他明月下西樓。
說的都是黯然銷魂的離愁。
我卻並未從大樹臉上看到半分頹唐，有的只是坦然的思念。

大樹本名叫嚴良樹，新加坡人。
他留在了西安，守著那家店，直到今天，或者永遠。
大樹履行著諾言，好好地活著。
兜兜天上有知，一定始終在含笑看著他。

兜兜生前主動簽署了遺體捐獻書，陝西省自願遺體捐贈第一人。
她在日記裡說：我有癌症，身上可用的器官只有眼角膜。
但我的身體可以捐贈給醫學機構做研究。
這樣自己可以發揮點作用，比讓人一把火燒光更有意義。
兜兜畢業于西北大學新聞系，逝於 2010 年 10 月 22 日。
她真名叫路琳婕。
命運對她不公，她卻始終用她的方式善待著身邊的世界。

兜兜當年用錄音筆錄制的那首《烏蘭巴托的夜》，我收錄進了自己的民謠專輯 CD 中，一刀未動，一幀未剪。第 4 分 22 秒，大樹碰倒了一支空酒瓶，叮咚一聲輕響。

我偶爾也會在小屋唱起那首《烏蘭巴托的夜》。
不論旁人如何不解，唱這首歌時我一定堅持要求關掉燈，全場保持安靜，誰說話立馬攆出去。
我傲嬌，怕驚擾了老朋友的聆聽。

兜兜，我知道你曾路過小屋，只不過陰陽兩隔，我肉眼凡胎看不見，但你應該聽得到我在唱歌吧。再路過小屋時進來坐坐吧，如果人多的話呢，咱們就擠一擠，這樣暖和。咱們和當年一樣，圍起燭火彈老吉他，大軍啊、路平啊、菜刀啊、靳松啊，咱們輪流唱歌。

大軍生了兩個孩子了，他還是每天堅持著用自己賣唱掙來的錢給老婆買一條花裙子，他和以前一樣，天天晚上都會去小屋坐一坐。菜刀還是穿著那件海魂衫，寧蒗的彝族小學之後，他又組織援建了德格的藏族小學，他現在是支教老師裡唱歌唱得最好的。
我還是老樣子，沒出家，沒去成布宜諾斯艾利斯，秉性沒改，脾氣沒改，討厭我的人和喜歡我的人和以前一樣多。若非要說變化的話，只有一個：不知為何，最近兩年越來越喜歡回味往事，哈，是快變老了嗎？

當年你曾給過我一個擁抱，輕輕地拍著我的後腦勺，喊過我一聲：弟弟。
你說：多好的小屋哦，要一直開下去哦。

這句話我一直記得。

這些年，越來越多的人說麗江變了，更商業了，
小屋也變了，也開始收酒錢了。
我懶得解釋也不想解釋。
不管在遊人眼中，當下的麗江是多麼虛華浮躁，
人心有多麼複雜，房租有多麼天價……你我心裡的麗江都從未改變過。
其實你我眷戀的真的是麗江嗎？或許只是個叫作麗江的麗江而已吧。

世間美好的東西，每個人都有責任恪盡本分去護持好它。
我懂的，我懂的，我會盡力留住這間小屋子的。
六道殊途，不管你如今浮沉在哪一方世界，這算是咱們之間的一個承諾吧。

兜兜、大樹，大樹、兜兜。我一邊想著你們的模樣，一邊寫下這些文字，
一邊不自覺地哼唱起來了呢。
…………
烏蘭巴托的夜，那麼靜，那麼靜
你遠在天邊卻近在我眼前
…………
烏蘭巴托的夜，那麼靜，那麼靜
聽歌的人，不許掉眼淚
…………

烏蘭巴托的夜，那麼靜，那麼靜
唱歌的人，不許掉眼淚
…………

好吧。

好的。

唱歌的人，不許掉眼淚。

YouTube 遊牧民謠，菜刀劉寅《大冰的小屋》

YouTube 遊牧民謠，大冰《烏蘭巴托的夜》

一個叫木頭，一個叫馬尾

毛毛捏著木頭的手，對我說：「……五年前的一天，我陪她逛街，
我鞋帶鬆了，她發現了，自自然然地蹲下來幫我繫上……
我嚇了一跳，扭頭看看四周，此時此刻這個世界沒有人在關注我們，
我們不過是兩個最普通的男人和女人……
我對自己說，就是她了，娶她娶她！」

一個叫木頭，一個叫馬尾

2007 年夏天，你在廈門嗎？

你在高崎機場遇到過一個奇怪的女人沒？

你在廈大白城的海邊遇到過一個奇怪的男人沒？

（一）

馬鞍山的午夜，街邊的大排檔。

毛毛捏著木頭的手，對我說：……五年前的一天，我陪她逛街，我鞋帶鬆了，

她發現了，自自然然地蹲下來幫我繫上……我嚇了一跳，扭頭看看四周，

此時此刻這個世界沒有人關注我們，

我們不過是兩個最普通的男人和女人……

我對自己說，就是她了，娶她娶她！

木頭哎喲一聲輕喊，她嘟著嘴說：毛毛你捏痛我了。

毛毛不撒手，他已經喝得有點多，他眉開眼笑地指著木頭對我說：

我老婆！我的！

我說：你的你的，沒人和你搶。

他眼睛立馬瞪起來了，大著舌頭，左右睃著眼睛喊：誰敢搶我砸死誰！

我說：砸砸砸砸砸……

在我一干老友中，毛毛是比較特殊的一個。

他的社會標籤定位一句話兩句話說不清，也當歌手，也開酒店，也做服裝，也開酒吧，也彈吉他，也彈冬不拉，也玩自駕，也玩自助遊……

我的標籤就不算少了，他的比我只多不少，總之，滿神秘的一個人。

不僅神秘，而且長得壞壞的。

他是個圓寸寬肩膀的金鏈漢子，煞氣重，

走起路來像洪興大飛哥（香港電影《古惑仔激情篇洪興大飛哥》），

笑起來像孫紅雷（大陸演員）飾演的反派。

由於形象的原因，很多人不敢確定他是否是個好人，紛紛對他敬而遠之。

他自己卻不自知，和我聊天時常說：咱們文藝青年……

我心想：求求你了，你老人家摘了金鏈子再文藝好嗎？

我婉轉地跟毛毛說：咱們這種三十大幾的江湖客就別自稱文藝青年了，

「文青」這個詞已經被網上的段子手們給解構得一塌糊塗了，

現在喊人文青和罵人是一樣的。

他皺著眉頭問我：那我就是喜歡文藝怎麼辦？

我默默咽下一口血，道：那就自稱文氓好了，不是盲，是氓……氓，民也，多謙虛啊。

他點頭稱是，轉頭遇見新朋友，指著我跟人家介紹說：這是大冰，著名文氓。

我終於知道他們南京人為什麼罵人「呆逼」了。

除了有點文藝癖，毛毛其他方面都挺正常的。

他滿仗義，江湖救急時現身第一，有錢出錢有人出人，不遺餘力，事了拂身去，不肯給人還人情的機會。
2013 年下半年，我履行承諾自費跑遍中國，去了百城百校做演講，
行至上海站時輜重太多，需要在當地找輛車並配個司機。
我摳，懶得花錢去租賃公司包車，就在訊息朋友圈發消息，還好還好，
人緣不錯，短短半天就有八、九個當地的朋友要借車給我。遺憾的是只有
車沒有司機——大家都忙，不可能放下手頭的事情專門來伺候我。

我左手拇指不健全，開不了車，正為難著呢，毛毛的電話打過來了，
他講話素來乾脆，劈頭蓋臉兩句話電話就掛了：
把其他朋友的安排都推掉吧，我帶車去找你，
你一會兒把明天碰頭地點發給我，碰頭時間也發給我，好了，掛了蛤。
毛毛和人說話素來有點發號施令的味道，不容拒絕，我也樂得接受，
於是隔天優哉遊哉地去找他會合。

一見面嚇了我一跳，我說毛毛你的車怎麼這麼髒？
他咕嘟咕嘟喝著紅牛，淡定地說：從廈門出發時遇見下雨，
進上海前遇見颳風，怕耽誤和你會合的時間，沒來得及洗車。
正是颱風季節，整整 1000 公里，他頂風冒雨，硬生生開過來了。
這是古人才能幹出來的事啊，一諾千金，千里赴約。

事還沒完，上海之後，他又陪我去了杭州。
我的「百城百校暢聊會」自掏腰包，盤纏緊張，他替我省錢，說他開車拉
我的話能省下些路費。於是，從上海到杭州，杭州到寧波，寧波到南京，
南京到成都，成都到重慶……

毛毛驅車萬里，拉著我跑了大半個月，一毛油錢都不讓我出。
有時候我想搶著付個過路費什麼的，他胳膊一胡嚕（揮阻），說：
省下，你又沒什麼錢。
都是兄弟，感激的話無須說出口，錢倒是其次，
只是耽誤了他這麼多的時間，心中著實過意不去。
毛毛說：時間是幹嗎用的？——用來做有意義的事情唄。
你說，咱們現在做的事情沒意義嗎？
我說：或許有吧……
他說這不就結了嗎？
我又不圖你的，你又不欠我的，所以你矯情個屁啊，有意義不就行了！
我：……
我白當了十幾年主持人，居然說不過他，邏輯推衍能力在他面前完敗。

從上海到重慶，毛毛時有驚人之舉，都是關於「意義」的。
我不想讓毛毛只給我當司機，每場演講的尾聲都邀他上臺來給大家唱歌。
他本是個出色的彈唱歌手，不僅不怯場，且頗能引導場上氣氛。
復旦大學那場是他初次上場，他一上來就說：
我上來唱兩首歌，讓大冰歇歇嗓子而已，大家不用鼓掌。
又說：我電焊工出身，沒念過大學，能到這麼高端的地方唱歌是我的榮幸，
要唱就唱些有意義的歌，我好好唱……你們也好好聽，這才有意義。
眾人笑，饒有興趣地看著他。
他一掃琴弦，張嘴是周雲蓬的《中國孩子》：
不要做克拉瑪依的孩子……（註 15）

註 15：中國失明民謠歌手周雲蓬自資灌錄、私下發行的歌曲《中國孩子》中的歌詞。歌詞如下：

毛毛的聲線獨特，沙啞低沉，像把軟毛刷子，刷在人心上，
不知不覺就刷憂鬱了。

從上海刷到南京，從華東刷到巴蜀，《中國孩子》《煮豆燃豆萁》……
這都是他必唱的歌。
毛毛和我的審美品位接近，都喜歡意韻厚重又有靈性的詞曲，
民謠離不開詩性，我最愛的詩集是《藏地詩篇》《阿克塞系列組詩》，
詩人叫張子選，是我仰之彌高的此生摯愛。
好東西要和好朋友一起分享，數年前我曾推薦毛毛讀張子選的詩。他一讀就愛上了，並把張子選的《牧羊姑娘》由詩變曲，百城百校的漫遊中，他把這壓箱底兒的玩意兒搬出來，數次現場演繹。
每次唱之前，他都不忘了嘚啵嘚啵介紹一下作者，我懸著一顆心，
生怕他把人家張子選也介紹成文氓。
毛毛普通話真的說得不好，濃重的南京口音，
他不自覺自知，介紹完作者後還要先把詩念一遍。

不要做克拉瑪依的孩子，火燒痛皮膚讓親娘心焦；
不要做沙蘭鎮的孩子，水底下漆黑他睡不著；
不要做成都人的孩子，吸毒的媽媽七天七夜不回家；
不要做河南人的孩子，愛滋病在血液裡哈哈的笑；
不要做山西人的孩子，爸爸變成了一筐煤，你別再想見到他；
不要做中國人的孩子，餓極了他們會把你吃掉；
還不如曠野中的老山羊，為保護小羊而目露兇光。
不要做中國人的孩子，爸爸媽媽都是些怯懦的人，
為證明他們的鐵石心腸，死到臨頭讓領導先走。

怎麼辦，青海青，人間有我用壞的時光；
怎麼辦，黃河黃，天下有你亂放的歌唱。
怎麼辦，日月山上夜菩薩默默端莊；
怎麼辦，你把我的輪回擺的不是地方！
怎麼辦，知道你在牧羊，不知你在哪座山上；
怎麼辦，知道你在世上，不知你在哪條路上。
怎麼辦，三江源頭好日子白白流淌；
怎麼辦，我與你何時重遇在人世上……

然後開唱。
唱得真好，大家給他鼓掌，他蠻得意地笑，不掩飾。
笑完了還不忘畫龍點睛，他衝著場下說：……唱得好吧，你們應該多聽聽這種有意義的詩歌。
我汗都快下來了，你這個呆逼真不客氣。
一般毛毛演唱的時候，我會讓全場燈光調暗，
讓在座的每個人開啟手機的手電筒功能。
大家都蠻配合，埋頭調手機，一開始是幾隻螢火蟲，
接著是停滿點點漁火的避風塘。
漸漸地，偌大的禮堂化為茫茫星野，壯觀得一塌糊塗。

怎麼辦，青海青。
舞臺上有你亂放的歌唱，
人世間有我用壞的時光。

（二）

我的身分標籤多，故而演講涵蓋面較廣，其中有一小部分涉及旅行的話題，但弘揚的不是泛泛的旅行觀。

我不否認旅行的魅力。

旅行是維他命，每個人都需要，但旅行絕不是包治百病的萬能金丹，靠旅行來逃避現實，是無法從根本上解決現實問題的。

盲目地說走就走，盲目地辭職、退學去旅行，我是堅決反對的。

一門心思地浪跡天涯和一門心思地朝九晚五，又有什麼區別呢？真牛逼的話，去平衡好工作和旅行的關係，多元的生活方式永遠好過狗熊掰棒子。

可惜，有些讀者被市面上的旅行攻略文學洗腦太甚，不接受我的這套理論，在演講互動環節中頗願意和我爭執一番。

我頗自得於自己的辯才，社會場合演講時很樂意針鋒相對、剝筍抽絲一番，但大學演講時礙於場合場地，實在是難以開口和這些小我十幾歲的同學辯論。善者不辯，辯者不善，顧忌一多，往往讓自己為難。

有一場有個同學舉手發言：大冰叔叔，你說的多元中的平衡，我覺得這是個不現實的假設，根本不可能有這樣的實例。每個人的能力和精力都有限，生活壓力這麼大，怎麼可能平衡好工作和旅行的關係？

我覺得不如說走就走，先走了再說，我年輕，我有這個資本！

我捏著話筒苦笑，親愛的，你一門心思地走了，之後靠什麼再回來？

正琢磨著該怎麼婉轉地回答呢，話筒被人摘走了，扭頭一看，是毛毛。

他皺著眉頭看著那個女同學，說：你個熊孩子怎麼這麼不懂事？

全場都愣了，他大馬金刀地立在臺上，侃侃而談：
你年輕，你有資本，有資本就要亂用嗎？能合理理財幹嗎要亂花亂造？
雞蛋非要放到一個籃子裡嗎？非要辭職退學了去流浪才叫旅行嗎？我告訴你，一門心思去旅行，別的不管不顧，到最後除了空虛你什麼也獲得不了。

他指著自己的鼻子說：我就是個例子！
一堆人瞪大眼睛等著聽他的現身說法與反面教材。

他卻說：你不是說沒人能平衡好工作和旅行的關係嗎？我今年三十多歲了，過去十來年，每年都拿出三分之一的時間在旅行，其餘的時間我玩命工作。我蓋了自己的工廠，創出了自己的服裝品牌，搞了屬於自己的飯店，我還娶了個漂亮得要死的老婆，我還在廈門、南京分別有自己的房產……
別那麼狹隘，不要以為你做不到的，別人也都做不到。

當著兩千多人的面，他就這麼大言不慚地炫富，愁死我了。
毛毛力氣大，話筒我搶不過來。

他接著說：……我不是富二代，錢都是自己一手一腳掙出來的，我也是背包客，但我的旅行從來沒影響到我的工作，同樣，工作也沒影響我的旅行。旅行是什麼？是和工作一樣的東西，是和吃飯、睡覺、拉屎一樣的東西，是能給你提升幸福指數的東西而已，你非要把它搞得那麼極端幹嗎……
他忽然伸手指著我問眾人：你們覺得大冰是個牛逼的旅行者嗎？
眾人點頭，我慌了一下，怎麼繞到我身上了？要拿我當反面教材？

毛毛說：你們問問大冰，他當主持人、當酒吧老闆、當歌手、當作家，他的哪項工作影響過他的旅行了？他旅行了這麼多年，他什麼時候辭職了？什麼時候一門心思地流浪了？總之，世界上達成目的的手段有很多，你要是真愛旅行，幹嗎不去負責任地旅行，幹嗎不先去嘗試平衡……

毛毛那天在臺上講了十來分鐘才剎住車，帶著濃重的南京口音。

散場時我留心聽學生們的議論，差點吐血。

一個小女生說：講得真好，常年旅行的人就是有內涵，咱們也去旅行吧。

另一個說：就是就是，咱也去旅行，咱才不退學呢……

下周什麼課？咱翹課吧。

（三）

2013 年的百城百校暢聊會是我和毛毛相處最久的一段時光。

與毛毛的結伴同行是件樂事，他說話一愣一愣的，煞是有趣。

他有個習慣，每次停車打尖或加油時，都會給他老婆打電話，

他一愣一愣地說：老婆，我到 ××× 了，平安到達。

然後掛電話。

他報平安的地點，很多時候只是個休息站而已……

每場演講完畢後，亦是如此，言簡意賅的一句話：老婆，今天的演講結束了，我們要回去休息了，我今天唱得可好了，大冰講得也還算有意義。

然後嘿嘿哈哈地笑幾聲，然後嗖的一聲掛斷了電話。

我好奇極了，他是多害怕老婆查房，這麼積極主動地彙報行蹤，

一天幾乎要打上十來個。

毛毛蠻賤，明知我光棍，卻經常掛了電話後充滿幸福感地歎氣，
然後意氣風發地感慨：這個人啊，還是有個知冷知熱的伴兒好……
我說：打住打住，吃飽了偷偷打嗝沒人罵你，當眾剔牙就是你的不對了。
他很悲憫地看我一眼，然後指指自己的上衣又指指自己的褲子，說：……
都是我老婆親手給我做的，多省心，多好看。
他又指指我的衣服，說：淘寶的吧……

至於嗎？至於膨脹成這樣嗎？你和我比這個幹嗎？又不是幼稚園裡比誰領到
的果果更大。世界上有老婆的人多了，怎麼沒見別人天天掛在嘴上獻寶？
毛毛說：不一樣，我老婆和別人老婆不是一個品種。
你老婆有三頭六臂、八條腿兒？你老婆賢良淑德、妻中楷模？
這句話我想喊出口，想了想，又咽回去了。
鬥嘴也不能胡唚（隨便用髒話罵人）。
說實話，毛毛的老婆確實不錯。
毛毛的老婆叫木頭，廈門人，客家姑娘，大家閨秀範兒，「海歸」資深服裝設
計師，進得廠房、入得廚房，又能幹又賢慧，德智體美勞全面發展，模樣和
脾氣一樣好，屬於媒人踩爛門檻、打死用不著相親的那類精品搶手女人。
總之，挑不出什麼毛病來。
總之，和毛毛的反差太大了，不是一個世界的人。
如果非要說品種的話，一個是純血良駒，一個是藏北野驢。
我勒個去（意思和台語的「挖哩勒」相類似），
這麼懸殊的兩個人是怎麼走到一起去的？

有一次，越野車疾馳在高速公路上，聽膩了電臺廣播，

聽膩了 CD，正是人困馬乏的時候。

我說：毛毛，咱聊聊天唄，聊點有意義的事。

他說：好，聊點有意義的……聊什麼？

我說：聊聊你和你老婆吧，我一直奇怪你是怎麼追到她的。

他壞笑一聲，不接茬兒（不搭腔），臉上的表情美滋滋的。

他很牛逼地說：我老婆追我的。

我說：扯淡……

他踩了一下煞車，我腦袋差點在風擋玻璃上磕出個包來。

我一邊繫安全帶一邊喊：這也有意義嗎！

關於毛毛和木頭相戀的故事一直是個謎。

我認識毛毛的時候，他身旁就有木頭了，他們秤不離砣，糖黏豆一樣。

毛毛和木頭是從天而降的。沒人知道他們從哪裡來，之前是幹嗎的，

只知道他們駐足滇西北後沒多久就開了火塘，取名「毛屋」。

毛屋和大冰的小屋頗有淵源，故而我習慣把毛屋戲稱為毛房。

毛屋比大冰的小屋還要小，規矩卻比小屋還要重，濃墨寫就的大白紙條貼

在最顯眼的位置：說話不唱歌，唱歌不說話。

客人都小心翼翼地端著酒碗，大氣不敢出地聽歌。毛毛負責唱歌，

木頭負責開酒、收銀。毛毛的歌聲太刷心，常有人聽著聽著哭成王八蛋。

木頭默默地遞過去手帕，有時候客人哭得太凶，她還幫人擤鼻涕。

不是紙巾，是手帕，木頭自己做的。

她厲害得很，當時在毛屋火塘旁邊開了一家小服裝店，

專門賣自己設計製作的衣服。款式飄逸得很，不是純棉就是亞麻，

再肥美健碩的女人穿上身，也都輕靈飄逸得和三毛一樣。

毛毛當時老喜歡唱海子的《九月》，她就把店名取為「木頭馬尾」。
《九月》裡正好有一句歌詞是：一個叫木頭，一個叫馬尾……
馬尾正好也算是一種毛毛，頗應景。

毛毛江湖氣重，經常給投緣的人酒錢免單，也送人衣服。他白天時常常拿著琴坐在店門口唱歌，常常對客人說：你要是真喜歡，這衣服就送給你……客人真敢要，他也真敢送，有時候一下午能送出去半貨架子的衣服。
他真送，送再多木頭也不心疼，奇怪得很，不僅不心疼，貌似還蠻欣賞他的這股勁兒。
毛毛和木頭與我初相識時，也送過我一件自己設計的唐裝。
木頭一邊幫我扣扣子，一邊說：毛毛既然和你做兄弟，那就該給你倆做兩件一樣款式的衣服才對。木頭的口音很溫柔，說得人心裡暖暖的。
我容光煥發地照鏡子，不知為何立馬想到了《水滸傳》裡的橋段，
不論草莽或豪傑，相見甚歡時也是張羅著給對方做衣服。
有意思，此舉大有古風，另一種意義上的袍澤弟兄。
那件唐裝我不捨得穿，一直掛在濟南家中的衣櫃裡。
就這一件衣服是手工特製的。
好吧，其他全是淘寶的。

（四）

那時，毛毛經常背著吉他來我的小屋唱歌，我時常背起手鼓去他的毛屋配合著打，大家在音樂上心有靈犀，琴聲和鼓聲水乳交融，一拍都不會錯。
大冰的小屋和毛毛的毛屋是古城裡最後兩家原創民謠火塘酒吧，
人以群分，同類之間的相處總是愉快而融洽的。

只是可惜，每年大家只能聚會一兩個月。

毛毛、木頭兩口子和其他在古城開店的人不太一樣，並不常駐，

每次逗留的時間比一個普通的長假長不到哪裡去。

然後就沒影了。

我覺得我就已經算夠不靠譜的掌櫃了，他們兩口子比我還不靠譜。木頭馬尾和毛屋開門營業的時間比大冰的小屋還少。雖說少，卻不見賠本，尤其是木頭馬尾的生意，不少人等著盼著他們家開門，一開門就進去掃貨，一般開門不到一周，貨架上就空了，羨慕得隔壁服裝店老闆直嘬牙花子。

隔壁老闆和我抱怨：違背市場規律，嚴重違背市場規律。

他說：他們家衣服到底有什麼好的？

沒輪廓沒裝飾，清湯寡水的大裙子小褂子，怎麼就賣得那麼好？

我沒法和隔壁老闆解釋什麼叫品味、什麼叫設計感，

隔壁老闆家靠批發義烏花披肩起家，店鋪裡花花綠綠的像擺滿了顏料罐。

麗江曾經一度花披肩氾濫，只要是個女遊客都喜歡披上一條花花綠綠的化纖披肩，好像只要一披上身立刻就瑪麗蘇（註 16）了。我印象裡花披肩好像流行快七、八年了，直到木頭馬尾素雅登場，才一洗古城女遊客們的集體風貌。

木頭說這是件好事，她說：這代表著大家的整體審美觀在提高。

註 16：瑪麗蘇：（暱稱：蘇妹子；英語：Mary Sue）為網路上用來形容自我意淫氣息嚴重的小說、同人文或其他作品女主角之用語。特指一種過度理想化、行為模式老套固定的小說人物。她們身上沒有明顯的缺點，且她們的個性全被優點掩蓋了，其意義是作為作者或讀者的完美想像之化身。原文出自寶拉·史密斯（Paula Smith）在 1973 年創作，並發表在其同人雜誌《動物園》（*Menagerie*）第二期上的惡搞小說〈星際迷航傳奇〉（A Trekkie's Tale）。作者將小說的主角設定為瑪麗蘇上尉（艦隊中最年輕的上尉——只有十五歲半），藉此諷刺了星際迷航同人文中那些脫離現實、帶著青少年幼稚幻想的完美角色。

我對這個看法不置可否，審美不僅是穿衣戴帽那麼簡單吧，
她們披花披肩時聽的是侃侃的《滴答》、小倩的《一瞬間》，
為什麼穿木頭馬尾時聽的還是《滴答》和《一瞬間》？
為什麼不論她們穿什麼，都不忘了訊息搖一搖、陌陌掃一掃？

我和毛毛探討這個話題。
毛毛說：什麼審美不審美的，那些又不是我老婆，我關心那些幹嗎？
他又說：你又沒老婆，你關心那些幹嗎？
沒老婆是我的錯嗎？沒老婆就沒審美觀嗎？
悲憤……好吧好吧，是的是的，我關心那些幹嗎？
那我關心關心你們兩口子一年中的其他時間都幹嗎去了？
毛毛回答得很乾脆：帶老婆玩兒去了。
我問：去哪兒玩了？
他說哪兒都去，然後撥拉著指頭挨個兒數地名，
從東北數到臺北，有自駕有背包……
我悄悄問：天天和老婆待在一起不膩歪啊……
他缺心眼兒，立刻喊過木頭來，把她的手捏在自己懷裡，賤兮兮地說：
如果會膩歪，一定不是心愛的，心愛的，就是永遠不會膩的。
木頭問：誰說咱倆膩歪了？抽他！
我說：打住，你們兩口子光玩兒啊，指著什麼吃啊？
木頭說：我們倆都有自己的工作啊，只不過都不是需要坐在辦公室的那種而已。另外，我們不是一直在開店嗎？遇到喜歡的地方就停下來開個小店，安個小家，這幾年也就在五、六個地方置辦了七、八家產業吧。每個地方住一段時間，打理打理生意，工作上一段時間，然後再一路玩兒著去往下

一個地方，每年邊玩兒邊工作，順便就把中國給「吃」上一遍了。
毛毛歪著頭和木頭說話：
大冰這傢伙真傻，他是不是以為我們是光玩不工作的？
木頭一臉溫柔地說：
就是，一點都不知道我老公有多努力、多辛苦，抽他！
毛毛很受用地點頭，說：咱們又不是活給別人看的，咱們平衡好咱們的工作和生活，走咱們自己的路，讓別人愛說什麼就說去吧。
這個「別人」是指我嗎？
我說什麼了我？我招誰惹誰啦？
拱手抱拳，我服了。

後來方知木頭所言不虛，其他的不論，
單說木頭馬尾這一項產業就遠比旁人眼中看到的要出乎意料得多。
我以為他們只開了滇西北這一家店，沒想到連周庄都有他們的店。
其他的分店地址不多介紹了，我傲嬌，沒必要打廣告拿傭金，
諸位看官自行上網找吧。
如果對他們家衣服的款式感興趣，可以順便上網搜尋一下央吉瑪，
她參賽時穿的那幾件演出服，好像也是木頭店裡的日常裝。

百城百校暢聊會時，木頭馬尾正在籌備另一家新店。
毛毛應該是扔下了手頭的工作來幫我開車的，我應該耽誤了他不少時間。
但他並未在嘴上對我賣過這個人情。
所以，我領情。
後來獲悉，毛毛來幫我，是得到木頭大力支持的，最初看到那條朋友圈資

訊的是木頭，她對毛毛說：大冰現在需要幫助，你們既然是兄弟，如果你想去幫他的話，那就趕快去吧。

她只叮囑了毛毛一句話，順便讓毛毛也捎給我：你倆好好玩，別打架。

倆爺們兒加起來都七十幾歲的人了，打架？你哄孩子逗小朋友啊？

我也是三十幾的人了，眼裡看到的、耳朵裡聽到的夫妻相處之道不算少了，各種故事都瞭解過，唯獨沒有遇見過這麼奇葩的夫妻。

木頭是個好老婆，她對「空間」這個詞的解讀，異於常人。

要是結婚後都能這麼過日子，每個妻子都這麼和老公說話，

那誰他媽不樂意結婚啊！

誰他媽樂意天天一個人上淘寶，連雙襪子都要自己跑到淘寶上買啊？

好吧，我承認，當毛毛因為木頭的存在而自我膨脹時，我是有點羨慕的。

不多，一點點。

我猜毛毛和木頭的故事一定有一個神奇的契機，我對那個契機好奇得無以復加。

百城百校暢聊會結束後，我去馬鞍山找毛毛兩口子喝酒。我使勁兒灌毛毛酒想套話，他和他老婆亂七八糟給我講了一大堆成長故事，就是不肯講他們相戀的契機。

我一直喝到失憶，也沒搞明白兩個反差這麼大的人，

到底是因為什麼走到一起的。

毛毛只是不停地說：我們的結合很有意義。

你倒是給我說清楚到底有什麼意義啊？哪方面的具體意義啊？

毛毛賣關子不說。

木頭也不說。

（五）

毛毛少年時有過三次離家出走的經歷。

他生於長江邊的小縣城樅陽，兵工廠的工人老大哥家庭裡長大，

調皮搗蛋時，父親只會一種教育方式：吊起來打。

真吊、真打、真的專制。

父母沒有受過太多的教育，不太懂得育子之道，夫妻間吵架從不避諱孩子，

他是在父母不斷的爭吵中長大的。

一切孩子的教育問題，歸根究底都是父母教育方式的問題。

在這樣一個家庭環境下成長的孩子大多脾氣古怪，自尊心極強。

毛毛太小，沒辦法自我調適對家庭的憤怒與不滿，他只有一個想法：

快快長大，早點離開這個總是爭吵的家。

毛毛第一次離家出走，是在 10 歲。爭吵後的父母先後摔門離去。

他偷偷從母親的衣袋裡拿了 50 塊錢，

爬上了一輛不知道開往何處的汽車，沿著長江大堤一路顛簸。

第一個晚上住在安慶市公共汽車站。

因為害怕，他蜷縮在一個不起眼的角落，那 50 塊錢偷偷藏在球鞋裡。

他累壞了，睡得很沉，

第二天醒來時，發現球鞋還在，可是藏在鞋裡的 50 塊錢已經不見蹤影。

作為一個第一次來到大城市的孩子，他嚇壞了，正站在車站門口惶恐時，

耳朵被匆匆趕來的母親揪住。

毛毛是被揪著耳朵拖回家的。

第二次出走則發生在一個夏天，

他流浪了幾天後，走到了一個叫蓮花湖的地方。
好多人在游泳，他眼饞，但沒有救生圈，隨手撿了一塊保麗龍就下水了……
醒來時，一對小情侶正在搧著他的臉，著急地呼喚著他，旁邊許多人在圍觀。
好險，差一點就淹死了。他再次嚇壞了，想回家，揣著一顆心逃票回了家。
暴跳如雷的父親沒有給他任何解釋的餘地，他被吊在梯子上一頓暴打。

第三次離家出走時，他乾脆直接從安慶坐船到了江西的彭澤縣。
他在那裡碰見了幾個年輕人，
他們說願意給毛毛介紹一份工作，並帶他去見老闆。
老闆反覆檢查著毛毛的手，對著旁邊的人小聲說道：這是個好苗子。
他們端來熱水和肥皂，要和毛毛玩水中夾肥皂的遊戲。
機靈的毛毛藉口上廁所，繞過屋後小菜園，淋著小雨連跑帶爬了十多里路，才混上了回安慶的輪船。弦一鬆，又累又餓的毛毛昏倒在船艙過道的板凳上。
一位好心的老奶奶用一枚五分錢的硬幣在他的背上刮，刮了無數道紅印才救醒了他。很多年後，他才知道那種方法叫刮痧。
他沒成為小偷，也沒稀哩糊塗地死在客輪上，灰溜溜地回了家。
又是一頓暴打，吊起來打，瘀痕鼓起一指高。

毛毛一次一次離家出走，一次一次被吊起來打的時候，
有一個叫木頭的小姑娘在千里之外過著和他截然不同的生活。
木頭比同齡的夥伴們幸福得多，父母疼愛她，她在愛裡長大，懂事乖巧，很小的時候開始也學著去疼人。她每個週末去探望奶奶，從書包裡拿出自己儲存了一星期好吃的，捧到奶奶面前說：這是媽媽讓我帶給您吃的……
從小學開始，每晚爸爸都陪著她一起讀書，媽媽坐在一旁打著毛衣，媽媽

也教她打毛衣，不停地誇她打得好。母女倆齊心合力給爸爸設計毛衣，一人一隻袖子，煩瑣複雜的花紋。

爸爸媽媽沒當著她的面紅過臉。
在一個暑假的傍晚，爸爸媽媽在房間裡關起門說了很久的話，門推開後，兩個人都對木頭說：沒事沒事，爸爸媽媽聊聊天哦……
長大後她才知道，原來是有同事帶孩子去工作的地方玩，
小孩子太皮，撞到媽媽的毛衣針上弄瞎了一隻眼睛，家裡賠了一大筆錢。

高三那年，爸爸問木頭是不是想考軍校啊？
當然是了，那是她小時候的夢想，穿上軍裝那該多帥啊。
體檢、考試，折騰了大半年，市裡最後只批下一個名額，
市長千金拿到了錄取通知書。
木頭抱著已經發下來的軍裝在房間哭了一整天，媽媽再怎麼耐心地勸說都沒有用，這是她第一次受傷害，難過得走不出來。媽媽關上門，摟著她的腰，附在耳邊悄悄說：不哭了好不好？
不然爸爸會自責自己沒本事的，咱們不要讓他也難過好嗎……
木頭一下子就止住眼淚了，她去找爸爸，靠在爸爸的肩頭說：
爸爸我想清楚了，上不了軍校沒關係，我還可以考大學。
爸爸說，咱們家木頭怎麼這麼懂事？
媽媽笑瞇瞇地說：就是，咱們木頭最乖了。
第二年的暑假，木頭接到了北京服裝學院和湖南財經學院的錄取通知書。
爸爸媽媽一起送她去北京報到，爸爸專門帶了毛衣過去，見人就說：
你看，我們家木頭從小就會做衣服。

木頭考上大學的時候，毛毛剛從技工學校畢業。

和平年代不用打仗，國家解散了很多兵工企業，他跟隨著父母從樅陽小城搬遷到另一個小城馬鞍山。他不討人喜歡，個子很小卻很好鬥，犯錯後父親還是會動手，好像直接的斥責才是他們認為最有效的溝通方式。沒人和他溝通，他就自己和自己溝通，他開始玩木吉他。音樂是寂寞孩子最好的夥伴，他的夥伴是他的吉他。

孤僻的毛毛在技校讀的是電焊科，父親的意思很簡單：

學個手藝，當個工人踏踏實實地捧著鐵飯碗過一輩子就很好了。

身處那樣一個男孩堆似的學校和班級裡，他是不被別人注意的，

直到學校的一次晚會上，這個平日裡大家眼角都不太能掃到的少年，

抱著木吉他唱完沈慶的《青春》。

掌聲太熱烈，毛毛第一次獲得了一份滿足感和存在感。

他高興極了，跑回家想宣佈自己的成功，又在話開口前硬生生咽了回去。

父親的臉色冷峻，他不知道該怎麼開口訴說。

父親問：你跑回來幹嗎？又惹什麼禍了？……學個電焊都學不好嗎！

彷彿被火熱的焊條打到了背部，他暗下決心，熬到畢業證書拿到手，

這樣的日子打死都要結束。

很快，18 歲的毛毛從技校畢業。

拿到畢業證書的那一天，他狠狠地將電焊槍扔出去老遠，痛快地喊道：

老子不伺候了！

一起扔掉的還有當時學校分配的鐵飯碗。

時逢毛毛 18 歲生日，當晚，他手裡攥著 10 塊錢，

孤零零一個人來到一家街邊排檔。

炒了一盤三塊錢的青椒乾絲，要了一瓶七塊錢的啤酒，他坐在路燈下，
對著自己的影子邊喝邊痛哭流涕。
家人找到他，拖他回家，一邊拖一邊問：你哭什麼哭，你有什麼臉哭！
他掙扎，借著酒勁兒大吼：別管我，我不回家，我沒有家，我不要家！

毛毛起初在當地的一家酒吧當服務生，後來兼職當駐場歌手，有抽獎節目時也客串一下主持人，每月 300 元。睡覺的地方是在酒吧的儲物間，吃飯在路邊攤，他認為自己已經成年了，不肯回家。
他唱出來一點名堂，夜場主持的經驗也積累了一點，開始給來演出的人配戲，繼而自己也開始到處表演。
數年間幾經輾轉，1999 年，毛毛來到了廈門表演。
廈門的夜場多，為稻粱謀，他紮根下來。
他的出租房窄小逼仄，一棟摩天大廈擋在窗前，日光曬不進來。
他不知道，一個正在那棟摩天大廈裡上班的白領姑娘，
會在八年後成為他的妻子。

（六）

1999 年，木頭大學畢業，任職於廈門 FL 國際貿易進出口有限公司。
公司位於廈門最黃金地段的銀行中心，可以看著海景上班。
設計部剛剛成立，那時服裝出口貿易缺乏專業人才，
木頭姑娘一個人挑大樑，負責所有專業上的業務問題，
年輕有為，前途無量。遠航船剛出港，一切順風順水。
她遇到了一個貴人，日本著名設計師佐佐木住江。
佐佐木對她說：中國的服裝市場不能總是抄襲，必須先解決人才問題，

需要建立亞洲人自己的人體模型。
2002 年，木頭下定決心按佐佐木的指引，去日本進修，費用自己承擔。
公司正是用人之際，不肯放手讓這樣一個優秀的人才離開，
部門領導一直不肯接受她的辭呈。
老闆惜才，特別找她談話，他提了一個變通的方案：
讓公司的貿易客戶日本大阪田東貿易公司接納木頭培訓三年的請求，
並且是半天上班，半天學日語。
條件只有一個，不要跳槽，學成後繼續回公司效力。

木頭被當成重點人才對待，廈門公司給予的出國出差薪資待遇，是廈門工資的三倍，日本公司負責吃住，半天工作的內容就是對接廈門公司及日本公司所有的業務問題，出訂單，安排出貨，解決布料的色差。
公司不僅擔保了她出國的所有事項，並且還讓她在出國前從公司無償貸款十萬元付買房子的頭期款。木頭的工作年資還不能享受這樣的待遇，這在公司內部引起了不小的爭議。老天爺不會白給人便宜占，木頭明白，老闆的一切決定就是想讓她能回來工作。
因為她是人才。

木頭去了大阪。深秋淅瀝的小雨中，在迷宮般的小巷裡找到町京公寓。
她開心地給爸爸打電話，一點孤單的感覺都沒有，
上天厚待她，一切都順利得無以復加。
她開開心心地去上課。第一堂課老師問了一個問題：
正確地做事與做正確的事，你願意選擇哪個？
她舉手問：只要正確地做事，做的不就是正確的事嗎？

老師點點頭，說：掃得斯奈（原來如此），
這是做事的原則，也是人生的道理啊。
五年的日本生活，木頭過得開心極了。
廈門公司因為木頭在日本的原因，進行了全面性的業務拓展，
涉及服裝、海鮮、冷凍產品及陶瓷等出口貿易，
木頭也完成了帶領日本團隊為中國企業服務的工作轉換。
這時候，她在東京已經成為一名嶄露頭角的新銳設計師，
有高薪水、有專車，甚至有了為自己定製服裝的專屬日本師傅。
一直到 2007 年，木頭才返回中國。

從 2000 年到 2007 年，毛毛的生活始終波濤洶湧。
他在子夜場當主持人，最初每場 600 塊錢。
每場演出過程中，需要主持人自費買一些暖場的小獎品，但到了第二場的時候，毛毛身上的錢就不夠了，於是向上班的公司預支了 300 塊。
一個叫郭總的人隨手給了毛毛 300 塊。
演出結束結賬時，不知情的財務錯給了他 1800 元的紅包，
不僅沒扣除借款，還多算了薪水。毛毛來到辦公室準備還錢，
卻碰到身著白色中式服裝的郭總正疾言厲色地罵員工。
毛毛插話：郭總，您好！我的報酬算錯了……
郭總不等他說完就開始斥責，罵毛毛這種新人就會借機漲價。
待毛毛表明來意後，一身白色的郭總甚是尷尬，他向身邊的人訓話，
指著毛毛說：讓他接著再演兩場！

子夜場的嘉賓不好當，臨時的演員除了頂級的人物外，一般不會多過三場，

而毛毛卻因為300塊錢的誠實演了五場，幾乎是罕見的好運了。
故鄉樅陽沒給他這樣的好運，馬鞍山沒給過他這樣的好運，
在人生地不熟的廈門，居然行運了。
毛毛半夜來到廈大白城的海邊，站在那塊與臺灣隔海相望的礁石上，
大喊：廈門，我一定要留下來！
海邊沒有回聲，他自己震痛了自己的耳膜。

來到廈門後，毛毛才知道什麼是真正的娛樂夜生活。
禮炮轟鳴中，臺上數百位美女在花海裡身著華服來回走秀，台下是黑壓壓的一片跟著音樂攢動的人頭，與點點跳動的杯影。
他的主持生涯如魚得水，雖然口音重，但在此地被解讀為別具風味。
他那時瘦，酷似陳小春，這副形象倒也頗受歡迎。
但鶴立是非場，難免招人嫉。一次，毛毛在舞臺上還沒說完話，
調音師就把音樂給掐掉了，兩個人三言兩語的爭論演變為針尖對麥芒。

廈門當時相對有點規模的夜總會都擁有屬於自己的舞美（註17）、
調音師等固定人員，相當於編制內人士，而毛毛等這些流動性較大的工作人員屬於外聘，二者起了衝突，走人的自然是毛毛。
他在合租的房子裡悶了幾個星期，幾乎快揭不開鍋的時候，
才被引薦到了一家新酒吧。

註17：包括佈景、燈光、化妝、服裝、效果、道具等綜合設計稱為舞臺設計。其任務是根據劇本的內容和演出要求，在統一的藝術構思中運用多種造型藝術手段，創造出劇中環境和角色的外部形象，渲染舞臺氣氛。

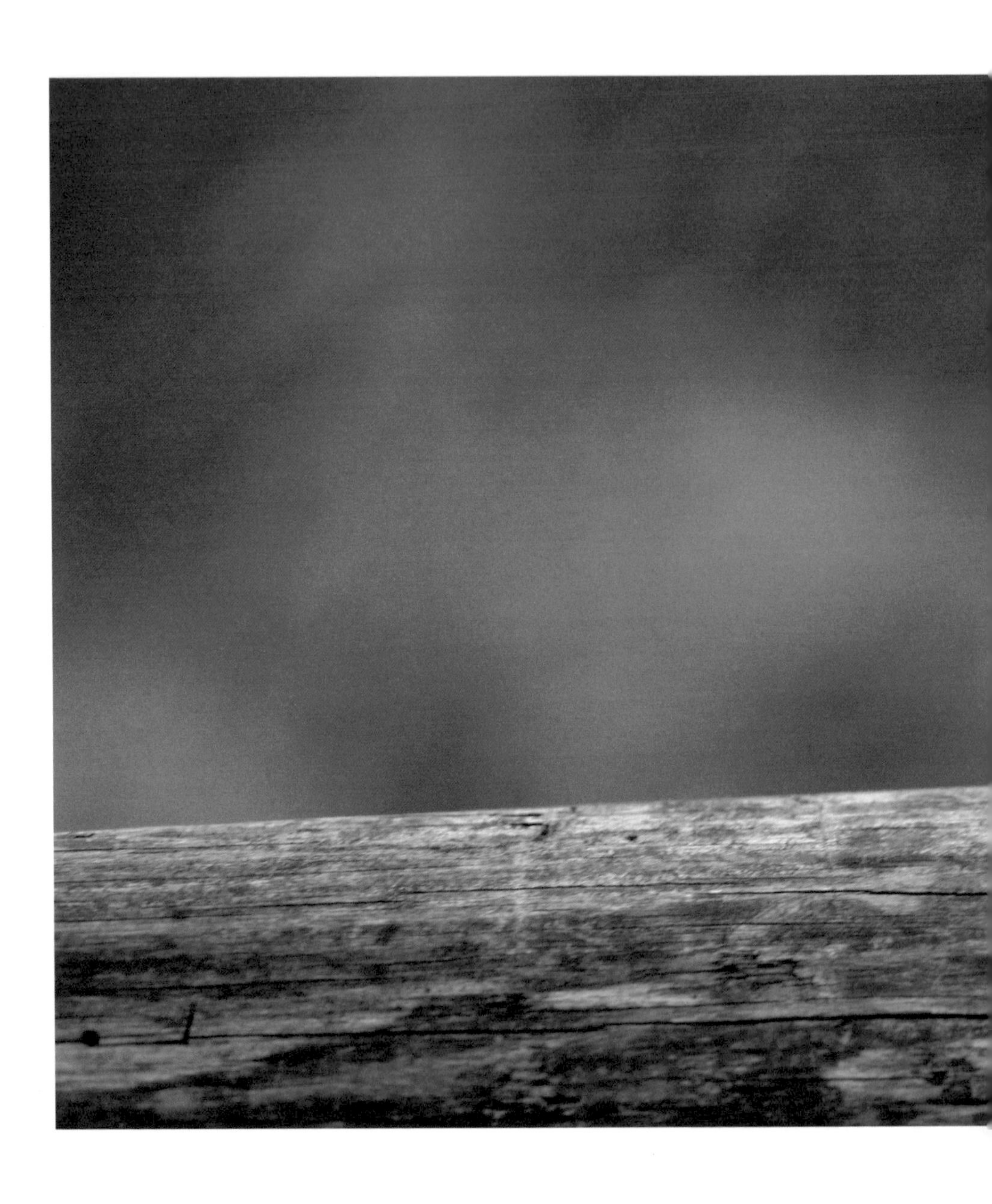

廈門果真是個福地，新酒吧的老闆心血來潮親自面試了他，
給的待遇是每個月 7000 塊！ 7000 塊！想都不敢想的數字。
老闆說：小夥子，你眼裡有股子勁頭，你會成為個好主持人的。

當天晚上，毛毛再次跳上當初那塊礁石，對著遼闊的海面 喊：廈門，我要努力成為一個優秀的主持人。那家酒吧叫老樹林，據說在當年的廈門蠻有名的，毛毛後來是那裡的金牌主持人。

毛毛第三次來到海邊是在 2004 年，還是那塊礁石，還是那種音量，
他這次喊的是：我要當一名優秀的舞臺總監。
然後，他成為「埃及豔后」酒吧的舞臺總監。此時，他已然躋身高薪一族，不再為房租和衣食發愁，
甚至還培養了幾個愛好，比如旅行。
2005 年，他喊的是：我要當經理。
然後他跳槽成為廈門本地一家娛樂集團裡最年輕的項目總經理，跟著他跳槽的有幾百人。他有了自己的車，除了自助背包旅行，亦可以自駕旅行。
毛毛幾乎每年都會去廈大白城喊上一喊，一直喊到 2007 年。
2007 年也是木頭從東京回到廈門的時候。

完了，結束了，木頭和毛毛的故事，我就知道這麼多。
木頭為什麼放棄東京的一切回來？毛毛為什麼放棄了娛樂產業，
接二連三地幹起了其他行當？毛毛和木頭到底是怎麼相識，怎樣相戀的？
他們倆是如何把生活和生計平衡得水乳交融？
以上問題，我一概不知。

我猜不出他們的故事，也不想瞎編。依據以上這些零星的片段，我實在無法在腦海中把這一男一女的人生無縫捆綁在一起。

他們到底是怎麼走到一起的？他們到底是靠什麼一起走下去的？

一定有一個神奇的契機。

一定有。

（七）

馬鞍山的午夜，街邊的大排檔，我和毛毛喝酒，殺敵一千自損八百。

一箱酒沒了，又一箱酒沒了。

我說：毛毛，你賣什麼關子啊？你要是懶得講、不方便講，

你和我說一聲就好，我他媽不問了還不行嗎？！

毛毛嗤笑，他指著我，對木頭說：你看你看，沒結過婚的就是沉不住氣……

我要掀桌子，他勁兒大，把桌子摁得死死的，他說你別鬧，我說我說。

毛毛說：2007 那年，我和木頭是怎麼認識的，發生過什麼驚天動地的故事……我還不能告訴你，因為時候未到，現在就說……太早。

他說：我快轉到 2009 年說起……

我說：為什麼？

他瞪著眼說：因為 2009 年更有意義！

毛毛捏著木頭的手，對我說：2009 年……五年了吧……五年前的一天，我陪她逛街，我鞋帶鬆了，她發現了，自自然然地蹲下來幫我繫上……我嚇了一跳，扭頭看看四周，此時此刻這個世界沒有人在關注我們，我們不過是兩個最普通的男人和女人……

我對自己說：就是她了，娶她娶她！

木頭哎喲一聲輕喊，她嘟著嘴說：毛毛你捏痛我了。

毛毛不撒手，他已經喝得有點多，他眉開眼笑地指著木頭對我說：

我老婆！我的！

我說：你的你的，沒人和你搶。

他眼睛立馬瞪了起來，大著舌頭，左右睃著眼睛喊：誰敢搶我砸死誰！

我說：砸砸砸砸砸……

毛毛搖晃著腦袋問我：你說……人生是場旅行吧？

我說：是是是，你說是就是。

他問：那旅行的意義是什麼？是遇見、發現，還是經歷？

我說：你說什麼就是什麼。

他傻笑著，噘著嘴去親了木頭一口。

親完後他又傻笑了一會兒，然後一腦袋栽在桌子上，睡過去了。

木頭憐惜地胡嚕（撫摸）著毛毛的腦袋，

一下一下地，蠻溫柔，像在撫慰一個孩子。

一個叫木頭，一個叫馬尾。

一個叫木頭，一個叫馬尾……

等等。

我到底不知道你們 2007 年相識時，究竟發生了些什麼？

遊牧民謠，毛毛《怎麼辦》

遊牧民謠，毛毛《九月》

如果木頭馬尾讓你想起身旁的一個人，
這個 QR Code 可以將這篇故事送給他／她。
你的心意，願他／她能明瞭……

椰子姑娘漂流記

她和他懂得彼此等待、彼此栽種、彼此付出，她和他愛的都不僅僅是自己。
他們用普通的方式守護了一場普通的愛情，守來守去，守成了一段小小的傳奇。

或許當你翻開這本書，讀到這篇文字的時候，
西太平洋溫潤的風正吹過如雪的沙灘、彩色的珊瑚礁，
吹過死火山上的菖蒲，
吹過這本《乖，摸摸頭》的扉頁……
吹在椰子姑娘的面紗上。
白色婚紗裙角飛揚。
她或許正微笑著回答：Yes, I do!

是啊，你我都是普通人，知事、定性、追夢、歷劫、遇人、擇城、靜心、認命……
嗖嗖嗖，一輩子普普通通地過去。
普通人就沒機會成為傳奇嗎？
你想不想用普通人的方式活成一個傳奇？

不是所有的絕世武功都必須照搬武林秘笈，真實的故事自有萬鈞之力。
我講一個普通又真實的故事送給你。
祝你有緣有份有朝一日獲得屬於你自己的傳奇。

（一）

我在江湖遊歷多年，女性朋友一籮筐，個中不乏奇葩，
其中有個奇葩「三劍客」：可笑妹妹、月月老妞、椰子姑娘。
月月是北京妞，17 歲開始獨自旅行，兩年內走完了大半個中國。從 1999 年起，她浪跡歐美大陸，十幾年來獨自旅居過二十多個國家、一百多座城市，然後回到北京，開了一家小小的服裝店，簞食瓢飲在市井小巷。
從北回歸線到南回歸線，她的故事散落在大半個地球上，
若有人愛讀小故事，月月的經歷是可以寫一套系列叢書的，
她若開筆，可以秒殺一貨架的旅行文學。

但她不肯寫，別人羨慕不已的經年旅行，對她而言貌似是再自然不過的日常生活。她不會刻意去渲染標榜什麼，已然進入一種「無心常入俗，悟道不留痕」的境界中了。

我曾在拙作《他們最幸福》中記述過月月老妞的故事，
我浪費了她的兩個第一次：她第一次給男人下跪，
以及她人生中第一次穿婚紗……因為我而穿婚紗。
這兩個第一次都發生在同一個小時裡。
我們認識的第一個小時……

很多人愛那個故事，尤其愛月月的人生態度：欲揚先抑的成長。
具體故事不多講了，月月後來因為一杯熱氣騰騰的白開水嫁給了一個熱氣騰騰的理工男，婚禮時我擔任司儀。
我的微博裡有婚禮的視頻，自己翻吧。

可笑妹妹是個暖寶寶。
她在嘉興煙雨樓畔長大，原汁、原味、原廠出品的江南女子，軟軟糯糯，和五芳齋的粽子有得拼。
沒人比她的脾氣更好，沒人比她人緣更好，沒人比她更知書達理。
她長得和蔣雯麗（大陸演員）簡直一模一樣。
我 25 歲那年，在成都寬巷子的龍堂青旅門前初見她，驚為天人。
那時，她每年有一半的時間在各地背包旅行，另外一半的時間在杭州開馬場，騎馬，養馬，自己馴馬，再烈的馬到了她手裡都乖得跟騾子似的。
我去內蒙古時被馬踢過，蛋蛋差點碎在錫林郭勒草原上，故而對她肅然起敬，不敢動半點歪腦筋。

日子久了，兩人性情相投，扎扎實實做了十年老友。

我一直覺得她蠻神秘，像古龍筆下的女子。

可笑後來混過滇西北，從此，每年有一半的時間在各地背包旅行，
另外一半的時間用來開客棧。

她客棧的名字叫「子非魚」，每個房間一種不同的香氛。我愛桂花，她常年把桂花味的房間留給我住，桂花味道的床單鋪得平平整整，桂花味的枕巾上印滿小魚兒，床頭擺上一隻櫻木花道的玩具公仔，也是桂花味道的。

她知道我喜歡櫻木花道，專門淘寶來的。

可笑人緣極好，她愛聽歌，當年麗江沒有一家民謠酒吧肯收她的錢，大家都愛她，煙火氣日漸濃郁的麗江，她是很多人心裡的女神。

彼時我在麗江，晚上開酒吧，白天街頭賣唱，日子過得豐盈。

我們一干流浪歌手在街頭賣唱時，可笑妹妹常來幫忙賣 CD。

我們自己賣 CD 的方式一般是：您好，這是我們的原創民謠，歡迎聽一下。

她不按牌理出牌，蘭花指拈起一張 CD 片，另外一根蘭花指虛虛地往街心一點，她笑著說：過來一下好嗎？

她笑得太溫暖，被點中的路人傻呵呵地踱過來。

她把 CD 片輕輕塞到人家手中，壓低聲音悄悄地說：

我跟你講哦，這些音樂很好聽哦。

然後就賣出去了！

就賣出去了！

她不去賣房子真可惜。

我知道世無完人，但相識近十年，我從未聽到關於可笑的半句負面風評，
反倒是許多江湖救急的故事被眾人口口相傳。她娟秀女子一枚，
卻遠比許多大老爺們兒講義氣得多。
可笑是個好姑娘，貨真價實的暖寶寶。
具體故事不多講了，三萬字也寫不完。好人有好報，可笑妹妹後來嫁得很好，老公叫「法師」，胸大肌比臂大肌還要發達，聽說是N多人心中的男神。
二人在杭州西湖邊開了一家庭院客棧，叫「懶墅」，每年花一半的時間打理客棧，另外一半的時間手牽著手去旅行。
可笑當年的婚禮儀式辦在陽朔，她只發了80張請柬，
全國各地卻飛來二百多個老友。男男女女一堆人在司儀的指揮下，
齊心合力把她老公扔進了游泳池，他剛爬上來，又把他舉起來丟進去。
水花濺得有八尺高，大家咬著後槽牙笑個不停。法師在水裡一起一浮，
白襯衫貼在身上兩點全漏，他捂著胸口也滿面笑容。
他指著可笑喊：我的！
然後仰天大笑。

那是場完美的婚禮。
婚禮時我擔任司儀。

月月是個御姐範兒，風味獨特，像只嘎嘣脆的大蘋果。可笑是女神軟妹子，
清香宜人，像個粉嫩粉嫩的大桃子。
每個女人都是一種水果，富含的維生素各不相同，
大鴨梨、小白杏、車厘子、紅毛丹、西瓜、葡萄乾……
還有椰子。

你見過椰子沒？
圓圓的一個，高高地掛在樹上，殼硬得可以砸死人。
你去啃它的外皮，苦死你澀死你，牙給你硌掉。
別來硬的，想辦法摳開一個小口子往裡看——水波蕩漾，淡牛乳一樣的內心。
吸管插進去，嘬吧，吧唧著嘴嘬。
不是很甜，卻有一種奇妙的回甘，
可以咂嘴細品，也可以咕嘟咕嘟地大口吞咽。
一點都不膩。
椰子還有一個神奇之處，它可以撲通一聲掉進海中，隨風逐浪上千公里，
若遇見一個心儀的小島，就停下來靠岸，落地生根。

鋪陳了這麼多，終於輪到椰子姑娘登場了。

（二）

椰子姑娘的原產地不是海南，是川南，她的家鄉最出名的特產有三樣：
恐龍、井鹽、郭敬明。
她是典型的蜀地美女，白齒紅唇、大眼閃閃，走起路來風風火火，
齊肩頭髮甩來甩去，高跟鞋咯噔咯噔響成一串兒……
看起來很不好惹的模樣。確實不好惹。

月月一般習慣喊我：大冰冰兒。京腔京韻，親昵又中聽。
可笑一般喊我：大——冰——童鞋。
吳儂軟語，溫溫柔柔的，蠻受用。
我最頭痛椰子姑娘喊我，她一張嘴我就想給她縫起來，她直截了當地喊：

大B！
他們自貢人說話從來不捲舌頭，聽起來像罵人。

B什麼B，B你妹啊！
後面那個ing呢？

好煩啊，我不搭腔，給她看白眼球，她自己完全不覺得自己的「川普」有問題，很奇怪地看著我，然後接著喊大B。
有一回，她喊了四聲，我沒搭理她。她煩了，搓著手走到我面前，
一手扶正我肩膀，一手捏了個拳頭，一個直拳搗在我肋骨下面。
…………
後來她怎麼喊我，我都應聲。

椰子姑娘不是個女流氓，她那個時候已是業界知名的廣告人，
在電影植入性廣告方面頗有建樹，
電影《非誠勿擾》什麼的都是她在做植入性廣告的策劃執行。
執行力強的人往往是工作狂，我路過深圳時，曾去她的公司玩過一天，
深深被震撼了。這哪兒是個女人啊，
分明是個戰地火線指揮官，排兵佈陣，雷厲風行，揮斥方遒間殺氣畢現。
將強強一幫，整間辦公室裡沒有人在走路，所有人都是抱著檔案小跑著的，
電話鈴聲此起彼伏，印表機嗡嗡直響，一屋子腎上腺素的味道。
中午她只有半小時的午餐時間，她嗒嗒嗒地踩著高跟鞋，領著我搶電梯，
進了茶餐廳只點牛肉麵。我蠻委屈，我說：我要吃蔥油鱖魚，
我要吃鐵板牛肉！她說：不行，太慢，還是麵條比較快。

我說：我是客人好不好，你就給客人吃碗麵條啊。
她立刻扭頭喊服務生：給這個先生的麵上加個蛋。
我說：我、不、吃！
她瞅我一眼，搓搓手，然後一手扶正我肩膀，一手捏了個拳頭。
我說：哎呀，牛肉麵是吧？
牛肉麵可好吃了！其實我很喜歡吃牛肉麵的呢……

電話鈴聲叮鈴鈴地響起來，她壓低聲音接電話：
喂……好，沒有問題，我 15 分鐘後趕到。
我心裡一哆嗦，問：還吃嗎？
她捧起腮幫子，衝我堆出滿臉的笑，一扭頭，俐落地彈了個響指：
服務生，麵條打包帶走。

15 分鐘後，椰子姑娘坐在深圳華僑城的露天咖啡座上和客戶開起了會。
我坐在隔壁的桌上吃我的牛肉麵。
好尷尬，旁邊都是喝茶喝咖啡的，就我一個人在吸溜吸溜地吃麵條。
走得太匆忙，我的麵上沒有蛋。

椰子姑娘這樣的職場女漢子，北上廣每棟寫字樓裡都能找到雷同的範本，都市米貴，居之不易，體面的生存是場持久戰，職場女人先是進化成男人，接著是鐵人，然後是超人。
成千上萬的女超人把工作當成最重要的軸心，一年到頭圍繞著這個軸心公轉。不論是衣食住行、飲食男女……都或多或少地要兼顧這一軸心，軸心比天大，工作最重要，社交不過是工作的預熱準備、售後服務或附屬品，生活不過是工作的衛星。

椰子姑娘也是個女超人，但她這「隻」超人好像和其他超人不太一樣。
那天中午的牛肉麵吃得我好委屈，但畢竟客隨主便，她工作那麼忙，
不能給人家添亂，於是我忍，並且做好了心理準備晚飯再吃一次牛肉麵，
加蛋就行。
結果晚飯沒有牛肉麵。

快六點的時候，辦公室裡依舊是熱火朝天。
我歪在沙發上打瞌睡，椰子姑娘坐在旁邊的座位裡和人開工作會議，
貌似在處理一個蠻棘手的執行方案，一堆人眉頭緊鎖，頭冒青煙。
完了完了，我心想這是要加班的節奏啊，
猴年馬月（遙遙無期的等待）才能吃上晚飯啊，看來是個未知數了。
我很懂事地爬起來去翻椰子姑娘的辦公桌，翻出來一包餅乾，
又翻出一包餅乾，然後很懂事地自己蹲到角落裡去默默地啃餅乾。
我很為自己的行為感動，做朋友就應該這樣，要多換位思考，不能給人添亂。
話說這餅乾怎麼這麼好吃⋯⋯

正啃著呢，一雙高跟鞋忽然停在我眼前，其中一隻畫出一道漂亮的弧線，
踢到了我膝蓋上。
椰子姑娘惡狠狠地把我拎起來：你怎麼把我們的拍攝樣品給吃了！
奶奶的，我怎麼知道我吃的餅乾是你們的拍攝樣品啊⋯⋯
委屈死我了，我說我怎麼知道你幾點下班？我自己墊點食物吃還不行啊！
我一激動，滿嘴的餅乾渣子飛得有點凶。椰子姑娘像黃飛鴻一樣跳到左邊

又跳到右邊，左閃右躲。她伸出一根手指敲自己的手錶，惡狠狠地說：
現在是 5 點 59，再過一分鐘下班，一分鐘你都等不了嗎？
她居然不加班？

我坐在車上直納悶，剛剛還看到一堆人焦慮得頭冒青煙，
現在就放羊了？那沒幹完的工作怎麼辦？
椰子姑娘說：你瞎操什麼心？
我有我的工作計畫和工作進度，誰說必須加班才能做好工作？
我說：你怎麼這麼牴觸加班哦，怎麼一點奉獻精神都沒有？
她一邊開車一邊反問我：大 B，你覺得奉獻精神和契約精神哪個更重要？
我說：我說不好說，但是我覺得吧，應該一分為二辯證地去看待這個……
她說：你拉倒吧，聽我說。
她換了一下擋，車窗外的高樓大廈紛紛倒退，她說：
公司發我薪水，那我就應該對得起這份薪水，這是一種必然的責任。但我在工作時間內履行這份責任就好，沒必要搭上我的私人時間，否則就是對自己的不負責任。我覺得最負責任的做法就是，上班認真工作，下班認真生活，二者誰都不要侵佔對方的時間，這樣才能保證品質。
所以，姑娘我不加班。

我深不以為然：椰子姑娘你說得輕巧，但現實世界中，
哪個主管喜歡有這樣的員工？對待工作的態度明顯不夠熱情嘛。
椰子姑娘輕踩油門，她笑著瞥我一眼，說：熱情和責任，哪個更持久？靠熱情去維持的工作不見得能長久，靠契約精神去履行自己的責任才是王道。
我不服，我也是上了好些年班的人了。在我的經驗中，主管們都喜歡熱愛

加班、熱愛奉獻、勤勤懇懇、任勞任怨、懂得付出、樂意犧牲自我的下屬，無一例外。

椰子姑娘說：No, No, No, 此言差矣，聰明的領導喜歡的都是有效率有品質的工作成效，而不是表面上的努力認真。

她詆毀了全中國成千上萬的主管，是可忍孰不可忍……

於是我給她鼓了會兒掌。

但我還有個小小的疑問，既然她堅持主張工作時間和私人時間彼此不影響，那幹嗎中午連吃一碗麵的時間都不留給自己？這不是自相矛盾嗎？

椰子姑娘一邊開車一邊說：沒文化真可怕。她問：中午那頓飯叫什麼？

我說中午肯定叫中午飯嘍，或者叫午餐，英語叫 lunch.

她說錯！咱們中午那頓飯，英語叫 working lunch.

中文叫工・作・餐。

椰子姑娘把車一直開穿了深南大道，我們吃了美味的石斑魚和烤生蠔，

主食是炒河粉。我要求加一個蛋，被拒絕了，據說沒有蛋。

我吃撐著了，但作為一個合格的朋友，我沒有拒絕幾個小時後的宵夜。

我們喝了潮汕蝦粥，吃了皮皮蝦和一噸扇貝……沒有蛋。

第二天是週末，她一早砸開我酒店的房門，拖我去喝早茶，

餵我吃了蓮蓉包、叉燒包、馬蹄糕、蝦餃、菜包、鹵鳳爪……

午飯吃的是肥牛火鍋，下午茶吃的是芝士餅。

晚飯時，她開車載我去大鵬古城吃私房菜，

一推開門，滿桌子足斤足兩的客家菜。

我摳著門框不撒手。
我說：椰子姑娘求求你饒了我吧。
我說：給我一碗麵再加一個蛋就行了好嗎……
椰子姑娘後來和可笑妹妹數落我，說我：吃飯不積極，腦子有問題。

（三）

可笑妹妹和椰子姑娘情比金堅。
有哲人曾說過，一個女人最大的同性對手不是婆婆，而是閨密。
這句話在可笑妹妹和椰子姑娘面前貌似不成立。
很多的閨密二十歲的時候就已經開始惦記著對方的男朋友了，她倆三十歲的時候還手拉著手在街上走，像倆小姑娘一樣，一點都不怕羞。
大部分的閨密都是從小時候、同學、同事中發展而來的，
偶爾也有對客戶的逆襲，可笑和椰子不屬於上述的任何一種。
椰子是可笑從大街上撿的，拉薩是個福地，她倆在那裡相識。
有個很奇妙的現象，旅行中結識的朋友，往往關係維繫得最持久，
遠長於其他模式的友情。

我和椰子姑娘也相識在多年前的拉薩，當時我是拉薩浮游吧的掌櫃，她是個自助旅行的過客。
第一面的印象很和諧，她給了我一瓶啤酒和狠狠的一巴掌。

我那時剛剛經歷完一場漫長旅途：某天深夜在酒吧唱歌時，唱哭了一個女孩，然後因為一句玩笑，陪著這個女孩一步一步走去珠峰。
出發時，我只背了一隻手鼓，那個女孩身上只有一串鑰匙、一本護照和一

台卡片相機，我倆身上都沒什麼錢。

路費是邊走邊掙出來的。

風餐露宿、饑寒交迫，一路賣唱，

從拉薩的北京東路浮游吧裡走到了喜馬拉雅山的珠穆朗瑪峰前。

珠峰下來後，女孩和我分別在定日縣城，她道了聲「再見」，孤身一人往尼泊爾的方向走去，我沿著尚未修好的中尼公路一路賣唱回拉薩。

那個女孩不用手機，我沒再見過她。

從拉薩出發時，我沒關酒吧門，也沒來得及和眾人打招呼，導致民怨頗深，一回來就被揪鬥了。

大家半開玩笑半認真地讓我罰站，一邊罰站一邊坦白從寬。

酒吧裡那天還有兩桌客人，面子丟到家了。

我把過程坦白了一遍後，發現捅了馬蜂窩。

一堆人拍著桌子、拍著大腿開始指責我：那姑娘身上一分錢都沒有，

萬一餓死了怎麼辦？你一路賣唱把人家姑娘帶到了珠峰，

怎麼就沒能把人帶回來？你怎麼就能放心讓她獨自上路？

我說：唉，沒事的沒事的，真的沒事的。

眾人封住我的話頭，繼續數落我。

我知道大家都是好心，但有些話我實在不願挑明，

還有些話實在懶得說出口……我有點煩了。

當時年輕，倔得很，我青著臉不再說話，推門出來，坐在臺階上抽煙。

一根煙沒抽完，一支啤酒遞到了我面前。

抬頭一看……不認識，是個陌生人。

我接過啤酒，問：你誰啊？

陌生人操著一口川普說：兄弟夥，你往旁邊坐坐，給我挪點地方 。

陌生人坐下後，先是和我碰了一下杯，然後啪的一巴掌拍在我背上，大聲說道：做得好！

我嚇了一跳，問：你幹嗎？

陌生人不接話兒，一臉嚴肅地看著我說：那個女孩子，她不會有事的……因為她已經不想死了。

然後又說：那個女孩子，需要獨自去證實一些東西。

我扭頭盯著這陌生人看，好聰明的一雙眼睛。

一屋子的人都把這個故事解讀成了豔遇，

只有這個陌生的客人敏銳地發現了一些東西。

那個女孩和過往的世界切斷了一切聯繫，

不用手機，她那夜來到我的酒吧時，身無分文。

隨便一首老歌就引得她淚水決堤……

她心中一定鬱積了莫大的悲傷，很多的徵兆指向同一個答案：

那天晚上她已然打算放棄自己。

她心裡應該全濕透了，只剩最後一丁點火苗。

她淚眼婆娑地開著玩笑，守著最後那一丁點火苗無力地反抗著自己，

她站在懸崖邊對我說：帶我出去走走吧，去一個比拉薩再遠一點的地方。

旁人聽來不過一句玩笑，或許是她最後的一根稻草，換作是你，你會拒絕嗎？

然後是兩個陌生人的一段漫長旅途。

漫長的旅途結束時，她站在珠峰大本營的瑪尼堆上對我說：

你把在拉薩時唱哭我的那首歌再唱一次吧，這次我不會再哭了。

是哦，珠峰的那一刻，當她話一出口，我便知道她不想死了。
我參與的不是一次旅行而是一場修行，
女主角最終重新找回了內心強大的力量，自己拯救了自己。
在這個故事中，我不過是個配角，戲份既已殺青，又何必狗尾續貂？
接下來的故事，她不需要旁人的陪伴了，單身上路就好，
就像這個陌生人說的那樣：這個不用手機的女孩需要獨自去證實些東西。

世界太大，難得遇到幾個懂你的人，當浮一大白。
我坐在酒吧臺階上和那個陌生人喝掉了整一箱的拉薩啤酒，
然後做了九年的朋友。
那個陌生人叫椰子姑娘。

八年後，我動筆把《不用手機的女孩》的故事記錄下來，放在書稿中。
我原原本本地描述了分別的過程，並援引了椰子姑娘當年說過的話：
那個女孩子，需要獨自去證實一些東西。
我把初稿發給椰子姑娘看，她是那篇文章的第一個讀者。
出人意料的是，她在回覆我的郵件中幫我刪改了故事的結尾，
去掉了我和不用手機的女孩最後的分別，以及她曾說過的那句話。
我不解，電她。
彼時，椰子姑娘坐在地球另一端的清晨裡反問我：大B，你三十幾了？
我說：33歲啊。
椰子姑娘說：如果今天的你重回當年，你依舊會選擇分別嗎？
還是會選擇繼續陪著那個姑娘走下去？
我說：這個故事和愛情無關……

椰子姑娘說：不用解釋給我聽，去解釋給自己聽吧。
我說：我「操」，當年你可不是這麼說的。
她說：當年的我和當年的你，都遠比今天年輕。
我說：閉嘴，殺死你。

我掛斷電話，憶起珠峰腳下的岔路口，不用手機的女孩站在我面前，微笑著對我說：就在這裡分開吧。
我說：哦，那拜拜嘍。
我獨自走啊走啊走，面前一條塵土飛揚的路。
沒有回頭，沒有走出百米後的轉身相望，沒有背景音樂蒙太奇長鏡頭。
沒人告訴過我，很多人一輩子只能遇見一次，擦肩而過就是杳然一生。

2013 年秋天，新書上市，椰子姑娘刪掉的結尾我沒再加回去。
《不用手機的女孩》的故事，止於珠峰上的那一刻。

我說：我不確定自己是不是第一個抱著手鼓在這唱歌的流浪歌手，也不確定咱們算不算第一對一路賣唱來珠峰的神奇組合，我甚至不確定在這個高高的瑪尼堆上應該獻給你一首什麼樣的歌。
她說：你給我唱《流浪歌手的情人》吧，哎呀好開心呀，好難為情啊，趕緊唱吧趕緊唱吧……
她不是這樣說的。
她站在獵獵風馬旗下，微笑著對我說：再給我唱一次《冬季怎麼過》吧。
她孩子一樣背著手，對我說：這次我不會再哭了。
…………

你一直到現在都還不用手機嗎？

我一直不知曉你的真實姓名。

中尼公路早就修好了，聽說現在拉薩到珠峰只需要一天。

這條路我後來不止一次地坐車經過，每過一個埡口，都迎風拋灑一把龍達……

想起與你的同行，總覺得如同一場大夢。

我背著的那只手鼓早就已經丟了。

八年了，那個頭花你現在還留著嗎？

你知道的哦，我不愛你，真的咱倆真談不上愛，連喜歡也算不上吧。

我想，你我之間的關係比陌生人多一點，比好朋友少一點，

比擦肩而過複雜點，比萍水相逢簡單點……

一種歷久彌新的曖昧而已。

像秋天裡兩片落下的樹葉，

在空中交錯片刻，

然後一片落入水中隨波逐流，一片飄在風裡浪蕩天涯。

我再沒遇見過你這樣的女孩兒。

我把新書郵寄了一本給椰子姑娘，在扉頁上簽了名，並很矯情地贈言：得之坦然，失之淡然，順其自然，與大椰子同學共勉。

她把我的書翻到《不用手機的女孩》那一篇，拍照發了朋友圈，就一句話：八年前的故事，今天畫上句號了。

好吧，椰子，我的故事畫上句號了，你的故事呢？

（四）

椰子姑娘有一段 13 年的漂流故事，這個故事至今尚未畫上句號。
1997 年香港回歸，1998 年椰子姑娘背井離鄉漂到深圳，
她從事銷售，一幹就是三年。
2001 年的時候，她遇見了他。

他是西北人，內向，靦腆，身材瘦削，
頂著一個圓寸（註 18）。
圓寸是檢驗帥哥的不二法門，走在街上常有路過的女生摘下墨鏡。
他那時搞建築設計，崇尚極簡，衣著非棉即麻、非黑即白，
圖一個舒適方便，剪圓寸也是為了圖個方便。
吃東西也只圖方便，他愛吃披薩，天天光顧華強北的一家披薩店。
2001 年的一天，他坐在披薩店角落裡，看著一個穿黃色裙子的姑娘，
姑娘點單時，零錢撒了一地，正蹲在地上一枚一枚地撿。
他被耀得睜不開眼了。
陽光透過大玻璃窗鋪灑在姑娘的身上，明黃明黃的裙擺，白皙的胳膊和白皙的腿……整個人像是會發光，鼻尖和下巴簡直就是透明的，像玻璃一樣。
滿地硬幣，滿地閃閃的光……這哪裡是在撿錢，分明是在撿星星。
怎麼會這麼好看？
他忘記了吃東西，目瞪口呆地直視著。

註 18：圓寸，是一種男生髮型，頭髮的長度在 3 ～ 12mm 左右，有別於平頭。平頭的頂端是平的，而圓寸卻是圓的，這種髮型對臉和頭型的要求較高，不是任何人都適用。所謂的圓，就是在頭型的基礎上找出飽滿的圓頭效果，可以隨頭圓，也可以取方圓。

姑娘撿硬幣的速度漸漸放緩，她抿著嘴，眉頭越皺越深，
忽然一挺腰站起身，大踏步邁了過來。
她手叉在腰上，另一隻手點著他的鼻子，惡聲惡氣地問：你看什麼看！
他下意識地回答：……你好看。
姑娘愣了一下，勃然大怒道：好看也不能多看，再看，戳你眼睛，你信不信！
她比出兩根手指，往前探了一下，指甲尖尖，白得像春筍芽尖。
這個小仙女的脾氣這麼衝，他意識到自己的失禮，慌忙站起來道歉，
手撐進盤子裡，笨手笨腳地蘸了一掌的番茄醬。

第二天，同樣的地點，同樣的情景上演。
姑娘的小腦貌似不是很發達，硬幣叮叮噹噹又掉了一地。
她今天穿的是水紅色的裙子，整個人像一根剛洗乾淨的小水蘿蔔一樣。
他捨不得拔開眼睛，心裡像跑馬燈一樣反復滾著一句字幕：
怎麼這麼好看？怎麼這麼好看？……
姑娘撿完硬幣，好像不經意間掃了他一眼。
他條件反射一樣喊出聲來：我沒看！
喊完之後，他發現自己兩隻手擎在耳畔，擺出的是一副投降的姿態，
怎麼搞的，怎麼會這麼緊張？
姑娘瞇起眼，叉著腰慢慢走過來，她淡定地坐到他面前，很認真地問：
你是剛當完兵回來嗎？
他說：……我上班好幾年了。
姑娘立馬切換回惡聲惡氣模式，說：你沒見過女人啊！
他快哭出來了，好緊張啊，腳和手都在哆嗦，怎麼會緊張成這樣？
姑娘說：氣死我了，你看得我渾身不自在，不行，我要吃你一塊披薩。

她把手伸進他盤子裡，一次拿走了兩塊。

第三天，姑娘沒有出現，他在盤子裡莫名其妙地剩下了兩塊披薩，
自己都不知道是為什麼。
第四天，姑娘推門進來，掃了他一眼，象徵性地揮了揮手，算是打招呼，
她說：奇怪咧，你怎麼天天吃披薩？
然後就這麼認識了。
他成了椰子姑娘生活中一個略顯奇怪的熟人。

椰子姑娘不常去披薩店，他們偶爾遇見，偶爾聊聊天。
他發現椰子姑娘遠沒有她自己表現出來的那麼凶，而且近距離看，
她的皮膚好得要命，當真會發光。
他和椰子姑娘面對面時，還是會緊張。他養成了一個習慣，
只要椰子姑娘一出現，立馬把雙手抄進褲子口袋，而不是擺放在桌面上，
需要端杯子或拿東西時，就快速地伸出一隻手，然後快速地縮回褲兜。
椰子姑娘那時年輕，是條漢子，她缺乏一般小女生的敏感，
一直不曾發現他的緊張。
椰子姑娘打趣過他一次：你練的這是什麼拳？有掌風哦。
他呵呵地笑，手插在口袋深處，潮潮的半掌汗。

日子久了慢慢處成朋友，偶爾一起吃頓飯，喝杯下午茶，偶爾分享一點彼此的生活。她的語速快而密集，他盡力跟上節奏並予以簡短回答。
這對他來說不是一件容易的事，他自幼習慣文字表達，語言表達反而不熟練，鍵盤上洋洋灑灑倚馬千言，落在唇齒間卻往往只剩幾個字。

這點反而讓椰子姑娘十分欣賞。
她誇他：我這麼多朋友裡，數你最懂得傾聽、最有涵養，
那個老話是怎麼說的來著……敏於行，而訥於言。
他暗自苦笑，她太閃耀，他瞇著眼看。

椰子姑娘不像別的女人，她好像對自己的性別認知極度不敏感，
天生就不懂嬌憨，聊天的內容皆與風月無關，
有時興之所至，小手一揮就拍桌子，她也不覺著痛。
他替她痛，但不好說什麼。
於是一個負責話癆，一個負責傾聽，一來二去，一兩年過去了。
他對現狀很滿意，雖然他們只是一對還算聊得來的普通朋友。

他手機裡有了椰子姑娘的號碼，排在通訊錄的最前面，卻從未輕易去觸動。
偶爾逢年過節時，椰子姑娘發來祝福簡訊，
他禮貌地回覆，用的也是群發格式的措辭。
椰子姑娘熱愛工作也熱愛生活，常背起大包獨行天涯。
他從不是送行的那個人，但經常是接機的那一位，
他不露痕跡，永遠喊了相熟的朋友一起，打著接風洗塵的名義。
他準點去接機，不遲到也不提前，見面後並不主動幫她背包、拎箱子、開車門，世俗的殷勤他不是不懂，只是懶得去表演。

他只主動給椰子姑娘打過一次電話，當時是 2003 年，非典。
災難就像一個噴嚏，打得人措手不及，深圳驟然成了 SARS 重災區。
他給她打電話，用最平和的口吻和她聊天，

講了一堆自己所瞭解的防護措施，並旁敲側擊地叮囑她戴口罩。
椰子姑娘奇怪又好笑，她那時旅行到了後藏的阿里，
舉目四望茫茫的無人區，她說：顛倒了吧，應該是我慰問你才對。
他在電話那頭笑，說：可能是我自己太緊張了吧。

椰子姑娘朋友多，常在現實中穿行；他內向靦腆，常在自己的世界裡穿行，
二人分屬不同的次元。
他喜歡她，但沒人知道他喜歡她。
他沒追她，很多話他從未說出口。
她一直單身，他也就一直單身。
轉眼六年。

（五）

六年的光陰說長不長說短不短，卻足以讓大部分人修成正果，
造出幸福的結晶，或者結束一個故事再開始一個故事。
可在他這兒，故事一直停留在第一頁，並未翻篇。

圓寸變成長髮，他深沉了許多，眼瞅著步入而立之年。
他不是個消費主義者，處世之道依舊極簡，朋友圈簡單而精練，
平日裡沒什麼太繁雜的應酬交際，工作之餘大量的時間用來閱讀和寫作，
嘗試著用建築學和美學的理論來進行哲學思辨。
源靜則流清，本固則豐茂，一個人精神能力的範圍決定了他領略高級快樂的能力。旁人眼中，他是隨和淡定的路人甲，很少有人瞭解他自我建築起來的那些樂趣，及其內心的豐盈。

敬身有道在修身，一千萬人口的深圳，他是個中隱於市的修身者。

修身是個大課題。
今人與古人大不同，格物、致知、誠意、正心的修身理論不見得適用於當下的世界，但「知行合一」這四個字適用於任何時代。

有一天，他做了一個決定：帶著未完成的書稿去長途旅行。
要走就走遍中國每一座城。
邊走邊求證，邊走邊修改，邊走邊充盈，邊走邊開闢一方實踐人生的新環境。

說走就走吧，這座城市對他來說沒什麼牽絆，唯一讓他牽掛的是椰子姑娘。

椰子姑娘已經是個大齡未婚單身女青年了，看起來卻一點都不像，
她是典型的活在當下型的選手，
工作狂，玩得也瘋，心無掛礙無有恐怖，依舊是六年前的模樣。
六年來她幾乎停止了生長，走在馬路上，人人以為她還是個大學剛畢業的文學院學生，歲月偏心，不肯將她的容顏打折，反而偷偷削去了她的嬰兒肥，把她定格在了 45 公斤。
她變成了個鎖骨迷人系美女，腰肢也纖細，甚至瘦出了四塊腹肌。

這是椰子姑娘二十多年來身材最苗條的時期，也是經濟上最苗條的時期。
大凡年輕時代的打拼，免不了三起三落，經受點波折。
椰子姑娘落得有點狠，先是理財投資失敗，個人資產傷筋動骨，
緊接著受行業大環境的影響，事業受挫，不得不重新擇業。

屋漏偏逢連夜雨，咳嗽又遇大姨媽。
沒了事業，沒了積蓄，連住的地方也沒了。

奧運年將至，深圳樓價狂飆，房東黑心又苛刻，沒和她打招呼就賣掉了房子，卻不肯退房租。糾紛尚未解決，新房主又過來攆人，椰子姑娘雨夜搬家。
房價飆升，租房價錢也跟著哄抬。
五年前 120 平方米（大約 36 坪）房子的租金如今只能租個 60 平方米的公寓，椰子姑娘擺得下沙發擺不下床，把好好一張公主床白送給了搬家公司。

換了別的女人早瘋了。
她是奇葩，不僅沒抓狂，
反而樂呵呵地給朋友們挨個兒打電話，組局吃搬家飯。
眾人怕椰子姑娘是在強顏歡笑，席間舉杯都不積極，
怕她喝多了以後勾出辛酸淚。
她急了，拍桌子罵人，瞪著眼說：你們看看我這積極向上的精神狀態，哪一點像是扛不起撐不住的樣子！
有什麼大不了的啊，說不定明天就觸底反彈了呢……都給我喝！
眾人放了心，酒喝乾又斟滿。
椰子姑娘酒膽大過酒量，三杯辣酒入口就燒紅了臉。
有人借酒興請椰子姑娘發表喬遷感言，
她一手擎著筷子一手擎著杯子，身手矯健地站到了椅子上，
她喊：天、要、絕、我、我、絕、天……我命由我不由天！
窗外劈嚓一道閃電……

他坐在離她最遠的位置，安靜地看著她。

他要出行的消息椰子姑娘是知道的，她給了他半張 A4 紙的電話號碼，是她各地的旅友名單。她說：你路過這些城市時，記得打電話，朋友多了路好走。

她只知他要去旅行，卻並不知他要旅行多久。

此去經年，有些話是說還是不說呢？

他什麼也沒說，也沒有敬酒，

只是安靜地吃菜，偶爾看她一會兒，然後在目光交錯之前先行別開。

椰子姑娘喬遷之喜後的第四天，是他出發的日子。

他一大清早忽然跑來找她，

椰子姑娘穿著睡衣來開門，半張臉上橫著沙發留下的皮印。

椰子姑娘奇怪地問：唔，你不是今天早上的火車嗎？怎麼跑到我這兒來了？

他笑，取出一串鑰匙和一張門禁卡：

江湖救急，幫我個忙吧，家裡的植物需要澆水……

椰子姑娘爽快地說：OK 沒問題，不就澆個水嘛。

他說：……需要天天澆水，所以，能不能麻煩你搬到我那裡去住……謝謝啦。

椰子姑娘沒反應過來。

他這是要幹什麼？

鑰匙和門禁卡被硬塞到她手裡，他已站在樓梯拐角處了。

「麻煩你了！」他笑著揮手：謝謝啦！

（六）

社區裡綠樹成蔭，椰子姑娘深入虎穴。

打開門，驚著了。

這哪裡是一個單身男人的家，單身男人會有這麼整潔有序的家？

每一扇玻璃都是透淨的，每一寸地板都是反光的，

黑色的巴賽隆納椅，白色的窗紗和白色的牆壁。

書房裡的書直通天花板，每一層都靜謐，每一層都整齊。

植物呢？

椰子姑娘找植物。找來找去找來找去……

窗臺上有兩個塞滿腐殖土的花盆，半片葉子都沒有，植物呢？

椰子姑娘找到廚房，飲水機是滿的，明顯是新換的，灶台擦得一滴油花也看不見，白底藍花的圍裙疊成方塊搭在旁邊，女式的。

冰箱裡倒是有植物：芥藍、蘋果、番茄和捲心菜。

冰箱裡還冰著啤酒，她最愛喝的那個牌子。

椰子姑娘一頭霧水地坐到餐桌旁，手旁有張裁成正方形的卡紙，

上面密密麻麻全是字，她拈起來念。

他寫給她的，抬頭用很正式的措辭寫道：椰子台啟……

台啟？她樂了一下，接著往下讀。

他提到了植物。他寫道：紅色花盆裡埋著滿天星的種子，

黑色的花盆是三葉草，喜歡哪種就往哪個花盆裡澆水吧。

他寫道：衣櫃已經為她騰出了一半的空間，新的盥洗用具放在新杯子裡，

白色窗簾如果不喜歡，抽屜裡有黃色的窗簾，都是新洗的，碟片的類型和位置已擺好在電視櫃暗格中，遙控器換好了電池，也放在裡面……

這是一張類似酒店注意事項的東西，手寫的。按照順序，他逐條寫下她在使用中可能會碰到的問題和解決辦法，由門鎖、爐灶、熱水器的使用到網路密碼、開關位置……以及各種維修人員的聯繫方式。

可以看得出來，為了讓她能夠看清楚，他儘量在改正以往字跡過於潦草的習慣，20 公分見方的紙片上整整齊齊地佈滿了方塊，

他居然用鉛筆在紙上淺淺地打了格子。

卡片末尾處有幾句話。

「我能力有限，能為你做的事也有限，安心住下，不要拒絕，聽話。」

聽話？這語氣這口吻……這兩個字好似錐子，飛快地挑開了一層薄膜。

椰子姑娘的心怦怦跳起來。

相識六年，她以為他們只能做普通朋友，萬萬沒想到他竟對她如此憐惜，比一個愛人還要體貼。

椰子姑娘捂著心口問自己：他一直在喜歡我？

怎麼可能，他那麼內向我這麼瘋癲，他怎麼可能喜歡我？

如果他是喜歡我的，為何這麼多年來從未聽他說起過……

椰子姑娘努力回憶，怎麼也覓不到端倪，除了最初的那一句「你好看」，六年來他老老實實地做朋友，並無半分逾越。

她心說，哈哈，是我自己想多了吧，椰子啊椰子，這個世界上幸運的姑娘那麼多，哪裡輪得到你這個走霉運的傢伙來當偶像劇女主角？

她站起身來滿屋子裡溜達，手叉在腰上，自嘲地哈哈大笑，

一顆心卻撲通撲通跳個不停。

她忽然發現自己對他始終是有好感的。

怎麼可能沒有好感，一開始就有好感好不好，不然當年幹嗎拿走他的兩塊披薩，不然後來幹嗎老是見面聊天、喝茶吃飯？在他面前永遠可以肆無忌憚地說話，每次只要是他來接機，總會有種隱隱的心安。

但六年來習慣了朋友式的相伴，

這份隱隱的好感並未有機會明確變成喜歡……

紙片上「聽話」那兩個字戳著她，

他從未用這麼溫柔的口吻對她說過話，她拿不準這到底算什麼。

心跳得厲害，她開冰箱取蘋果，邊啃邊溜達到臥室門口，門是半掩著的，她隨手推開。

椰子姑娘在 2007 年的夏日午後發出一聲尖叫。

她扔掉手中的蘋果，一個虎撲，把自己拍在了臥室的床上。

她喊：公主床！我的公主床！

她把自己伸成一個「大」字，努力抱住整張床，她喊：

你不是丟給搬家公司了嗎，怎麼跑到這裡來了？！

他是個魔法師嗎？這簡直是個奇蹟。

椰子姑娘久久地趴在公主床上，這座城市是個戰場，一直以來她習慣了孤軍奮戰，未曾察覺背後有雙眼睛一直在默默陪伴。

這種感覺奇怪又新鮮，芥末一樣猛地轟上腦門，頂得人頭皮發麻、鼻子發酸。

眼淚不知不覺地來了，好委屈啊……

椰子姑娘的腦子不夠用了，真沒出息，怎麼會這麼委屈？

為何發覺自己是被人心疼著時，竟會委屈成這樣？
她抽抽搭搭地哭了起來。

獨自摔倒的孩子不會哭喊，往往是家人在身邊時才會哭花了臉。
在此之前，椰子姑娘打掉了牙往肚子裡咽，砸腫了腳指頭自己用 OK 繃纏，
現在忽然冒出來一片樹蔭，一轉身就是一份觸手可及的安全感。

椰子姑娘雖是條漢子，但很多事情在不經意間慢慢發生改變，接下來的一
整年，她驚恐地發現自己耐受打擊的能力彷彿忽然變弱。
是因為察覺到樹蔭的存在了嗎？

她給他打過電話，在她實在撐不住的時候。
當時他正在北海灃洲島的海灘上散步。
她開始訴說越來越惡化的現狀、內心的失重感、對明天的恐懼……
語無倫次，語速越來越快。
她沒有向人訴苦的經驗，嘴裡一直在重複：
我好難受，我心好慌。
我說不出來，我真的說不出來。
海潮聲從聽筒那頭隱隱傳過來。
她說：你在聽嗎？對不起，對不起，我不是想找你當垃圾桶……
我也不知道我在做什麼。

海潮聲不見了，電話那頭是他平靜的呼吸。他淡淡地說：
放心吧，有我呢……

這是他思慮許久後想要說出的話。
他說：如果需要，我馬上出現。
他說話的口氣很認真，彷彿和她只隔著半條馬路，只要她一招手，他就會沿著斑馬線走到她的紅燈下。

電話的那頭，椰子姑娘突然清醒了。
該怎麼接話？該怎麼回答？
天啊，我到底是想要什麼，我到底是想幹什麼？
長長的一段沉默，椰子姑娘逐漸冷靜了下來。
她說：沒事了，我好了，謝謝你聽我說了這麼多廢話。
掛了電話，她想抽自己嘴巴，她跑到浴室指著鏡子裡的自己罵：
椰子！你就這點出息嗎！

椰子姑娘第二天重新搬回了 60 平方米的小公寓。
她在那套房子裡住了十一個月零三天，薔薇花開滿了窗臺。
公主床她沒搬。

故事再次暫停。

（七）

真實的生活不是電視劇，他們的故事龜速爬行，
拖到第七年也並沒有什麼進展。他和之前一樣，並不主動聯繫她，
兩人只是在逢年過節時互發一段問候，用的都是群發的措辭。
莫名其妙的，他倆沒再通電話。

椰子姑娘用了一年的時間東山再起，未果。
她離開了深圳，拖著箱子坐火車去杭州，借住在可笑妹妹的家，
一起吃飯一起旅行，一起做進出口貿易，做服裝生意……忙忙碌碌又是一年，終於，二度創業初見成效，實現了基本的經濟自由。
可笑妹妹勸她在杭州買房安家，看完了樓盤，二人去逛家裝商場，
臥具區的一張公主床映入眼簾，白色的床柱，雕花的紋飾，
粉色的帷幔……椰子姑娘挪不動腿，呆立床前良久。

她掏出手機打電話訂機票，一邊對可笑妹妹說：
走了走了，我想要回深圳了，今晚咱們吃散夥飯。
可笑妹妹不解，那座城市不是你的傷心地嗎？
幹嗎還要再折騰回去？杭州不好嗎？
她抱著可笑妹妹說：親愛的，杭州好得要死……但深圳有我的公主床。

寶安機場，她下飛機後給他發簡訊，問他現在漫遊到了何方，旅行何時結束，打算什麼時間回深圳。
椰子姑娘措辭平和，用的是朋友之間最正常的語氣。
沒想到他迅速地回覆了：我就不到門口接你了，直接來停車場吧。
他在深圳！他來接她的機？
椰子姑娘啞然失笑，這個傢伙……神出鬼沒的，
他什麼時候回來的，他怎麼知道我坐哪班飛機？

長長的中插廣告後，男女主角重逢在正片劇集中。
遮光板的角度剛剛好，安全帶的鬆緊也剛剛好，椰子姑娘坐在副駕駛座上

玩兒手指，偶爾側頭端詳端詳他……老了，異鄉的陽光黝黑了他的臉龐，長鬚過頸，當年靦腆的圓寸少年如今儼然已是一副大叔模樣。

椰子姑娘心頭一酸，又一甜。

這是他們相識的第九年。

他走了整整三年，足跡遍佈中國。

並不按照背包客們的傳統線路有計畫前行，他想到哪兒就去哪兒，身隨心動。從阿里到新疆，從北京到南京，從遵義到赤水，從鎮遠到鐵溪，從寶雞過太白到漢中，從萬州到宜賓，從濟南到山海關，從八百里秦川到八百里洞庭，天龍古鎮，台兒莊古城，婺源春光，褒斜棧道，廬山嵩山高黎貢山，青田文昌鳳凰，章江和貢江交匯處的波浪滔滔……

椰子姑娘曾去過的地方，他全去過了，椰子姑娘沒去過的地方，他也全去了。

和尋常的窮遊不一樣，他的旅途更像是一次田野調查。

漫長的一路，邊走邊看邊思考，他寫日記：

都說這裡貧瘠，是否歷來這裡就如此，還是我們判斷的標準不同以往？一體化發展的進程，加大了流動和交流，其結果是地區間不應出現太多差異才對，然而對於缺乏規模和脆弱體質的少數團體來說，這種改變帶來的文化滅絕的可能大於重生。當文化離開生活被放在博物館的時候，就已然只是歷史，而斬斷了延續的可能。而往往，歷史就是這樣被不斷書寫。發展是既定政策，談的是改善生活，提高生活品質，選擇不一定全來自內部需求，而是大勢所趨……以前，只看到同類的相似，現在，則看到的是不同類的差異，家庭如此、地區如此，國家亦如此。眼界大了，自然提倡國際化、全球化了，有意思呀……

他們倆坐在了華強北的那家披薩店裡。

他給椰子姑娘看他的日記和書稿，太多了，整整一個背包。和尋常的旅行文學不同，不是什麼攻略，字裡行間也沒有什麼風花雪月的慨歎，他本是個出色的建築設計師，行文以建築理論為支點，輻射民生、民俗、對歷史的反思。他又把旅途中吸收的宗教觀念和自身掌握的自然科學結合，

連篇累牘的社會學思辨。

他所觸碰到的很多東西，扎實又新鮮，這哪裡是日記，簡直是跨界論文集。

椰子姑娘本身就是個資深旅行者，

讀過太多旅行者的攻略，卻是頭一回觸碰這樣豐滿的旅行。

大部分的文字椰子姑娘讀不太懂，她驚訝於他的積澱，

這個男人像是一塊浸滿了營養液的海綿……

不，不僅僅是一塊海綿，他更像是一塊超級容量的移動硬碟。

知識賦予男人魅力，這個如今鬍子拉碴的男人簡直讓人眩暈。

她激動起來，問他打算什麼時候出書。

他卻淡然地回答說，書不是很想出了。

他說：初上路時帶著手稿，是打算增補後出版的，本想邊遊歷邊修改，沒想到走得越遠改得越多，到最後全盤推翻乃至另起爐灶——真實的世界不是書房裡敲敲鍵盤就能表述清楚的，越書寫，越發現有很多東西仰之彌高，越對自己當下的文字持懷疑態度。有些東西積累了就好，出書，就算了吧。

他拈起一塊披薩，咬了一口，頓了頓，看著她的眼睛說：

走得太久了，想宅一宅了……過一過正常人的生活。

正常人的生活？

椰子姑娘愣著神，品味著他的話，臉紅了一下，瞬間又激動了起來。

到死之前，我們都是需要發育的孩子，從未長大，
也從未停止生長，就算改變不了這個世界，
這個世界也別想將我們改變。

她伸手把他嘴邊的披薩奪了下來，大聲喊：不行！必須出書！
她一瞬間變回了九年前披薩店裡那個凶巴巴的小姑娘：
這麼好的文字，這麼多的心血，幹嗎要自己把自己給埋沒了！
我跟你說，你，必須出書！不出不行！
他嚇了一跳，彷彿又有一把硬幣叮叮噹噹掉了一地，恍如昨日重現。
太久沒有見過她凶巴巴的樣子了，好凶哦……凶得人心底一顫，再一軟。
他聽到自己輕聲地回答她：好啦，披薩還給我……你說了算。

（八）

在椰子姑娘的脅迫下，他開始了隱居式的寫作，
從一個漂泊了一千多天的散人驟然變成一個骨灰級宅男。
一宅，又是兩年。
這是他遇見椰子姑娘後的第十年、第十一年，他每天只做五件事：
吃飯、睡覺、排泄、鍛鍊、寫書。
文字整理工作充滿了痛苦，每一段文字都被再次刪改或推翻，
當自己成為自己的旁觀者時，視角再度發生改變，落筆愈難。
高樓林立的深圳森林中，他是個執著在個人世界裡與自己搏鬥的人，
一旦捏緊了拳頭，便會執著得難以抽身。

但這場搏鬥並不孤獨。
輪到椰子姑娘來體貼他了。
椰子姑娘總是在他搏鬥疲憊時及時出現，她每天掐著點給他打電話，
每次都恰好是他寫累了中場休息的時間。
她從不會問他「現在到哪裡了」、「寫得怎麼樣了」等諸如此類的問題，

只是在電話那頭輕鬆地說：來吧少年，換換腦子，咱倆扯會兒淡。
每寫完一篇文章，椰子姑娘總是第一個讀者，他問她讀後感，
她的發言卻謹慎得要死，從不隨意點評，生怕會干擾他的思路。
對於他辛苦錘鍊好的文章，椰子姑娘只堅持一點：備份。
她買來大大小小的隨身碟，要求他做好檔案備份以防萬一，並且定期檢查，
一旦發現備份不及時，立刻一臉凶巴巴的，
但她不罵人，怕的是擾了他的心境，進而擾了他的文思。

和之前不同，他們之間見面的機會倍增。
每過上幾天，她就悄悄地溜進他房子裡一次。她躡手躡腳地走著，以為他不會發現，手裡拎來大大小小的袋子，再拎走他需換洗的衣物。門背後出現了臂力健身器和啞鈴，椅背上出現過護腰墊，垃圾桶永遠是空的，冰箱永遠是滿的，他甚至不用自己出門買煙，桌子上永遠擺著香煙、熱水瓶還有風油精……
椰子姑娘變身田螺姑娘，一變就是兩年。

椰子姑娘片面地認為寫書的人腦力消耗太大，應該大量補充蛋白質和維生素，於是不時接他出去改善生活。她不許他點菜，自己一個人抱著功能表，葷素搭配研究半天，吃烤肉和火鍋時她會習慣性地把肉烤好、涮好全夾給他，不用吭聲，湯盛滿，飯盛滿。
她說：你多吃點。
他多吃，吃得勤勤懇懇。
她慢慢習慣了去照顧一個人，他默默地接受這種照顧，兩人像配合默契的舞伴，進退自如地挪動著步伐。

故事變得很溫馨，也很奇怪，這看起來不像是愛情，更像是一種親情。他們之間不曾有親昵的舉止，很多話依舊是未說出口，
老派得像傳說中夏目漱石對 I love you 的詮釋，不過一句：今晚夜色很美。

椰子姑娘從杭州回到深圳後，生活充實得要死。
她把注意力只放在兩件事情上：他的書，自己的工作。
她之前是落荒而逃的，如今回馬槍，頗具三分殺氣騰騰與銳不可當。她選擇投身競爭激烈的廣告行業，
兢兢業業地用這兩年的時間拼成了公司的地區負責人。

這應該是她旅行的次數最少的兩年，和老友們的聯絡也少。她有一個叫大冰的朋友很想念她，給她打電話，好多次她接電話時乾淨利落地喊：我在上班，不方便接私人電話，掛了掛了，趕緊掛了。
等到下班時聯繫她，她又壓低了音量小小聲地回答，她說：
我旁邊有人在寫東西，咱小聲點說話，別吵到他。
可笑妹妹也想她，也享受到了同等待遇，於是殺到深圳來看她。
兩人住在她新租的大房子裡，同睡一張榻榻米軟床。
可笑妹妹半夜摟著她說私房話，問她：你的公主床呢？
椰子姑娘說：你討厭啦……
她用被子蒙起腦袋咯咯地笑，害羞得像個小女生。
可笑妹妹沒怎麼見過 A 罩杯的人扮鵪鶉，嚇出了一身雞皮疙瘩。

公主床一直在他家，沒搬回來，椰子姑娘不說，他也不提。
他一個鬍子拉碴的大老爺天天睡在那張粉紅色的公主床上。

我在路上走著，遇到了你，
大家點頭微笑，結伴一程
緣深緣淺，緣聚緣散，
該分手時分手，該重逢時重逢
惜緣即可，不必攀緣
同路人而已
能不遠不近地彼此陪伴著，不是已經很好了嗎？

無量天尊，哈利路亞，阿彌陀佛么么噠。我心安處即為家。

每每想到這一幕，椰子姑娘的心跳總會瞬間加快幾下。
他們相識有十一年了吧，沒打過啵兒，甚至未曾手拉過手，
真他媽奇葩得一塌糊塗。

可笑妹妹的深圳之行收穫頗豐，不僅幫大家打探到了椰子姑娘不為人知的隱情，而且離開時順便把椰子姑娘一起打包托運帶走了。
可笑妹妹大婚，椰子姑娘去當伴娘。

婚禮是他們共同的朋友大冰主持的，此人英俊瀟灑帥氣逼人，會唱歌會畫畫，也會寫書，不僅口才極佳，而且頗機靈。婚禮上，大冰指揮諸位來賓把新郎扔進了水裡，然後指揮未婚人士排隊，接新娘的花球。
古老相傳，下一位接到花球的人即下一位結婚的人士。
可笑姑娘衝著人群瞄準了半天奮力一丟……
花球飛過來的那一刻，排隊的十幾個人心照不宣，集體縮手閃身，
這份幸運結結實實地砸在了椰子姑娘 A 罩杯的胸上，咚的一聲響。
椰子姑娘被砸愣了，並未伸手去接，沒想到，A 罩杯有 A 罩杯的彈性，
花球彈了一下，自己蹦到了月月的懷裡。
北京大妞月月當時就瘋了，揮舞著花球來找司儀大冰拼命。她嚷嚷：
你整的這是哪一齣啊！姑娘我還沒過夠單身的癮呢，你讓我嫁給誰去啊！
半年後，月月遇到一個理工男，
被理工男用一杯熱氣騰騰的白開水擄獲了心，急速閃婚。

月月結婚時的司儀還是大冰，他人好，很熱心，積極踴躍地協助朋友們完成終身大事，這麼優秀的男青年至今單身真是沒天理。

月月的婚禮花球被一個 G 奶妹子夾住，這場婚禮椰子姑娘沒能來參加，
彼時她在深圳陪著一個隱居了兩年的男人做最後的衝刺。

（九）

書終於寫完了，兩年，兩本。真金白銀的東西自有方家識貨，迅速地簽約出版社，迅速地出版了。
新書上市前，恰逢他生日前夕，椰子姑娘拎著一瓶白蘭地來祝賀他，
兩個人盤腿坐在木地板上推杯換盞。
喝了一會兒，椰子姑娘起身去冰箱拿下酒菜，她隨口問：
你想吃點什麼？芝士片還是火腿片？
他笑著說：華強北的披薩。
厚厚的冰箱門擋著椰子姑娘的臉，她一邊在冰箱裡翻翻揀揀，一邊隨口說：
拉倒吧，你吃不到了，那家店上個月已經關門大吉了。
說完這句話，人忽然定住了，眼淚像珠子一樣劈哩啪啦地掉了下來。
隔著厚厚的冰箱門，椰子姑娘捂住了眼淚，卻捂不住嘴邊冒出的一句話。
她說：媽的，眨眼我們都不年輕了。

他起身，慢慢地走過來。
椰子姑娘說：我沒事，我沒事，你別過來……
不要說話，求求你了什麼都不要說。

兩人隔著半個房間的距離靜靜地站著。
良久，椰子姑娘憋回了眼淚，調整好了呼吸。
她拽他坐下，眼睛不看他，自顧自地說話。

沒有什麼過不去的，只是再也回不去

哭什麼哭　乖，摸摸頭

我自江湖來，但書江湖事。

那是另一方江湖，另一類文化族群，另一種社會，或者另一角中國。

於已經習慣了單一幸福感獲取途徑的人們而言，那是另一群人的另一種幸福感。

希望這本書於你而言是一次尋找自我的孤獨旅程，亦是一場發現同類的奇妙過程。

她說：你走了三年，隱居了兩年，是時候該回來了……你不應該被這個世界埋沒，也不應該和這個世界脫節，聽我的，你需要平衡好接下來的生活。

他點頭，微笑地看著她，問：……然後呢？

椰子姑娘一時語塞，轉瞬抬眼瞪他，臉上是他熟悉的那一副凶巴巴的表情。

她說：然後……你當務之急是重新找到一份平衡，明天起重新融入這個現實世界，再晚就來不及了！

她的酒杯擱在地板上，他的端在手中。

他把酒杯伸過來，輕碰一下杯，叮的一聲脆響。

他用答應她下樓去逛逛菜市場買棵白菜的口氣，輕鬆地說：

聽你的，你說了算。

真正牛逼的人，無論在哪個領域，都能施展自己的天賦，並將天賦全然綻放。

他在建築設計圈幾乎消失了五年，

重返業界後，卻在短短幾個月的時間內震驚了眾人。

三年的遊歷、兩年的思辨，

賦予他一套獨特的審美體系以及神秘而強大的氣場，折射在圖樣上，

展現在工作中，所有人都驚歎於他思維的睿智、行事的縝密成熟。

一直以來，人們習慣於將自我世界和現實世界對立看待，並或多或少地把前者賦予一點原罪，彷彿你若太自我，必是偏執和極端的。

五年前，大多數人認為他是一個自我的人，

說他太內向，太自娛，缺乏生活智慧。

總之，太年輕。

五年過去了，如今沒人否認他仍是個自我的人，但人人都承認他是個把自我世界和現實世界協調得恰到好處的人。他迅速地迎來了事業上的盛夏，

職業半徑輻射出深圳，從珠三角地區一直跨越到長三角。

椰子姑娘不再每天一個電話，也沒有再像他寫書時那樣去噓寒問暖，他們恢復了之前的模式，每過一兩個星期才見上一面。

這是他和椰子姑娘相識的第十二年，故事爬得依舊像蝸牛一樣緩慢。

這看起來很讓人著急。

作為為數不多知曉椰子姑娘故事的朋友，

可笑妹妹和那個優秀的大冰同學曾經有過一番辯論爭執。

大冰同學很文藝，但不是文青，而是文氓，流氓的氓。

他十分不解這兩個人為什麼拖了十二年還沒滾過床單？到底是太被動、太含蓄，還是壓根兒就愛得不夠深，不敢把生米煮成熟飯？

可笑妹妹也很文藝，她從一個文藝女青年進化到一個文藝少婦，

進化出一套獨特的愛情觀。

她說：每個人對愛的理解各不相同，所具備的愛的能力也不同。

或許，椰子姑娘所理解和能夠給予的愛，是在最大程度上成就對方，

支持以及幫助他達到生命所能企及的最高處。

大冰同學說，這也太老派了吧，這兩個人是一對古董嗎？

人年輕的時候就那麼幾年，很多東西能抓住多少就要趕緊抓住多少哦，

莫等花謝空折枝懂不懂？

一而再再而三地放棄臨門一腳，拖著拖著，整場比賽結束了怎麼辦？

可笑妹妹說：是的，很多人把愛情當作戰場、賣場或賽場，但也有很多人的愛情是塊慢慢栽種的田……

她又說：再者，你怎知晚開的花就不好看？

大冰同學說：切！

我們的人生軌跡，無外乎螺旋狀拋物線式矢量前行。
總有人熱衷教我們如何「正確」經營這條拋物線，可這世界哪來這麼多標準答案？
那些約定俗成的正確路線、那些大多數人的正確答案一定就適用於你嗎？

去他媽的「平淡是真」吧，願迤邐拋物線中的你飽經焦慮、迷茫、碰壁，飽經欲揚先抑的成長。

可笑妹妹和大冰同學誰也沒能說服誰，旁人的解讀終歸是旁人的旁白。
椰子姑娘的故事始終緩慢，
不鹹不淡，不增不減，誰都不知道何日方是花開的那一天。

（十）

駛入快車道後的司機，往往不會主動輕踩剎車，有時是因身不由己，
有時是因一時圖快，覺得沒有必要。
有時，是習慣了某一種節奏，往往不自覺地被慣性推動，無心去顧及其他。
隨著事業的節節攀升，他變得越來越忙，大量的時間出差在外，
航班的起起落落間，偶爾想起椰子姑娘曾說過的話：
你不應該被埋沒，也不應該脫節……你需要找到一種平衡。
他抬起遮陽板，地面上的樓宇和街道早已模糊，
極目所望，大平原一樣的雲層。

很久沒有見到椰子姑娘了吧，
最近一直在長江流域飛來飛去，上次見到她還是四個星期以前的事情。
好奇怪，這四個星期她並沒有打來電話，自己給她發消息也沒有回覆。
自己很忙，看來她也很忙。
他在萬米高空靜坐良久，然後取出設計圖紙，打開筆記本電腦，
卻怎麼也靜不下心來。

飛機落地上海，等行李的間隙，他打開手機寫訊息：可好？忽然很想念你。
傳送帶呼呼隆隆地響，大大小小的箱子魚貫在身旁。
這麼多年，這算是一條比較越界的資訊了，一直以來他們之間的簡訊語境

都節制而禮貌，像「很想念」這樣的詞是不會用的。
他想刪了重寫，晚了一步，已經發送了。

一分鐘不到，手機叮叮地響起來，是椰子姑娘發來的。
他忽然猶豫了片刻，點開圖示。
先是一個笑臉，然後是一個短句：
我記得你曾說過，如果需要，你會馬上出現。

他迅速回覆：這句話永遠有效。
隔著 1500 公里的距離，椰子姑娘回覆說：那馬上出現吧，馬上。

他拎起箱子就跑，去他媽今天的會議、明天的會議，
那條資訊彷彿一聲起跑的槍聲，眼前瞬間鋪陳出一條跑道，
跑道兩旁的熙熙攘攘與他無關，跑道盡頭是椰子姑娘。
他不知道椰子姑娘需要他做什麼，椰子姑娘是條漢子，依她的性格，
再棘手的事也是自個兒一肩挑，這麼隆重而急迫地召喚他出現，
一定是有天大的事情發生。
他用最快的速度重新買機票、過安檢……手心裡滿是汗，怎麼擦也擦不乾，
竟然體會到了一種多年未曾有過的緊張。
她出什麼事了？他不敢打電話過去詳問，也不敢想像。

越急越添亂，航班延誤了四個小時，等他抵達深圳、拖著箱子站到她的社區門前時已是清晨。他發訊息，沒人回，打電話，椰子姑娘關機。
他敲門，堅硬的防盜門硌得手指關節痛，半天敲不開。

心隨念走，身隨緣走，不能靠心情活著，而是靠心態活著。

人一下子就慌了，多年來積累的淡定和涵養一瞬間蕩然無存，他隔著門縫大聲地喊她的名字，嚇壞了早晨出門運動的鄰居。

上午十點的時候才聯繫上椰子姑娘。
她說：對不起哦，昨天太累了，睡死過去，手機忘記充電了。
他鬆了半口氣，另外半口氣等著接受她告知的意外情況，
她那麼急迫地召喚他，自然是個重大的意外情況。
確實很意外……椰子姑娘約他在裝潢建材商場見面。

一見面，還沒等他開口盤問意外情況，
椰子姑娘先氣場強大地封住了他的嘴。
她手一揮，就四個字：陪我逛街！
於是他徹夜未眠飛了 1500 公里後開始陪她逛街，
拖著旅行箱，逛的是裝潢建材商場。

椰子姑娘重回深圳的這幾年打拼得不錯，三個星期前心血來潮自己買了房。她本是個執行力超群的女超人，買房的第二天就著手張羅著裝修事宜。
好在她買的是精裝房，找個好點的設計師稍稍裝潢即可。
別人是毛坯房（除了水泥之外沒有任何裝修的房子）裝修，裝一次扒一層皮。她不過是室內裝修，裝一次卻把設計師的皮扒下來三層。
在中國要裝潢家裡，往往是設計師把客戶玩兒得團團轉，
椰子姑娘例外，她是 4A 廣告界女超人出身，
搞設計的人哪裡是搞廣告的人的對手，搞來搞去把設計師給嚇跑了。

沒了設計師沒關係，椰子姑娘自己操刀上陣，於是他這個建築設計師作為一條神龍被隆重地召喚出來，在家庭裝修設計領域江湖救急。

除非……

他轉身看她……沒有什麼異常的一張瓜子臉，栗色的長髮齊肩。

她還是那麼好看，他在心底小聲地感歎。大家都是三十多歲的人了，怎麼她還是駐留在二十多歲的容顏中，雖多了幾分幹練，卻絲毫不影響質感。

他下意識地抬手摸了摸自己的腰帶，到歲數了，小腹微微隆起了一點，撐圓了紮進腰裡的襯衫，不知不覺中已初顯中年人的腰身。

他吸腹，繼續陪著她逛街。

裝潢的瑣事多，一逛就是一整天，

但越逛，越有一種說不清道不明的東西彌漫在身邊。

他有些恍惚，好像不是在陪著一個老朋友，而是在陪著一個結髮多年的妻子逛街，而自己是在本本分分地扮演著一個丈夫的角色。

更讓人恍惚的是，這種感覺是那麼自然，好似二人已悲歡離合了半輩子，

好似這一幕已經上演過無數次一樣，一點也不新奇和新鮮。

有好幾次，在並肩走路時，他不自覺地抬起手想攬在她的肩頭，

每一次都把自己嚇了一跳。他把手插回褲兜裡，

努力擺脫這種夫妻多年的感覺，怕一不小心鬧出笑話來惹她不開心。

他暗自好笑，心想，或許是一夜未眠腦子短路了吧，畢竟歲數不饒人……

大部分傢俱都訂購得差不多了，最後來到的是臥具區。

椰子姑娘停在一張巨大的床前仔細地端量，是張公主床。

再遠的路慢慢走過去就是，心緒是慢悠悠的，
腳下也就用不著匆忙趕路。

在某層面上而言，個體人性的豐滿和完善，即為成長。

白底粉花，兩米長兩米寬，椰子姑娘根深蒂固的公主床情結瞬間氾濫，
她挪不動腿了，手攥著床柱，小聲地驚叫著，
慢慢地坐下，又慢慢地倒下舒展開兩臂。
她趴在床上，臉埋在被單裡，聲音悶悶地傳出來：
你覺得呢？好不好看？

他下意識地說：太大了，這是張雙人床。
整整一天她都在參考他的意見，只要他不認可的她都堅決 pass（否定），
唯獨這一次她沒有吭聲。
他發現有些不對勁兒，於是補上一句：
你如果喜歡公主床，把留在我那兒的那張取走就好，那張床小一點兒。

椰子姑娘就那麼一動不動地趴著。
過一會兒，她好像下了很大的決心，滿臉潮紅地慢慢抬起臉，
惡狠狠地說：
要的就是雙人床，偏偏要買！

忽然間，十三年前的那個小姑娘重現在他眼前，
披薩餅的香味，叮叮噹噹的硬幣聲，鋪天蓋地的陽光鋪天蓋地而來。
他一下子睜不開眼，咚咚咚的心跳聲中，只聽見自己在回答說：你說了算。

他慢慢地走過來，短短的幾步路好似有十三年那麼漫長，
他坐下，趴到她旁邊。
鬆軟的床單遮住了她的臉，他伸手撥下來一點，她沒躲，兩個人臉對著臉。

她手攥著床單，眼睛睜得又大又圓，彼此的呼吸聲也清晰可辨。

他說：喂，這張床分我一半。

（十一）

2014 年的某一天，大冰同學的手機叮叮亂響。椰子姑娘發來四條訊息，
分別是一個訂位位址、一個日期、一張圖片和一句話。
地址是：北緯 13°　30'、東經 144°　45'。太平洋上的關島。
日期是：10 月 1 日。
那句話是這麼寫的：路費自理，食宿自理，請穿正裝，你是司儀，
婚禮結束後不許把我老公扔進水裡。

真好，都老公長老公短的了，她到底沒把自己砸在手裡。
娘家人大冰同學按捺住心中的欣喜，點開那張圖片的大圖，
本以為是張電子請柬，沒想到是座矗立在懸崖邊的白色小教堂。
大冰同學心想，這就是他倆拜天地的地方吧，真漂亮，白色的教堂，
黑色的椰子樹，青色的懸崖，大果凍一樣顫顫巍巍的太平洋……
漂亮得和畫一樣。
當時他就決定了：椰子姑娘的老公不跳一次海對得起誰啊！
光把人扔進海裡還無法完全表達這份深深的祝福。
大冰同學決定動筆，把她和他少年到中年的十三年長跑寫成書，
作為新婚賀禮。

或許當你翻開這本書，讀到這篇文章的時候，

西太平洋溫潤的風正吹過如雪的沙灘、彩色的珊瑚礁，
吹過死火山上的菖蒲，吹過這本《乖，摸摸頭》的扉頁……
吹在椰子姑娘的面紗上。白色婚紗裙角飛揚。
她或許正微笑著回答：Yes, I do!

（十二）

人人都希望在平凡的人生裡捕獲驚喜和壯麗，
為此，人們一而再再而三地做著多項選擇，且馬不停蹄。
但許多人臆想中的驚天動地，
大都不過是煙火一樣倉促收場的自我感動而已，
想得到一份傳奇，沒那麼容易。

事情為什麼會是這個樣子的呢？
或許是因為很多人只收集，不栽種；
或許是因為他們還沒學會去平衡好索取與付出之間的關係；
或許是因為很多人最在意的，其實只有自己。

於是失落、自嘲、消極、抱怨命運不公、恨人有恨己無。
但他們並不願意檢討自己，甚至不肯承認大多數慌慌張張的多項選擇，
不過是狗熊掰玉米。
他們歸罪於選擇的多樣性，把多項選擇踩在腳底，
把單一模式的生存樣態奉為正朔，然後亦步亦趨。
腳走偏了，反而去罵鞋，再換八百雙鞋又能怎樣？
我不相信他們不會再度失望，
也不喜歡去旁觀他們掏出自我感動去給旁人演戲。

我是個遊蕩江湖的孩子，雖談不上閱人無數，卻也見聞了不知多少故事，
個中不乏複雜的感人肺腑，也不乏震撼心靈的驚天動地。
說實話，椰子姑娘的故事在其中並不算太特殊。
我卻很喜歡椰子姑娘這個單調又普通的愛情故事，
並樂意付諸萬言去記敘，原因很簡單：
這是一個普通人的傳奇。

十三年的長跑後，當下他們遇到的對方，都是最好的自己。
她和他懂得彼此等待、彼此栽種、彼此付出，她和他愛的都不僅僅是自己。
越是美好的東西，越需要安靜的力量去守護
他們用普通的方式守護了一場普通的愛情，
守來守去，守成了一段小小的傳奇。

其實這個世界上的大部分傳奇，
不過是普普通通的人們將心意化作了行動而已。
不論駐守還是漂流，不論是多項選擇還是單項選擇。
心若誠一點，自然會成為傳奇。

You Tube 遊牧民謠，大冰《壓縮餅乾》

You Tube 遊牧民謠，靳松《走過我的身邊》

如果椰子姑娘的愛情讓你想起身旁的一個人，
這個 QR Code 可以將這篇故事送給他／她。
你的心意，願他／她能明瞭……

風馬少年

於是我們站在埡口最高處唱《海闊天空》。
手鼓凍得像石頭一樣硬，吉他只剩下兩根琴弦，
一輛一輛車開過我們面前，每一扇車窗都搖了下來，
一張張陌生的面孔路過我們。
有人衝我們敬個不標準的軍禮，
有人衝我們嚴肅地點點頭，
有人衝我們抱拳或合十，有人喊：再見了兄弟。

嗯，再見了，陌生人。

不論在風雨如晦中嗆聲大喊有多麼難，

不論在苦逼的日子裡放聲高歌有多麼難，

不論在紛繁的世界裡維繫清醒有多麼難。

閃念之間你會發現，總有些東西，並不曾變淡。

南中國的雷雨天有怒捲的壓城雲、低飛的鳥和小蟲，
有隱隱的轟隆聲嗚嗚咽咽……還有一片肅穆裡的電光一閃。
那閃電幾乎是一棵倒著生長的樹，發光發亮的枝枒剛剛舒展，立刻結出一枚爆炸的果實，炸響從半空中跌落窗前，炸得人一個冷顫，杯中一圈漣漪。

這種一個冷顫的感覺不僅僅局限於雷雨天。
有時漫步在這條南方小鎮陌生的街道，路旁小店裡偶爾一曲輕輕慢慢的老歌亦可如閃電般直擊膻中炸得人冷顫連連。
有時候一個閃念幾乎就是一道閃電。
一閃念間的閃電貫穿身心，瞬間熱血湧上心頭，
往昔的日子風雲匯聚到眼前……
那麼那麼亮的閃電，映照得八萬四千種往昔，皆羽翼畢現，皆清晰而新鮮。

炸到我的那道閃電是 Beyond 的一首老歌。
彼時，我拖著旅行箱路過那家小理髮店門前，
一句熟悉的歌詞伸出雙手抓緊我的衣襟，我的腳步被生生地拽停。
南方小鎮的午後，海風濕鹹，小鴨小狗懶懶地踱步在街邊，
我佇立著，沉默地聽歌。

今天我，寒夜裡看雪飄過……
原諒我這一生不羈放縱愛自由……

歌聲是沙，迷了眼睛，不知不覺已映出一些影影綽綽的小小往事。
我當真數起手指頭來：時至今日，已近十年。
90 後的孩子們很難體味 70 後 80 初的「Beyond 情結」，
在整整一代老男孩的心裡，黃家駒豈止是一個人名那麼簡單，
「海闊天空」這四個字豈止是一首老歌那麼簡單！

那時我還年輕，混跡在未通火車的拉薩，白天在街頭當流浪歌手，
晚上窩在小巷子裡開小酒吧。
雖然年輕，但也知道交友不能結交不三不四的人，所以我的朋友都很二。
個中最二的是成子和二寶。

有一天，我和成子還有二寶在拉薩街頭賣唱，秋雨綿綿、行人稀疏，
聽眾並不多。我們唱起這首《海闊天空》取暖，
邊唱邊往水窪裡跳，彼此往對方褲腿上濺水。
冷冷的冰雨在臉上胡亂地拍，卻並不覺得冷，那時候手邊有啤酒，懷中有

吉他，身旁有兄弟，心裡住著一個少年，隨隨便便一首老歌就能把彼此給唱得暖暖和和。但哪一首歌可以像《海闊天空》一樣，三兩句出口，一下子就能唱進骨頭縫隙裡？

暮色漸隆時分，有一輛越野車像頭牛一樣衝過來，一個緊急 車停在我們面前，狠狠地濺了我們一身的水。一個叫岡日森格的小夥子搖下車窗大聲喊：詩人們，納木錯（註 19）去不去？他笑笑地用大拇指點點我們，又點點自己的車，做出一個邀請的姿勢。

我們幾乎是異口同聲地說：

去啊去啊，免費請我們蹭車誰不去啊？不去不就二 × 了嗎。

岡日森格齜著雪白的牙說：我只給你們 10 秒鐘上車的時間……

二寶是個蒙古族胖子，成子是條西北大漢，我是山東人裡的 L 號，但是 10 秒鐘之內，很神奇的三個人、兩把吉他、一隻手鼓全部塞進了越野車後座。

上車後開了好一會兒之後才想起來，那天穿的都是單衣單褲，後來想，難得遇見免費搭車去納木錯這麼划算的機會，如果讓人家專門再開車送我們回去穿衣服的話太不科學，反正我們三個人的脂肪含量都不算少，不如就湊合湊合得了。

我們在車上張牙舞爪地大聲唱歌：今天我，寒夜裡看雪飄過……

後來我想，如果唱歌的那會兒能先知先覺的話，

應該會把「寒夜裡看雪飄過」改成「寒夜裡被雪埋過」。

註 19：在 200 萬年前形成的納木措湖，位於中國西藏中部，為西藏第二大湖泊，也是中國第三大的鹹水湖，是西藏的三大聖湖之一。東西長 70 多公里，南北寬 30 多公里，面積 1920 多平方公里，位於海拔 4718 公尺，為世界上海拔最高的大型湖泊。「納木錯」為藏語，意思是「天湖」，湖水清澈，雪山環繞，風景秀麗。每年進入冬季，湖內會結冰，到第二年六月中旬，冰才完全消融。六月初山頂大雪才解封，車子才能通行，7、8 月份是賞湖的最佳時間，此時，湖畔綠草如茵，牛羊成群。

開到半夜，車過當雄，開始臨近海拔將近五千米的納木錯，那是世界上海拔最高的鹹水湖。盤山路剛剛開了半個小時，忽然鋪天蓋地下起了大雪。雪大得恐怖，雨刷根本就不管用了，漫山遍野都是大雪，車燈不論是調成近光燈還是遠光燈都不管用，大雪夜開車是件找死的事，磨磨蹭蹭了好一會兒後，只好停車。

雪大得離譜，車一停，不一會兒就埋到了車身的一半，

甚至把窗子也埋掉了一點。

二寶很驚喜地問我：我們是被埋到雪堆當中了嗎？

我很驚喜地回答：那整個車豈不是一個大雪人了？

成子在一旁也插話說：咕……咕……

成子不是用嘴發出這個聲音的。

他發出這個聲音的時候，我跟二寶才意識到，我們仨還沒有吃晚飯。

真奇怪，一路上一點也不餓，成子的肚子一叫我們就開始餓了。

我們問岡日森格要吃的，他掏摸了半天，不知道從哪兒摸出來半個蘋果，上面還有一排咖啡色的牙印，啃蘋果的人明顯牙齒不整齊。我們面面相覷，笑得喘不上氣來。

現在想想，那是我這一輩子最幸福的幾個瞬間之一。

我們輪流啃蘋果，孩子一樣指責對方下嘴太狠了。

我們叼著蘋果，把車窗搖開，把雪撥開，一個接一個爬出車窗，

半陷在暄軟的雪地裡打滾，孩子一樣往對方脖領子裡塞雪塊。

我們把汽車的後尾燈的積雪撥弄開一點，燈光射出來一小片扇面，蝴蝶大小的雪片紛飛在光暈裡，密密麻麻、紛迭而至，每一片都像是有生命的。

我們把岡日森格從車窗裡死拖出來，一起在光圈裡跳舞：
跳霹靂舞、跳扭秧歌，彈起吉他邊唱邊跳。
我們唱：……多少次，迎著冷眼與嘲笑，從未有放棄過心中的理想……
吉他凍得像冰塊一樣涼，琴弦熱脹冷縮，隨便一彈就斷掉一根，
斷的時候發出清脆的 PIAPIA 聲。
每斷掉一根弦，我們就集體來一次歡呼雀躍，
一雀躍，雪就灌進靴子裡一些。
我們唱：仍然自由自我，永遠高唱我歌……
原諒我這一生不羈放縱愛自由……
一個晚上，我們唱了十幾遍《海闊天空》。

琴弦全部斷掉以後，我們爬回車上。有道是福雙至、天作美：
越野車的暖氣壞了。
我們衝著黑漆漆的窗外喊：老天爺老天爺，差不多就行了蛤，關照關照蛤！
我們把衣襟敞開，激情四射地緊緊抱在一塊取暖，邊打哆嗦邊一起哼歌，
唱歌的間隙大家聊天，聊了最愛吃的東西、最難忘的女人，
聊了很多熱乎乎的話題……
如此這般，在海拔五千多公尺挨了整整一宿，居然沒凍死。

藏地的雪到了每天下午的時候會化掉很多，太陽出來的時候才發現，
車的位置停得太棒了，離我們車輪 60 公分的地方，就是萬丈懸崖。
岡日森格一頭的黑線……
雪夜的那根拉埡口太黑，岡日森格停車時，
還差 60 公分就把我們送往另外一個世界。

二寶、我、成子一臉的傻笑……
二寶、我、成子，只差半個腳印就把我們仨送往另外一個世界。
頭天晚上，我們彈琴、唱歌那麼蹦那麼跳，最後一個腳印，有一半都已經是在懸崖外邊了，居然就沒滾下去，居然一個都沒死……這不科學。

大家訕笑著重新坐回車裡，一顆小心臟撲通撲通的。
岡日森格啟動了車子，慢慢地開往高處的那根拉埡口，
開到雪山埡口處時他猛地一踩剎車，扭頭給了我們一張苦瓜臉。
繼續前行納木錯是沒有希望了，昨夜的雪著實太大，那根拉埡口往前積雪成災，幾十輛下山的車堵在了窄窄的埡口路上，埡口的雪地早被碾軋出了冰面，再強勁的四驅車也沒辦法一口氣衝上小小的斜坡。堵住的車綿延成一串大大小小的蟲子，人們站在車旁邊焐著耳朵跺著腳，有些心急的車死勁兒往前拱，越拱越堵，擠道刮擦的車主互相推搡著要幹架，乾冷的空氣裡斷斷續續的罵娘聲。
總而言之，納木錯我們是進不去了。

岡日森格說：完了完了，白跑一趟啊，兄弟們。
我附和著他，歎著氣，一邊彎下腰去想脫下腳上那雙冰冷潮濕的靴子，
一晚上沒脫鞋，腳腫得厲害，靴子怎麼也脫不下來。
我正低頭和靴子搏鬥著呢，成子忽然伸手敲敲我的頭，
又指了指堵車的埡口，他笑笑地問我：大冰，我們去當回好人吧。
我們下了車，踩著咯吱咯吱的積雪走下埡口，挨個兒車動員人。
十幾分鐘的時間集合了幾十個男人，大家晃著膀子擁向第一輛被困住的車，齊心合力地鏟雪推車。一輛、兩輛、三輛……每推上一輛車，大家就

集體歡呼一聲，亂七八糟喊什麼的都有，有人喊我操！有人喊牛逼！有人像康巴藏人一樣高喊：亞拉索索……

戾氣迅速地消解了，人人都變成了熱心腸。被解救的車開過埡口後並不著急離開，一個接一個的車主拉緊手剎重新跑回來幫忙鏟雪推車。

最後一輛車被推上來時，已是下午過半的光景。每個人都累成了馬，所有人都皺著鼻子大口大口地喘氣。我渾身的汗都從脖子附近滲了出來，身上倒不覺得太熱，臉反而燒得厲害。

俯身撈起一把冰涼涼的雪扣在臉上，這才好受了一點。

成子的臉也燒得難受，於是學我，也捧起雪往臉上敷。

當時我們並不知道，兩個人的臉是被曬傷了所以才發燒發熱，由於盲目敷雪導致了熱脹冷縮，後來回到拉薩後，我們很完整地揭下來兩張人臉皮。

藏地的水分非常少，氣候乾燥，那張臉皮慢慢地縮水，縮成了銅錢那麼大的一小塊，硬硬的和腳後跟上的皮一樣。

我和成子往臉上敷雪的時候，二寶把吉他和手鼓拎了過來，他說：

咱們給大家唱首歌吧。

我說：你他媽不累啊，幹嗎非要給大家唱歌啊？

他指指周遭素不相識的面孔說：

原因很簡單，剛才咱們大家當了幾個小時的袍澤弟兄。

於是我們站在埡口最高處唱《海闊天空》。

手鼓凍得像石頭一樣硬，吉他只剩下兩根琴弦，一輛一輛車開過我們面前，每一扇車窗都搖了下來，一張張陌生的面孔路過我們。有人衝我們敬個不標準的軍禮，有人衝我們嚴肅地點點頭，有人衝我們抱拳或合十，有人喊：

再見了兄弟。

嗯，再見了，陌生人。

所有的車都離開了，只剩我們幾個人安靜地站在埡口上，

最後一句副歌的尾音飄在空蕩蕩的雪地上。

我們沿著懸崖，慢慢地走向自己的車。

二寶走在我前面，我問他：胖子，昨天晚上好玄啊，你現在想來怕嗎？

他沒回頭，只是大聲說：大冰，如果昨夜我們結伴摔死了，

我是不會後悔的，你呢？

有些東西哽在了我的喉頭，我費力地咽下一口吐沫。

成子在一旁插話說：咕……咕……

成子不是用嘴發出這個聲音的……

很多年過去了。

去納木錯的路不再那麼難走。

岡日森格早已杳無音訊，成子隱居滇西北。人們唱的《海闊天空》也由 Beyond 變成信樂團。拉漂的時代結束了，不知不覺，當年的魯莽少年們已慢慢告別了風馬藏地，悄悄步入鋼筋水泥的中年。

二寶早已離開藏地回歸他的內蒙古草原，他只聯繫過我兩次。一次是在 2007 年年初，他打電話告訴我他換台時看見一個傻逼長得和我簡直一模一樣，那個傻逼穿著西服打著領帶在主持節目，旁邊的女搭檔有對海咪咪。

接電話時，我坐在北京錄影棚的地下化妝間，柳岩在旁邊梳頭，

我掃了一眼我不該看的地方。

一次是撥錯了號碼，寒暄了兩句，匆匆掛斷了。

他是醉著的，掐著鼻子喊我的名字。我只當他是撥錯了號碼，默默掛斷。
爾後再無音訊。
我偶爾會很懷念他，卻已記不太清他的臉，只記得他是個穿著 M65（軍用外套）、紮著馬尾巴的胖子，愛寫詩、愛啃羊蹄、會摔跤。
他嗓音沙啞低回，好像大提琴，聽他唱歌，鼻子會酸，眼裡會進沙。
他叫二寶，是個胖子。

情義這東西，攜手同行一程容易，難的是來日方長。
緣來則聚，緣盡則散，我不遺憾。

Beyond 三子後來分別上過我的節目，
我有幸在不到三公尺的距離內聽他們分別演唱過《海闊天空》。
每一次我都費力地抑制住洶湧的情緒，談笑風生地把節目順暢錄下來。
他們唱的是崢嶸的往昔，我聽到的是漫天紛飛的大雪。

後來和 Beyond 三子中的葉世榮相交甚好，他喊我小兄弟，我喊他老大哥。
2011 年冬天，他邀我幫他主持婚禮，擔任司儀。
婚禮的當天賓朋滿座，滿場的明星，卻不見其他二子的身影。
婚禮開場前，我幫他整理領口，忍不住悄悄地問他：人都到齊了嗎？
他微微地搖了搖頭。
他笑著，輕輕地歎息了一下。

2013 年的某一天，我佇立在南方小鎮的街頭，一手撫著微微隆起的肚腩，一手拖著旅行箱。

小店裡傳來的歌聲帶我再度回到多年前的納木錯雪夜：

「一剎那恍惚，若有所失的感覺，不知不覺已變淡，心裡愛⋯⋯」

我想起二寶的那句話：

大冰，如果昨夜我們結伴摔死了，我是不會後悔的，你呢？

我站在南方小鎮午後的海風裡閃念間回想起多年前留在藏地的那個雪夜，止不住浮起一個潮濕的微笑。

我學著世榮哥的模樣，微微搖了搖頭。

笑著，輕輕地歎息了一下。

二寶二寶，成子成子，我所有年少時、年輕時的江湖兄弟⋯閃念間重溫那段癲狂的時光，我紅了眼眶，鼻子發酸。

從昨天到今天，我又何曾後悔過？

是哦，你我皆凡人，哪兒來的那麼多永遠，比肩之後往往是擦肩。

該來的、該去的總會如約發生，就像閃電消失後，是傾城之雨洗滌天地人間。

就像煙蒂一樣燃燒著的一年又一年，

越來越少越來越短，急促促地把你催進中年。

但是我永遠年輕的兄弟們，

不論在風雨如晦中嗆聲大喊有多麼難，

不論在苦逼的日子裡放聲高歌有多麼難，

不論在紛繁的世界裡維繫清醒有多麼難。

閃念之間你會發現，總有些東西，並不曾變淡。

我少年時的夥伴、青年時的兄弟、中年時的故人。
到死之前，我們都是需要發育的孩子，從未長大，也從未停止生長，
就算改變不了這個世界，這個世界也別想將我們改變。

歲月帶來皺紋、白髮和肚腩。
但或許帶不走你我心裡的那個風馬少年。

YouTube 遊牧民謠，大冰《背包客》

YouTube 遊牧民謠，路平《沒有回程的車票》

小因果

大人們不捨得叫醒他們，

他們臉貼著臉，睡得太香了，美好得像一幅畫。

那個九歲的男孩不會知道，

二十四年後，身旁的這隻小姑娘會成為他的妻子，陪他浪跡天涯。

因果。

因果最大。

因、緣、果。

因緣果報，因機緣果。

因無緣，則不果，機不投，因不果。

因，主因；緣，助緣；機，通積；果，結果。

因果相隨，機緣自然，時機不到，因緣不生……如此使然。

世間之因果、出世間之因果、迷界之因果、悟界之因果……莫不如此。

看懂了沒？

給看懂了的同學兩個大巴掌，啪啪……

別裝！如果真看懂了、參透了、想明白了因果的話，為何你還有那麼多的煩惱執著！

果斷給你再來個過肩摔，撲通……

給沒懂的同學默默點讚。

乖，我也不懂啊哈。

真心懂了因果的話，不是早立地成佛去了嗎，還在這裡嘚吧嘚吧說什麼說？

知識這東西，若只是嘴上說說，而不能轉化為見識和膽識，那其實一點用也沒有。

因果相續這東西也是一樣一樣的。

是不是有點糊塗了。

那我讓你再更糊塗一點吧。

施主，施主請留步，施主別撕書……看你天賦異稟氣度非凡，咱們結個善緣吧。

阿彌陀佛嚒嚒噠。

你往下看。

（一）

我做過許多不靠譜的職業，比如羊湯館掌櫃。

筒子骨大鍋裡熬湯，切成坨的鮮羊肉和羊雜一起丟進去咕嘟咕嘟地煮。煮羊肉撈起來瀝乾切片，在滾水裡一汆，和著乳白的湯頭稀哩嘩啦倒入大碗中，撒點蔥花，加點香菜，愛加海椒麵兒加海椒麵兒（辣辣粉），愛加花椒加花椒，孜然味精椒鹽麵兒（孜然味精椒鹽粉）一小勺一小勺地撒進去，然後你就攪吧，三攪兩攪攪出濃香四溢，攪得口水滴滴答答，趕緊趕緊，酥軟掉渣的燒餅趕緊拿過來先堵住嘴。

世人只道羊湯膻，不知全是多巴胺，我堅信一碗好的羊湯刺激出來的腎上腺素，應該和滾床單時是一樣一樣的，吃完後的那一身通透的大汗，也應該和那個什麼是一樣一樣的才對。

我北方人，從小愛喝羊肉湯，奈何魯地羊湯重湯不重肉，小臉盆一樣的碗裡勺子掃蕩半天才能撈起來幾小片羊肉，湯倒是足夠，只要肉不吃完，湯可以一直加。
這是什麼邏輯！憑什麼不多加點肉？恨得人牙根癢……此恨綿綿 30 年，終於一朝揚眉吐氣，自己開羊肉湯館了，羊肉終於可以想加多少加多少了。

故而開羊湯館的那段時間，我天天抱著一隻大大碗公，半碗湯，半碗肉。
這麼奢侈的珍饈自己一個人吃多沒勁兒，要吃就坐到門檻上面朝著大街吃，邊吃邊吧唧嘴，再一邊欣賞路人們駭然的表情，哼哼，羨慕吧，沒見過吧，饞死你們羨慕死你們。
店裡的廚師和服務生勸不動我，於是每次我一往門檻上坐，他們立刻在屋裡把口罩戴上，據說是怕丟不起這個人，這我就奇怪了，這有什麼丟人的啊？
他們都是 90 後，
大家有代溝，他們和我溝通了兩次發現無果，就給成子打小報告。
成子也是羊湯館的掌櫃，且是大股東，他在電話裡說：
這還了得！然後急三火四地跑過來，一見面就指著我的鼻子衝我喊。
他喊：你往旁邊挪挪！
成子也搞了一模一樣的一隻大碗，我倆並排蹲在門檻上喝羊湯，邊吃邊衝路人吧唧嘴（吃東西時嘴巴發出聲音），吃著吃著吃美了，彼此點頭一笑，豪氣面對萬重浪。
我山東人，成子西北人，一個長得像光頭強，另一個像大耳朵圖圖（卡通片的主角），一個生在黃河頭，一個長在黃河尾，
從小習慣了蹲著吃飯，從小骨子裡就浸透著羊湯。
我扭頭說：……再給我們拿兩個大燒餅。

服務生快哭了，不肯給我們拿大燒餅。

她嫌我和成子太丟人，而且嫌我和成子的屁股大，把店門堵上了一半，影響客人進門。她蠻委屈地說：冰叔，這是咱自己家的店好不好？
我倆一起抬頭瞪她：
多新鮮，這如果是別人家的店，我們哥倆兒還不坐門檻呢。
她陰沉著臉盯著我們看，半晌，露出一絲天蠍座的微笑，她說：
如果你們再不起來，我就給豆兒打電話。
豆兒是老闆娘，成子的娘子。

成子當機立斷對我說：大冰你先吃，我有點事先走了蛤。
他端著碗跑了，一手還掐著半個燒餅。

做人不能沒原則，雖然我也很緊張，
但也端著碗跟成子一起跑的話豈不是太沒面子了？
我扭頭衝著屋裡喊：……你打呀，你打呀，你打呀！
服務生小妹很溫柔地說：冰叔，我已經打了。邊說邊衝我眨眼。
我虎軀一震，菊花一緊……事已至此，已然逼上梁山，那就更不能走了！
說時遲那時快，忽然一片陰影覆蓋了我的碗，一個身高一米五五的人影擋住了麗江中午十二點的陽光，橫在了我的面前。

豆兒來了。

（二）

因為成子的緣故，我對豆兒一直很好奇。
關於成子的故事不講了，他是一個傳奇，

我在我的第一本書裡寫了三萬字也沒寫明白他過去十年的經歷。
成子是我多年的江湖兄弟，
我們曾結伴把最好的年華留在了雪域高原如意高地。
他少年時吆喝過集體罷課，青年時策畫過集體罷工，混跡藏地時組建過赫赫有名的大昭寺曬陽陽生產隊，他愛戶外旅行，差點被狼吃了，也差點被雪崩埋了，還差點和我一起從海拔 5190 米的那根拉埡口滾落懸崖。他曾在建材公司做過銷售主管，創下過三億七千萬的業績，
也曾在短短一個月內散盡家產……
總之，30 歲之前的成子逍遙又囂張，沒人比他更加肆意妄為天性解放。

30 歲之後的生活也沒人比他更顛覆。
成子 30 歲後急轉彎，
他把過往的種種拋諸腦後，追隨一個雲遊僧人，四處掛單，緣化四方。
僧人禪淨雙修，是位禪茶一味的大方家（老手），萬緣放下，獨愛一杯茶，故而終年遍訪名茶，遊歷天涯。
成子以俗家侍者弟子的身分追隨他，他由茶入禪，隨緣點化，舉杯間三言兩語化人戾氣，調教得成子心生蓮花……師徒二人踏遍名山，遍飲名泉，訪茶農，尋野僧，如是數年。
一日，二人入川，巴蜀綿綿夜雨中，僧人躬身向成子打了個問訊，
開口說了個偈子……偈子念罷，比丘襟袖飄飄，轉身不告而別。
成子甩甩濕漉漉的頭髮，半乾坤袋的茶還在肩上。
僧人沒教他讀經，沒給他講法開示，只教他喝茶，
喝光了囂張跋扈的痞子成，喝踏實了一個寧靜致遠的茶人成子。

成子繼續旅程，由川地入黔，自黔行至盛產普洱的彩雲之南。
僧人曾帶著他遍訪過雲南諸大茶山，帶他認識過不少相熟的茶僧茶農。
他一路借宿在山寨或寺廟，漸把他鄉作故鄉，
淡了最後一點重返青海老家的念頭，兜兜轉轉，最終駐足在麗江古城。
成子給小客棧當管家，也幫人打理打理小酒吧，還在麗江古城百歲橋的公共廁所附近開了一間小小茶社，他此時隱隱是愛茶人中的大家了。
他沒做什麼花俏唬人的招牌，只刨了一塊松木板，上書二字：茶者。
小茶社窩在巷子深處，遊人罕至，生意清淡，但足夠糊口，重要的是方便人自由自在靜心喝茶。成子從與師父相熟的茶農處進茶，有一搭沒一搭地賣賣滇紅、賣賣普洱，經常賣出去的沒有他自己喝掉的多。

世俗的人們被成功學洗腦洗得厲害，大都認為他活得消極，我卻不樂意這樣去理解他，我曾在一條微博裡感慨地說：

浪蕩天涯的孩子中，有人通過釋放天性去博得成長的推力，
有人靠歷經生死去了悟成長的彌足珍貴。
天性終究逸不出人性的框架，對生死的感悟亦如此。
我始終認為在某個層面上而言，個體人性的豐滿和完善，即為成長。

這份認知，是以成子為代表的第三代拉漂們賜予我的。成子癲狂叛逆的前半生幾乎是一個時代的縮影，他剛剛起程的後半生幾乎是一個傳奇。

我覺得成子的成長履歷貌似是異端個例，實則是一場關乎人性本我的修行，像個孩子一樣在一套獨特的價值體系裡長大，而且活得有滋有味的。

OK，那問題來了。
這樣的一個男人，什麼樣的女人居然能把他給收服了？

在我的印象裡，成子住在麗江時，豆兒就已經跟在他身旁了，
但好像沒人知道太多她過去的故事，
也沒人知道她和成子是何時何地、如何摩擦出的火花。
我對他和豆兒的故事好奇得要命，但當下的成子惜字如金，討厭得要命，
旁敲側擊半天，他只憨笑著裝傻說「喝茶喝茶」，逼問得狠了，
他就搪塞我說：有機會你還是自己去問問豆兒吧。
鬼才敢主動問她呢！她氣場那麼獨特……

我有點怕豆兒，半條街的人都有點怕她。
她較真兒（是指不達目的決不甘休的執著態度和行為），嘴上不饒人，
專治各種不服。我目睹她較真兒過兩次，每次都較得人心服口服的。

第一次是在「麗江之歌」開業的第二個月。
麗江之歌是我曾經開過的一家酒吧，奇人紮堆，廚師會打手鼓，掃地的小妹會唱爵士，主唱歌手是個支教的老師，吧台收銀員是一個非常優秀的散文作家，吧台總管就是豆兒，一開始沒人知道她之前的工作是幹嗎的。
她待人很和氣，但凡事微笑著講死道理，吧台的人員事務被她管理得井井有條，活潑嚴肅緊張，像個大學聯考衝刺班。
我在開麗江之歌前，已經開賠了數家酒吧，戰績覆蓋中國西南，無他，太愛免單（免費請客），從二十啷噹歲到三十幾，我的成熟度遠遠落後於同齡人，十幾年如一日活在孩子氣的日子裡，開酒吧圖好玩，遇到知心的朋

友時常免單，漂亮妹子來了當然不能收酒錢，相熟的朋友來了也當然不能收酒錢，朋友的朋友來了請人家喝上兩瓶本是天經地義，這在我看來蠻自然的，卻嚴重違背商業規律。

其實每到月底核帳時，還是挺難過的，但一到了營業時間，

依舊是該怎麼的還怎麼的，這種情況一直持續到豆兒的加盟。

她最初是來負責酒吧的財務，算起賬來簡直是在批改作業，

帳本到了她手裡簡直就是作業本，各種批註，還有紅叉叉。

我覺得蠻有趣的，開會時專門提出表揚，誇她有創意。

她笑眯眯的，不謙虛也不客氣，語氣平淡地說：

咱們酒吧上個星期虧了 5000 元。

我咳嗽，顧左右而言他。

她不受干擾，繼續說：咱們酒吧這個星期虧了 5700 元。

我說：那個什麼……沒什麼事就散會吧。

她笑眯眯地說：我核算了一下，如果沒有新資金挹注的話，咱們酒吧還能支撐五個星期。不過大家不要怕，我算了一下，如果到了第五個星期女生都去賣一次血，男生都去捐一次精的話，我們還能再多支撐五個星期。

她說老闆你別走，我話還沒說完呢。

她蹺起二郎腿，盯著我說：你既然把大家聚攏到一起建立這個大家庭，就該認真對待，隨性歸隨性，但有必要事事都這麼吊兒郎當嗎？到最後酒吧給你隨性沒了，你對得起自己嗎？你對得起這幫跟著你的兄弟嗎？什麼時候該隨性、什麼時候該認真，你自己好好想想吧，想清楚了再說話！

一堆人悲憫地瞅著我，好像我剛剛賭錢賭輸了被人扒光了衣服似的。

我說我錯了……

她個天殺的，不依不饒地繼續問：你錯在哪兒了？

她嘴角含笑，眉毛卻是微微立起來的，眉宇間煞氣一閃而過。
我了，我說：好了好了，我哪兒都錯了好不好，
從明天開始只打折不免單了好不好……豆兒，你之前到底是幹啥的？
她笑瞇瞇地說：訓導主任。
我踉蹌三步才站穩身子。從此以後，再漂亮的姑娘來了也只打折不免單。
那個，這家酒吧後來還是倒閉了。

第二次損人是在「茶者」。
茶者就是成子的那間小茶社，他天天窩在裡面聽佛經、喝普洱，自得其樂，做生意倒在其次，主要是為了那一口茶。成子是散人，時常一壺茶喝開心了牽著船長就出去遛彎兒，也不管店裡是否還有客人，門都不鎖。豆兒遷就他，從不擾了他這份雅興，他只要一閃出門，她就默默頂上，銅壺煮三江，招待十六方，打理得像模像樣。
說來也怪，茶者每天生意最好的時候，反而就是她代班的那兩個小時。
成子的茶藝是跟著游方僧人學的，豆兒的茶藝是從成子身上學的，她聰慧，青出於藍，一壺紫鵑十八泡也不改其回甘，而且頗會引經據典，常常是客人八道茶沒喝完，就已經被她裝了一肚皮茶知識。
我不懂茶，天真味能喝成聖妙香，但我愛喝茶，時不時去找成子喝茶，
大家兄弟十年，反正又不用給錢，他泡什麼我喝什麼。
成子偏內向，話不多，公道杯一傾，只一個字：喝。我愛他的乾脆俐落，每回都陪他一起沉默地喝茶，順便再把桌子上的茶點統統吃完。

成子不在就找豆兒泡茶，她蘭花指翹得蠻好看，
一起一落間蜜色茶湯配著雪白的手指，煞是驚豔。

光看手，大家閨秀，不過，一旦惹著了她，立刻堵得人心肌梗塞。
惹她的不是我，是一幫江西客官。
那時候十八大還沒開，那群人貌似是公費旅遊，
在六大古茶山採購起來眼都不帶眨的。
照例，買完茶先不忙著交錢，店家招待客人先品茶。

頭道茶無話，開片的小杯子排成一排自取自飲，關公巡城時，事來了。
坐中一人「哎哎哎」地喊了三聲，一手指著居中一人，一邊對豆兒說：
別亂倒，先給我們領導（官最大的那位）倒……
其他人一連聲地說：對對對，先給領導倒。被稱作領導的那人不說話，
嘴角一抹矜持的微笑。這一幕看得我有點傻眼，
我悄悄問：敢問這位是？
立刻有人接話頭兒說：這是我們院長。
我趕忙說：哎喲，失敬失敬。然後接著喝我的茶。
茶人有茶禮，不管在座嘉客是什麼身分背景，一概順時針繞著圈倒茶，
公平公道，不分高低貴賤，這本是基本的禮節。
奈何中國人有些規矩比禮節大，小小一張茶桌上也非要講究個尊卑，
也罷，開門做生意，客人最大，拂了人家院長的面子畢竟不好。
話說，也不知道是醫院法院設計院敬老院還是美容院……
我瞥一眼豆兒，她不動聲色，繼續泡茶。
第二道茶泡好，將倒未倒時，豆兒忽然一抬眼，環覽四座，朗聲背書：
茶，表敬意、洗風塵、示情愛、敘友情、重儉樸、棄虛華，性潔不可汙，
為飲滌塵煩……諸位請教教我，這杯茶，該怎麼倒？
旁邊一群人聽傻了。

豆兒那天穿了一身小棉襖，還戴著套袖，怎麼看也不像是個咬文嚼字的人。
臥虎藏龍啊！一剎那，我真真兒覺得她不是坐在茶案後，而是坐在講臺後，
底下一大堆集體犯了錯的學生……這種感覺太有氣場了。
沒人敢再說話，那位院長的臉色綠中泛藍，豆兒只當看不見，
她擎著公道杯等了片刻，微笑著順時針繞圈倒茶，
倒完了還客客氣氣地問人家：要不要吃塊茶點？
我忍了半天才沒當著那幫人的面問豆兒，
之前除了當過訓導主任是不是還教過語文。

有此兩遭前車之鑒，故而，當豆兒背著手站在我面前笑瞇瞇的時候，
我縮在門檻上很緊張。
豆兒說：吃著呢？
我說：嗯啊……
她說：我們家成子呢？跑了？
我不敢接話兒，於是裝死狗，把臉埋進碗裡假裝稀哩呼嚕。
她笑瞇瞇地說：聽說您老人家天天坐在門檻上喝羊肉湯，
已經喝出了一道亮麗的風景線了是吧？差不多就行了，趕緊起來吧少爺。

服務生躲在屋裡偷偷樂呢，現在起來多沒面子，
我決定把死狗裝到底，碗快空了，但稀哩呼嚕的聲音可打死也不能停。
豆兒說：成子和你……她伸出兩根手指比畫：你倆就是倆孩子。
說完了還歎口氣。她起身進屋搬來一個凳子，抱著肩坐到我對面，
來來往往的路人瞅瞅她，再瞅瞅我懷裡的大碗。
豆兒笑瞇瞇地說：那你就別起來了，我陪你坐會兒，咱們聊聊天。

壞了，豆兒較真兒了，看這意思是要打持久戰。這種感覺好熟悉，小時候在老師辦公室被罰站的感覺立刻穿越三十年的光陰，撲通一聲砸在面前。經驗告訴我除了死扛，沒有第二條路可以走，反正又不至於叫家長……
我梗著脖子說：那就聊唄……聊什麼？
豆兒抱著肩膀說：你想聊點什麼？
我精神一振，多好的機會！我說：豆兒豆兒，你和成子是怎麼認識的？你們倆怎麼會在一起的呢？
豆兒的目光驟然變得綿長，她揚起眉毛，輕輕地說：
我們是洗澡的時候認識的，他給我洗的澡。

我一口羊湯噴出來。
豆兒啊！你趕緊說！

（三）

我出生在廣元，直到大學之前從未離開過四川，大學念的是師範。
故事要從大三那年說起，2008 年。
「5．12」地震時，我在宿舍看書，地震的一瞬間，我手一抖，書掉到地上，我坐起來愣愣地看著室友，她們也坐起來看著我。
這時，門口響起了敲門聲，隔壁寢室的同學在喊：地震了，快跑！
我們寢室在六樓，我鄰鋪的那個女孩臉都白了，腿是軟的，大家把她拖下來，架著她先衝出去了，我當時也不知道怎麼想的，先把穿的衣服拿著、包包拿著，還拿了幾個蘋果和兩瓶水，在做這些動作的時候，樓房還在晃。
我那時候想的是，跑下去還要很長時間，而且樓梯之間最容易塌下來，還不如把吃的喝的準備好，就算樓房真的塌了，六樓是最高層，也應該是最好得救的，這些吃的應該能堅持好幾天。

搖晃的間隙我下了樓，同學們瞬間都沒影了，樓梯間裡一個人沒有，
樓地板吱吱嘎嘎地響著，牆壁劈哩啪啦往下掉，
我邊哭邊跑，還拿著收音機，是我上大學時，爺爺送給我的禮物。
前一秒跑出樓，後一秒樓就歪了。
樓前的空地上，哭成一片，有只穿內衣的，有裹著浴巾的，有人蹲在地上哭，有人跑來跑去，反正什麼樣子的都有，所有人都是邊哭邊發抖……
關於「5．12」（四川大地震）的回憶不想多說了……很多事情不能回憶，太難過。
我想說的是，那天從六樓上哭著往下跑的時候，我就知道有一個意識釘牢在我接下來的人生裡：生命真的就是一下子的事情，我要抓緊時間好好活著。

我們這一屆沒有畢業典禮。
雖然早就考到了教師執照，但畢業後的一整年，我沒找固定工作，
只輾轉在幾所學校代代課什麼的。
好尷尬的年紀，自己都不知道自己是否長大了，
我不想這麼快就把自己拴死了，我想好好活，想為自己做點事情，
卻又不清楚該如何去做，想來想去，最終決定去支教。
那時不知為什麼，就想去一個最遠最艱苦的地方支教。

由於家裡人反對，我沒能報上國家支教的名額，只好在網上找到一個以私人名義組織的支教組織，計畫去青海玉樹支教一個月。
怕家裡人擔心，我只說想去青海、西藏、新疆旅遊一圈。

媽媽離開得早，爺爺把我帶大，我從小沒出過遠門，他不放心我，
於是翻了半天的通訊錄，給了我好幾個緊急聯繫人的電話號碼。
我心裡非常不以為然，新疆和西藏我本來就不會去，青海的緊急聯繫人在我看來也意義不大：據說是個遠房親戚家的小哥哥，小時候還抱過我，他家人當年出差來四川時，帶著他在我家裡借宿過一個月，那個時候他九歲，我才剛兩歲。
我說：爺爺啊，這不是開玩笑嗎？二十多年沒見過的遠房親戚，
又沒什麼感情基礎，怎麼好意思去麻煩人家？
爺爺說：咋個沒得感情基礎？你不記得了而已哦，你當年可喜歡那個小哥哥了，天天拽著人家的衣角跑來跑去，晚上睡覺都摟著他。他也喜歡你喜歡得不得了，不是背著你就是抱著你，吃飯的時候也是他餵你……
後來他走的時候，你們倆差點哭死過去，生離死別……

爺爺說的事情我完全沒印象，他老了，不能讓他太擔心，
我假裝很聽話地當著爺爺的面兒把那張紙收好，扭頭就扔了，
當然不能聯繫囉，暴露了我此行的真實目的怎麼辦？

萬事俱備，支教的主辦者讓我去西安找他會合，再一起去青海。
我給爺爺奶奶做了一頓飯，去和媽媽告了別，然後一路火車坐到了西安。

我在回民街和那個主辦者見的面，我們邊吃飯邊互相瞭解。
主辦的人叫老劉，當時他介紹說，他是以個人名義在青海玉樹囊謙縣的一些學校支教，並給我看了照片，說我和他要先到西寧去，住一家青年旅社，在那裡休息整理一下，據說那裡還有幾個準老師在等著他，一起進囊謙。

這位老劉很熱情、很能說，但他越說我越將信將疑。

或許是我閱歷太淺吧，雖然他告訴我他的事蹟被不少媒體報導過，但我怎麼也感覺不出這是一個在山區裡艱辛支教了很久的人，他點菜什麼的很講究，這個不吃、那個不吃的，對服務生的態度很不客氣，不是很尊重人。

一個人的本性往往在最細節的地方展露無遺，我實在是沒辦法把面前這個人和心目中的支教義工形象重疊到一起，一個有熱情、肯奉獻的人可以不拘小節，但總應該是個尊重他人的人吧。

但我覺得老劉應該不是個騙子吧，哪裡有當騙子這麼不注意細節的？我試探著和他聊了聊孩子們的事……應該不是騙子吧，因為他把孩子們的窘困情況描述得那麼詳細，還不停地強調孩子們有接受更好教育的權利，而我們應該做的，是給孩子們提供一個改變人生軌跡的機會。

老劉的慷慨陳詞打消了我當時的一絲疑慮，

我決定不動搖了，和他一起去青海。

就這樣，我們當天就一路坐火車，從西安到了西寧。

到西寧市時，天還沒黑，他沒帶我坐公共汽車去青年旅社，

而是叫了一輛計程車。我心裡開始有點不樂意，

不是說孩子們的境況很窘迫嗎？為什麼還亂花錢？

那種隱隱不安的感覺又回來了。

到了青年旅舍後，這種感覺愈發明顯，老劉很熱絡地和人打招呼，一看就是在這裡住過很久……但那些和他打過招呼的人都意味深長地看我一眼，我年輕，不明白那些眼神是什麼意思，但覺得渾身不自在。

他支開我去沙發旁邊看行李，自己去吧台辦手續。

我從小聽力好，隔著很遠，隱約聽見他和前臺說：是一起支教的老師……後

面又說了些什麼，但聲音很低我聽不清。過了一會兒，他拿著一把鑰匙過來說：帶獨立衛生間的只剩一個標準房了，咱們只好擠一擠囉。

他用的是那種很自然的口氣，好像男生女生住一個房間是很正常的事情。

我心頭刷地燒起一把火，自己都能聽到自己咯吱咯吱的咬牙聲，但從小接受的教育是再生氣也要笑著說話，於是我強笑著說：不至於吧，別開玩笑了。

老劉可能看我臉色不對，就一邊打哈哈一邊說：這已經是不錯的條件了，比學校好多了，學校只有一間老師宿舍，等去了以後所有的老師不管男女都是吃住在一間房子裡的。

他頓了頓，又說：你就當是提前適應適應吧。

我笑著說：你說得沒錯，是應該提前適應適應。

我拎著行李走去前臺，要了一個女生多人房間的床位。

老劉沒說什麼，只是和我說話的態度一下子冷淡了許多。

原計劃的出發日期延遲了，往後拖了有四、五天，老劉說因為還有人沒到，據說是某個媒體的記者，要跟著去體驗生活。對此我沒發表什麼異議，畢竟他是主辦者，或許如他說的那樣，必須認同宣傳報導的意義。

其餘幾個準支教老師我也看見了，其中一個男生很奇葩，一直在賴床，三天內除了吃飯就是躺在床上玩遊戲。另一個準女老師更奇怪，隨身一本書也沒帶，卻帶了一堆鏡頭、昂貴的單眼相機以及一個三腳架，讓人搞不清楚她到底是去教書的，還是去做攝影創作的。

我嘗試和他們交談，一問才發現全是在校大學生，他們當中最短的只去支教一個星期，最長的差不多一個暑假，除了我以外，都沒有教師證，而且全都不是師範學校的。當然，不是說非師範學校就不能教書，預先備好課、掌握一點教育心理學即可，但一問方知，他們幾乎沒有備課的概念，每個人都說：到了學校以後拿學生的課本看看就行了，大學生還教不了小學生嗎？
這不是誤人子弟嘛！
我跑去和那個主辦者老劉溝通，讓他教大家備課，並合理分配好每個人的教學方向，因為好像每個人都認為自己適合教語文，那誰教數學呢，誰教美術呢……
老劉卻說：這個不是現在該操心的事，到了學校後大家再商量。
另外，支教靠的是熱情，你最好別打擊旁人的熱情，
大家犧牲了暑假出來吃苦，可不是為了聽人數落的。

我有些糊塗了，這和我想像中的支教太不一樣了，
我不明白支教靠的是熱情度還是責任感，但畢竟學了四年的師範教育，
對書該怎麼教還是有自己的認知底線的。
我說：不好意思，我需要考慮一下是否繼續留在你們這個組織裡。
老劉卻斬釘截鐵地說不行，他說報名了就不能退出，
這樣會影響其他人的情緒，等於破壞支教。
我不想破壞支教，但這種境況實在讓人心裡悶得很，我當時年輕，
涉世不深，覺得天都暗了。我一個人盤腿坐在青年旅舍的客廳裡生悶氣，
生著生著生出眼淚來，忽然很想爺爺，
也忽然覺得自己很笨，眼淚一淌出來就止不住了，委屈得要命。

正哭著呢，有一個叔叔丟了包紙巾到我懷裡。
這個叔叔我認識，他話不多，大家一起在廚房做過飯，我還借過他的打火機，他好像不是青年旅舍的住客，但每天都會來這裡坐一會兒，有時候帶

本書過來，有時候帶著筆記本電腦劈哩啪啦敲上半天。
這個叔叔長得像大耳朵圖圖，憨憨的，很實在的樣子，不知道為什麼，
我抬頭看了他一眼後，哭得更止不住了。
他也不說話，自己忙著敲電腦，一直等到我哭累了告一段落了，
才扭頭問我：說說吧，你出什麼事了？

我一邊抽搭，一邊一五一十地把前因後果說了一遍。
叔叔一邊聽一邊吧嗒吧嗒抽著煙，他問了我一個問題：你是四川人，經歷過「5．12」，應該知道救災義工和災難旅行者的區別吧？
我說：知道啊，前者主要是去救人、幫人、貢獻愛心，後者除了貢獻愛心之外，順便參觀。開輛車，裝上幾箱礦泉水，在危房前，甚至在一些遇難者身邊拍上幾張照片，錄上幾段影像。即使幫忙搬幾塊水泥板，也不忘拍照留念，其中的差別是美其名曰救災，但其實是在添亂。

叔叔說：那是一小部分人的行為，咱們先不去討論他們是對是錯，
我再問你一個問題，你覺得支教義工和支教旅行者的區別是什麼？
我一愣，支教旅行者？
他又點了一根煙，慢慢地說：我覺得，你應該對「支教義工」這幾個字有個清醒的認知。捫心自問一下，你真的是去幫助那些孩子的嗎，還是去給自己的人生添加故事？或者是去尋找一份自我感動？支教是種責任和義務，是去付出，而不僅僅是去尋找，是一份服務他人的工作，而不僅僅是一次服務自我的旅行。
真正負責任的支教義工，不應該是一個只有熱情的支教旅行者。

他接著說：我不反對你們的支教行為，但是如果可以的話，靜下心來在那些學校最起碼教滿一個學期如何？只去蜻蜓點水地待上一兩個星期或一個假期，你和孩子們誰的收穫更大？你倒是完成了一件有意義的事情，人生意義得到昇華了，但那些孩子呢？他們收穫了什麼？你匆匆來匆匆走，他們的感受會如何？在「支教」這個詞裡，主角應該是孩子們才對哦，他們沒有必要去做你某段人生故事的配角，也沒有義務去當你某段旅程中的景點。話說得重一點，你有權利去鍛煉自己，但沒權利拿窮鄉邊陲地區的孩子們當器材道具。

我辯解說：
主辦的人說，不論我們去的時間長短，都能改變孩子們的人生軌跡……
他笑了，點著頭說：沒錯，這話沒錯，但誠實點講，改變孩子們的人生軌跡是你們的主要目的嗎？在你心裡，改變他們的人生軌跡和豐富自己的人生軌跡，哪個排序更前面？
再者，如果真的想良性地影響他們的人生軌跡，那一定是一件有系統而且嚴謹的事情，想用十天半個月的支教去改變一個孩子的人生，或許是有可能，但你確保這種蜻蜓點水是負責任的嗎？這一點可否謹慎思考一下？
那個叔叔最後說：是的，無論如何，不論是長期支教還是支教旅行，都是在奉獻愛心，值得稱許，但一個真正的支教義工不會盲目地去尋求一種道德上的優越感，也不會居高臨下地去關懷。真正的奉獻不僅僅是去成全自己，更不是去作秀或施恩，你說對吧？

這位叔叔的話讓我失眠了，第二天吃飯的時候，我當著眾人的面把他的話複述了一遍，我說：我覺得我自己目前的狀態和心態都調整得不太對，等我準備好了以後，我會去支教的。

還沒等我明確說出要退出此次支教，老劉勃然大怒，他吼：本來訂的活動計畫就是三男三女，記者明天就到了，你讓我怎麼和人家解釋！

你現在退出讓我上哪兒找人去！

他拽著我胳膊吼：一顆老鼠屎壞了一鍋湯！

老劉暴跳如雷，他當場扣了我的行李不讓我走，並拽著我去找那個叔叔理論。青年旅舍的客廳裡呼啦啦圍起一堆看熱鬧的人，老劉指著那個叔叔的鼻子張嘴就罵：你算哪一路神仙，輪到你多管閒事了嗎？！我們愛怎麼支教是我們的自由，輪到你這種只會放屁不會幹活的人胡說八道嗎？！

那個叔叔很穩，別人罵他，他卻不生氣，只是不緊不慢地操作著電腦，

他頭也不抬地說：聽豆兒說，你們要去的是囊謙的那所學校。

他撥開那根伸到鼻子前面的手指頭，說：第一，那所學校的校舍是我和我的朋友們贊助興建的，不算多管閒事。就算你們去的不是我們贊助興建的學校，有些話我該說的還是會說。第二，你是真支教還是假支教自己心裡清楚，不用我挑明，你給我想清楚了再說話。

第三，你再衝我吼一句，我立刻揍你。

他合上筆記本，正色說：你耐揍嗎？

這個叔叔看起來很老實的樣子，但一厲害起來煞氣逼人，

好像很能打很不好惹的樣子，總之太爺們兒了，相比之下，老劉弱爆了。

架沒打起來，老劉當天就搬出了青年旅社，其他人都散了，只有一個準支教老師跟著他走了，就是那個一身攝影器材的女孩子。後來在天涯社區（社群網站）裡看見過那個女孩子發的帖子，她好像吃了蠻大的虧。

我的支教計畫就此擱淺，在青年旅社裡又住了兩天。
我不想回去上班，覺得那種朝九晚五的生活不是我想要的，說實話，
接下來的路該怎麼走，還是沒有想清楚，於是去問那個叔叔的意見。
他很堅決地建議我回四川上班，他說：你才多大，幹嗎這麼早就去談放棄？
沒有任何一種生活方式是天生帶原罪的，你還沒正經體會過那種生活，
就匆忙說放棄，這對自己不是一種負責任的態度。
他說：你可以在西寧玩一下，可以去去青海湖，然後回家去找份工作，
拿出幾年時間來認真體會一下那種生活方式後，再決定是否放棄。
不知道為什麼，我特別願意信賴他說的話，
於是很開心地在青海玩了十天左右，然後打道回府去上班。

臨行前和叔叔告別，他很開心我聽了他的話，請我喝送行酒。
我記得很清楚，和他是在西寧的旋轉餐廳裡吃的飯，是西寧的最高層，
我記得他點了牛排、甜點、開胃菜等等，他切牛排的樣子，很細心、很愛乾淨。
他很尊重我，並不因為我年齡小就亂講話，幾乎禮貌得有點客套了，
一副紳士作風。
我對他的身分很好奇，他在國營企業做管理工作，但言談舉止明顯很有個性，也很有想法，不太像是國營企業體制內的人。他貌似經歷很豐富的樣子，我問及他的過去，他只泛泛講了一些他在西藏生活時的故事，就把話題轉到了窗外的西寧城市建築，那頓飯我吃得很開心。
那頓飯還鬧了個笑話，我一直以為他已經 40 多歲了，於是老「叔叔叔叔」地喊他，他神情古怪，欲言又止，後來實在忍不住，說他才剛滿 30 歲，我大驚失色，這也太顯老了吧，怎麼會有人年紀輕輕卻長得這麼「資深」的？
後來想了想，可能是他在藏地生活了很多年，臉被風化得比較嚴重吧。

我們臨別的時候沒留電話，只留了 QQ 號碼，他讓我喊他「成子哥哥」，
我沒問他的真名，他也沒問我的，大家是萍水相逢的普通朋友而已。
回到四川後我進了一家私立學校，按照成子哥哥的建議，開始努力工作，
認真體會這種朝九晚五的生活方式。

（四）

人真的是很奇怪的動物，相處的時候沒什麼異樣，
一分開就不行了，一個月後我居然想他想得不得了。
我驚訝地發現我喜歡上他了，這怎麼可能？！他長得像大耳朵圖圖一樣，
又顯老，我怎麼可能喜歡上他？
可是，如果並非喜歡上了他，我怎麼會滿腦子都是他？
睡著了想的也是他，睡醒了想的也是他……

在我二十幾歲的人生裡，第一次遇到這樣棘手的問題，我沒辦法去問媽媽，
也不好意思向爺爺奶奶開口求教，
言情小說和偶像劇沒有教過我如何去應對這樣的情況，我有些傻眼了。
我不清楚自己到底喜歡他什麼，
或許是他身上那種獨特的成熟吧，讓人忍不住微微仰視。
不對，這種解釋好像又不成立，他給我一種莫名的熟悉感和親密感，
好像我們很久之前就曾相識相戀過一場一樣。
說來也奇怪，一旦發現自己開始喜歡上他了，
他的模樣在自己心裡好像也沒那麼老了，甚至有一點帥了。

我忍不住聯繫他，在 QQ 上給他留言，和他聊我的工作，他細心地給我建議。

我把我對社會的一些疑惑向他和盤托出，他也是有問必答。
但當我嘗試著把話題往情感上轉移時，他卻並不接話。
看來，在他心裡我沒什麼特別的，他或許只把我當個普通的小朋友對待吧，這種感覺讓人蠻失落的，我長得又不難看，他怎麼就沒想法呢？
我有一點點生氣，故意在 QQ 上聊天聊一半就閃人，但好像我不主動和他說話，他就不主動和我說話，我拿他一點辦法都沒有。我是個女孩子啊，怎麼可能主動表明好感？但我又不捨得不和他聊天講話，於是這種 QQ 聊天斷斷續續地持續了好久。
這種聊天唯一的好處，就是對他的瞭解越來越多了。他過往的人生經歷無比豐富，曾窮困至極也曾經歷過數次生死，他現在的生活好像也和其他人不太一樣，事業貌似很成功，但工作之餘並非天天應酬、酒局不斷，他經常出門溜達，有時候去寺廟裡住，有時候去爬雪山。
他好像很喜歡一個人獨處，去哪裡都是一個人行動。
我覺得我和成子哥哥的人生價值觀是不同的，他活得很自我，好像很明白自己要的是什麼。我不羨慕他的生活方式，但很羨慕他能有屬於自己的價值觀。
明白自己人生方向的人，多讓人羡慕哦。

喜歡上一個人了，難免患得患失，他有段時間常常往佑寧寺跑。
有一次，他無意中向我描述了僧人的生活，言辭間滿是嚮往，
這可把我嚇壞了，千萬別出家啊，我還沒來得及告白呢。
還有一次，他去雪山，消失了快一個星期，我聯繫不上他，急得嘴上起泡（急得要命）。
一個星期後才知道他在雪山裡面遇到了狼，他在電腦那頭很隨意地提了一句，卻讓我氣得打哆嗦……真恨不得把他拴到褲腰帶上了。

更令人生氣的是，我這麼擔心他，他卻一點都不知道，
我又沒辦法開口對他說，心裡面像堵滿了石頭一樣，難受死了。

終於，我忍不了了，積了年假去西寧，卻不敢挑明是去看他，
只說是想再去一次青海湖。
我去探望了媽媽，又給爺爺奶奶做了一頓飯，然後揣著一顆 200 攝氏度的心衝上火車，時逢鐵路的速度變快了，但我還覺得慢，恨不得下一站就是西寧。
就像張愛玲說的那樣：我從諸暨麗水來……及在船上望得見溫州城了，
想你就在那裡，這溫州城就像含有珠寶在放光。
西寧，西寧，一想到這個地名就讓人高興得發慌，它也彷彿含著珠寶一樣，熠熠地發著光。

我沒想到西寧不僅會放光，還會打雷颳風下雨閃電……
這次西寧之行可把我哭慘了。

我並不知道我到西寧時，
成子哥哥已經散盡家產，即將跟隨一位老僧人出門游方。
上次他請我吃的牛排，這次是牛肉麵，他隔著兩碗熱氣騰騰的牛肉麵告訴了我這個消息，語氣淡定得好似在說別人的事。
我立刻傻了，完了！他要當和尚去了！
出什麼事了？不正是事業的黃金期嗎？多少人羨慕不已的收入，
怎麼說放就放下了……你是不是得什麼絕症了？幹嗎要走這一步！
我急得直拍桌子，他卻哈哈大笑起來。他說：你太小，說了你也不明白，不是說一定要受了什麼打擊才要走這一步，只是想去做而已，就這麼簡單，

不要擔心不要擔心，我好著呢。
你好我可不好！我的手冰涼，胃痛得直抽搐，真想把桌上的一碗麵扣在他頭上，一想到這顆腦袋將變成光頭，我心都快碎了。
用了一噸的力量才按捺住臉上的表情，我擠出一副好奇的樣子央求成子哥哥帶我去見見那位僧人，他爽快地答應了，帶我擠公車去見僧人，我坐在公車上晃來晃去，難過極了，他這是把自己的後路都給絕了呀，連自己的車都送人了。

僧人在喝茶，給我也沏了一杯，就是一個普通的老頭子而已啊，完全看不出有什麼神奇之處，而且話極少，臉上木木的沒有一點表情。他和我寒暄，問我哪裡人，我說我是四川人，他說四川好啊，好地方哦……
寒暄完畢，僧人默默地燒水，小鐵壺坐在小爐子上咕嘟咕嘟的，他不再說話。

我腦子不夠用了，把禮貌什麼的拋到腦後，不客氣地開口問道：師父，我不懂佛法，但我覺得如果人人都像成子哥哥這樣拋家捨業，那不消極嗎？
僧人木木地點點頭說：唔，人人……
真想把他的鬍子都揪下來！
我接著問：您幹嗎不帶別人，非要帶成子去游方！佛家不是講六根清淨嗎？他今天中午還吃肉了呢！他塵緣了了嗎，就去信佛？
僧人木木地：唔，塵緣……
成子哥哥覺察出我話語間的火藥味兒，開口道：豆兒，話不是這麼說的，吃過肉不見得不能信佛哦，總要一點一滴去做。再說，信佛這回事，是累世劫種的因，這輩子得的果，緣分如此，坦然受之罷了。

很多話再不說就晚了，我不敢看成子，看著茶杯說：那你和我的緣分呢？我們之間就沒有因果嗎？！

我沒敢看他，不知道他是什麼表情，天啊，好尷尬好尷尬，氣都喘不上來，給我一個洞讓我躲起來吧。

成子一聲不吭，該死的，你倒是說話啊，你和我就一定沒緣分嗎？

僧人忽然呵呵地笑起來，滿臉皺褶，刀刻的一樣，他抬眼看看我又看看成子……眼睛好亮。

他笑著衝我點點頭，我死死地盯著他那被鬍子埋住的嘴巴。

他卻只是說：唔……

成子哥哥和僧人飄然離去，臨走什麼也沒說，我從青海一路哭回四川。

我不能去找閨密或同事訴苦，人家沒義務給我當垃圾桶，

我也不能去找爺爺奶奶哭，他們年紀大了，不能讓他們著急。

我去探望媽媽，卻在見到她之前把眼淚硬生生憋了回去……

我已經是個大人了，不能讓媽媽覺得我沒出息。

但這種感覺太難受了，沒有排水口，沒有洩洪口，

滿滿當當地堰塞在身體裡，悶痛悶痛的。我心想這算什麼啊，

這連失戀都談不上啊，我到最後連人家喜不喜歡我都不知道……

他萬貫家財都不要了怎麼可能要我啊？擺明了沒緣分啊！

我告訴自己他有什麼好的啊，長得又不帥，行為又這麼奇怪，趕緊忘了吧，趕緊忘了吧……沒想到一忘就是兩年。

兩年也沒能忘得了他。

（五）

人就是這麼賤，越是得不到的越是覺得好。

我不捨得和成子哥哥失去聯繫，兩年間我一直在 QQ 上聯繫他，但不多，基本是每過幾十天才說一兩次話，我問，他說。

我想給自己留點面子，關於情感話題隻字不談，只問他雲遊到了何方，身體可好。他看來不經常上網，沒有一次是即時回覆的，

有時隔了一個月才回覆留言，寥寥的幾個字又客氣又禮貌。

恨得人牙癢癢。

成子給我郵寄過一次茶葉，上好的金駿眉，我煮了茶葉蛋。

邊煮邊心痛得要命。

我把兩年的時間通通放在工作上，工作上誰也沒有我拚命，塞翁失馬，

居然當上了那所私立學校的訓導主任，全地區最年輕的訓導主任。

人人都說我前途無量，人人都畏我三分，沒人介紹我相親，

他們私下裡說我嚴厲得不像個女人，沒人知道我喜歡的人跟著和尚跑了。

一想到成子哥哥或許已經剃頭出家，我就受不了。

有人化悲痛為食量，有人化悲痛為工作量。

我化悲痛為工作狂，天天加班，逢會必到，管理和教學都參與，工作筆記和備課筆記積攢了厚厚一摞。或許有很多人很享受這種以工作為軸心的生活，但說實話，不包括我。有時候在課間操的空隙，盯著操場上整齊劃一的動作，我常常愣上半天，我清楚地知道自己忙忙碌碌忙忙碌碌，有了溫飽體面的生活，學生家長和學校校長都愛我，但我不快樂。

我都已經二十好幾了，觸碰過的世界卻只有眼前這一個，這個就是最好的嗎？

時逢暑假，我開始認真盤算假期後是否該繼續和學校續約。

成子哥哥曾告訴我不能盲目放棄，先去好好工作，認真體會了這種大多數人奉行的常規生活後，再決定如何去選擇，那我這算是認真體會過了嗎？那我接下來該如何去選擇？我的選項又在哪裡呢？

我上 QQ，打了長長的一段話，然後又刪除了，兩年來的客氣寒暄彷彿一層隔膜，很多話不知以何種語氣措辭開口向他說。

我猶豫了半天，還是決定和往常一樣，給他留言說：

現在漂到哪裡了？在幹嗎呢？一切可好？

萬萬沒想到，一分鐘不到，他回覆留言了：

挺好的，現在在成都，在一家網吧躲雨呢。

我操！龜兒子在成都啊！

我火速打字問地址，約他見一面，手在鍵盤上亂成螃蟹腿兒，短短的一行留言打錯了四五個字，我想都沒想就發了出去，好像只要晚了一秒鐘他就跑了、飛了、不見了，被雨沖進下水道流到長江裡再也找不著了。

我要給那位僧人立生祠牌位。

我見到成子哥哥後的第三分鐘，就在心裡發誓要這麼做。

成子和僧人雲遊兩年後行至成都，錦官夜雨中，僧人毫無徵兆地向成子辭行，他留下一個偈子和半乾坤袋的茶，然後飄然離去。

僧人就這麼走了，神仙一樣。

我要給那位大師立牌位，天天上香！

他把成子借走了兩年，然後給我還回來了！

……話說他怎麼知道我在成都？說不定是尊八地菩薩吧，掐指一算什麼都明明白白的！好了不管那麼多了，成子哥哥一頭烏青的板寸（註 20），穿的是美特斯．邦威（大陸品牌）的 T 恤，而不是僧袍袈裟……太好了，他沒出家。

他跟著僧人喝了兩年的茶，好像年輕了不少的樣子啊，
雖然穿的是「美邦」，但整個人精精神神的、土帥土帥的。
我請他吃紅油抄手，他吃起來眼睛都不眨一下，他還是吃肉的啊啊啊，
既然他不排斥吃肉，那麼應該也不排斥其他了……
我念及自己是人類靈魂工程師的身分，忍住了沒在抄手店裡把他推倒。

但情況不容樂觀，這傢伙擺明了沒有聯繫我的意思，如果不是今天心血來潮給他留言，他絕對燈下黑了，絕對一個人悄悄跑掉了。
吃完這頓抄手，他未必不會悄悄跑掉。
我恨不得找根繩子拴在他脖子上，但畢竟不是過去那個不諳世事的小姑娘了，不能蠻幹。這兩年的校園風雲裡，姑娘我磨煉出一身的膽識和手段，在與學生的屢次戰役中我深知強攻不如智取。
於是智取。

我不動聲色地和他聊了很久，套出了他接下來的行程。
他計畫四天後由川入滇去盤桓幾年，繼續他的茶人之旅。
那天，我邊和他吃抄手，邊暗自做了個決定，算是這一生中最大膽的決定吧：我要跟他一起走，不管他去哪兒，我要牽緊他的衣角去看世界。

註 20：板寸，是大陸常見的男士髮型，也叫「板刷」，常用的名字是「寸頭」。因為短得像板子，所以叫「板寸」。即台灣慣稱的「平頭」。

我用了半天的時間搞定了工作交接，接下來整整兩天半的時間，我全部用在和爺爺奶奶的溝通上，他們年紀大了，萬事求穩，好說歹說才勉強認同我的決定。他們和一般的家長略有不同：

雖然非常希望我一輩子風平浪靜，但更希望我活得高興。

最後一個半天，我去探望媽媽，把心緒都跟她說，並和她告別。

和往常一樣，媽媽什麼也沒說……

我知道不論我做出什麼決定，只要我是在認真地生活，她都會理解我的。

四天後，我背著行李來到火車上，在成子哥哥面前說：

包太沉，你幫我抬到行李架上好嗎？

他很吃驚地問我要幹什麼去。

真好玩，一直以來他在我心裡的模樣都是睿智淡定的，他居然也會吃驚，吃驚的樣子像極了大耳朵圖圖，怎麼這麼可愛？

我說：和你一起去體驗一下不同的人生呀，反正我還小嘛。

話音剛落，車開了，心裡這叫一個美呀，掐著時間上車的好不好！

我說：你有你的信仰，有你自己追求的生活，我也想找到我想要的生活，

我帶著我的教師證呢，不論去哪兒我都可以憑本事吃飯，不會拖累你的。

他勸了我半天見勸不動，就退了一步，允許我先跟著他走兩個月，只當是出門玩一趟，暑假一結束就必須回去上班。我每天不知道要教訓多少個調皮的學生，早已耳濡目染了一身00後（西元2000年之後）的智慧，於是假裝很真誠地做了保證。他拿我沒辦法，皺著眉頭拿手指關節敲桌子。敲吧敲吧，無論如何，初戰告捷，終於從路人變成了同路人。

火車漸漸離開了熟悉的家鄉，我忽然忍不住哭起來，不是難過，不清楚是種

什麼情緒，就是想哭，一邊哭，心裡一邊開始輕鬆，從未有過的輕鬆。
搞笑的是，我哭得太凶，把火車上的警察招過來了，問他是不是人口販子，我趕忙解釋說是哥哥，警察不太相信，
說我那麼白，他那麼黑，怎麼可能是兄妹？
我又哭又笑滿臉帶泡泡，就算他真的是個人口販子，我也跟定他了。

（六）

自此，伴君行天涯。
從四川到貴州再到雲南，我跟著他去了很多地方，一個個村寨，一座座茶山，有時落腳在茶農家，有時搭夥在小廟裡。成子和我兄妹相稱，以禮相待，有時荒村野店只覓得一間房，他就跏趺打坐，或和衣而眠，我有時整宿整宿地看著他的背影，難以名狀的一種安全感。

他緘默得很，偶爾大家聊聊天，談的也大都是茶。
我跟著他不知飲下多少擔山泉水，品了多少味生茶、熟茶。
除了飲茶，他是個物質需求極低的人，卻從沒在衣食上委屈了我，我初飲茶時低血糖，他搞來馬口鐵的罐頭盒子，裡面變著花樣的茶點全是為我準備的。
我有時嘴裡含著點心，眼裡心裡反反覆覆地揣摩著：
他是否有那麼一點點喜歡我呢？
一旁的成子面無表情地泡茶喝茶，和他師父一個德行。
我說：喂喂喂……
他抬頭說：嗯？
一張老臉上竟有三分溫柔，是的沒錯，稍縱即逝的溫柔，水汽一蒸就沒了。
我慢慢習慣了喝茶，茶苦，卻靜欲清心，越喝越上癮，

身旁這個曾經滄海的男人，也讓人越來越上癮。
古人說「寧攪千江水，莫動道人心」，他是俗家皈依弟子，
算不上是道人吧，我越來越確定我就是他那未了的塵緣。
這渾水我攪定了！
他若是茶，那就讓我來當滾開水吧，我就不信我泡不開他！

就這樣，兜兜轉轉，一路迤邐而行至滇西北。
抵達麗江時，暑假結束了，成子開始旁敲側擊提醒我回家，
我只裝傻，一邊裝傻一邊心裡小難過，壞東西，當真要我走嗎？
在我心裡早已沒你不行了好不好？你拿著刀砍、拿著斧頭劈也分不開我呀。
我決定先發制人，都說男人在黃昏時分心比較軟，
我選在黃昏時分的文明村菜地旁和他攤牌。

他愛吃蘿蔔，我掏出一個洗得乾乾淨淨的大白蘿蔔請他吃，趁他吃得專心的時候問他：成子哥哥，我給你添麻煩了嗎？
他一愣，搖搖頭。
那你很討厭我跟著你嗎？
他立馬明白我的意圖了，嘴裡含著蘿蔔道：你要對自己負責任，
不能一時衝動，你要想清楚你想要什麼樣的生活……
我運了半天的氣，說：我喜歡你，我要和你在一起，我想要有你的生活。
好吧，這就是我的表白，在夕陽西下的麗江古城文明村菜地旁，
身邊的老男人手裡還握著半個大蘿蔔。

成子皺著眉頭看我，皺著眉頭的大耳朵圖圖，他幾次張嘴卻沒說出話來，

臉紅得要命，那麼黑的一張臉，鬍子拉碴的，卻紅得和醬肉一樣。

我說：你要是討厭我不喜歡我對我完全沒感覺……就把蘿蔔還給我。

半晌，他不說話，也沒把蘿蔔還給我，蘿蔔快被他攥出水來了。

我試探著問：……那就是喜歡我了？

他說：喜不喜歡你，和你過什麼樣的生活沒關係，

你還太年輕，不應該這麼倉促去做選擇。聽話，明天回去吧。

他還是把我當個孩子看！

他憑什麼一直把我當個孩子看！

我生氣了：你真的狠心攆我走是吧！你真就這麼狠？你一個信佛的人要跟我比誰狠是吧？！

他梗起脖子說：是！

我雙手一擊掌，哈地笑了一聲，大聲說：好！

渾身的血都衝上頭了，我感覺自己的頭髮像超級賽亞人一樣全都豎了起來，渾身的關節都在嘎巴嘎巴響，好像即將變身的狼人一樣，當時也不知道自己怎麼想的，正好旁邊是個建築工地，我拿起一塊磚頭揚手就往自己腦袋上砸。

還沒等他反應過來，磚頭就碎了，半截落在腳前半截飛到身後。

他「啊呀」一聲大喊，我被緊緊抱住了，勒死我了，

磚頭沒砸死我，卻差點被他勒死。

我一點事也沒有，鄭重聲明一點，我真的沒練過鐵頭功，但不知道為什麼腦袋連個包包都沒有，後來諮詢過一個拳擊師，人家說豆兒你很有可能那一瞬間氣貫全身、三花聚頂，金鐘罩鐵布衫了……

成子把我抱得那麼緊，隔著衣服能感覺到他肌肉僵硬得像石頭一樣，
他的臉貼在我的太陽穴上，我能清晰地感覺到他的臉扭曲變了形，他倒抽著冷氣，好像挨了磚頭的人不是我而是他。

叫你再淡定，叫你再穩重，叫你再攆我走。
我努力地扭過臉，毛刷子一樣的鬍子蹭著我的鼻子，
我不覺得扎，蹭著我的嘴唇，我不覺得扎……
然後……
然後……當天晚上該幹嗎就幹嗎去了。
（此處涉黃，刪除 1000 字）

（七）

至此，我們駐足在了麗江。
成子時常說一句話：我心安處即為家。我心想，
那就把你的心安在我這裡吧，我要和你好好過日子，我就是你的家。
尋常的遊人只被麗江的豔遇故事遮住了眼睛，以為在這個小城只有 One-night stand（一夜情），沒有真愛，其實麗江有那麼特殊嗎？駐足在這裡的人就一定要被汙名化嗎？不論家鄉還是異鄉，只要認認真真地去生活，麗江和其他地方又有什麼區別呢？

在我心裡，這個地方沒什麼特殊的，
唯一特殊的，是我和成子在這裡安了一個家。
我和成子一起刷牆，把租來的房子粉刷得像個雪洞一樣，枕套上繡著花，窗臺上擺著花。沒有床，我們睡在床墊上，桌子是我們自己做的，椅子有兩把，

盆子有三個，一個用來和麵，一個用來洗臉，一個給他泡腳。他泡腳的時候，我也搬個小板凳坐在旁邊，把腳也伸進去，踩在他的腳上，他腳上有毛，我撮起腳指頭去鉗他的毛，疼得他直瞪眼，他用熊掌一樣的大腳把我的腳摁在水底下，滾燙滾燙的熱水，燙得人腳心酥酥麻麻的，心都要化了。

我背起小竹簍和他一起到忠義市場買菜，他背著手在前面走，
我在後面跟著，竹簍在背上一搖一晃的，土豆和黃瓜在裡面滾來滾去，
他走得快，偶爾停下來回頭看看我，輕輕地喊：豆兒……
他笑眯眯的，笑眯眯的大耳朵圖圖。
和我在一起後，他有了些明顯的變化，沉穩歸沉穩，但很多時候不經意的一個表情，卻像個孩子一樣。他有一天像個孩子一樣眨巴著眼睛向我請示：咱們養條小狗好嗎？
我在心裡面暗笑，暴露了暴露了，孩子氣的一面暴露出來了，
男人哦，不論年齡多大、經歷過什麼，總會保留幾分孩子氣的，聽說這種孩子氣只會在他們愛的人面前時隱時現。
我說：好啊，養！
我們去忠義市場，從刀下救了一條小哈士奇，取名船長。
不論未來的生活會多麼動盪搖曳，我會和成子守在同一條船上。

預想中的動盪卻並未到來。
駐留麗江後，成子找了一個客棧當管家，他曾做過建材公司的地方業務主管，事業黃金期曾創下過幾個億的業績，管理起客棧來如烹小鮮。他養氣功夫也足，待人接物頗受客人們喜歡，於是一年間被獵人頭公司找過兩次，好幾家大連鎖客棧搶著挖他。

我去教書，但是受戶口限制，只能去教幼稚園，偶爾也去小學或初中代課，順便當當家教，日子過得很充實。

我們買了一輛電動車，成子每天騎車接送我，我個子小，習慣側著坐，

他騎車時經常反手摸一摸，說：沒掉下去吧……

我說：還在呢，沒掉下去。

他說：唔……

我在後座上樂得前仰後合的，然後掉下去了。

一年後，我們用積攢的錢開了一家小茶舍。

成子知茶懂茶，是真愛茶的人，店開在百歲橋公廁旁的巷子裡，

雖小，卻傾倒了不少茶客，慕名來喝茶的人裡有孫冕老爺子，也有陳坤。

孫冕給小茶舍題字「茶者」，是為店名，陳坤從別處瞭解到成子驚心動魄的藏地生涯，邀他參加過「行走的力量」，成子去走了半程就回來了，他給我的理由是：高原燒不開水，沒法泡茶喝。

我好生奇怪，問：那你當年在西藏是怎麼過的？

他說：那時還不嗜普洱，只喝甜茶。

我沒去過西藏，不知道甜茶是什麼滋味的，他搞來紅茶和奶粉專門給我煮一鍋，邊煮邊給我講了講大昭寺曬陽陽生產隊、磕長頭的阿尼，

以及生死一場的地獄之路聶拉木。

成子說，甜茶和酥油茶一樣，不僅能為身體提供熱量，

還能給人提供一種獨特的膽氣和能量。

和摩卡咖啡一樣顏色的甜茶香香滑滑的，我一邊喝一邊琢磨，

若我早生幾年該多好，就可以介入他的往昔，

陪著他一起經歷那些如藏地甜茶一般濃稠的生活了。

後來慢慢知道，成子中途退出這次「行走的力量」，
實際情況並不僅僅因為一杯茶。
進珠峰東坡嘎瑪溝 C4 營地的第四天晚上，陳坤決定了下撤人員的名單。
當天晚上，有兩個媒體記者是名單上的下撤人員，他們知道陳坤與成子交好，於是找到成子，希望他去和陳坤說情，讓他們可以繼續行走。
後續繼續行走的名額有嚴格的控制，
成子念及這些人可能一輩子只有一次親臨雪山的機會，爽快地答應相助。
他懶得說情，直接把自己的名額讓出去了。

陳坤當然不同意，他詫異極了。
成子解釋說，自己在西藏生活過很多年，
過去和將來接觸雪山的機會都很多，不如讓出這次的名額，以成人之美。
他又強調說：下撤人員的安全蠻重要的，
我的山地經驗還算豐富，不如讓我來護送他們好了。
當時董潔的膝蓋受傷，下撤中女孩子又占大多數，確實需要人來保證安全。
陳坤替成子遺憾，但斟酌再三，還是同意了成子的請求。

冥冥中很多事情真的很難說清，萬幸，成子參與了下撤！
下撤途中，一個女隊員高原反應強烈，人幾近休克，成子和一個嚮導一路把她從海拔 5800 公尺的 C4 營地背到海拔 3200 米的 C3 營地。
兩人輪流背著生命垂危的女隊員，
在崎嶇險峭的山路上爭分奪秒地和死神競速。
從 C3 到 C4 營地，上山時，「行走的力量」團隊走了近十個小時，而下撤時，成子和嚮導只用了三個半小時，倆人都是資深雪山小達人，他們幾乎

跑出了一輛山地摩托車的速度。

我後來感慨地說，這真是個奇妙的因果，如若沒有成子的主動下撤，
那位女隊員的命說不定就留在珠穆朗瑪峰東坡上了。
成子卻說：是那兩個記者的求助救了女隊員的一條命，
這個善因其實是種在他們那裡才對。
我問成子：佛家不是講種福田積福報嗎？行善積德、救人危難不是大功德嗎？既然是功德，幹嗎不認，幹嗎不自己積累起來呢？
他說：善根功德莫獨享，法界眾生常回向。大乘弟子修的是一顆菩薩心，
持咒念經不論念多少遍，每每念完都還要回向給眾生呢，
況且這一點點微末善行。再說，學佛只是為了功德嗎？
見我聽不懂，他便指著茶壺說：喝茶，喝的僅僅是茶葉嗎？

成子說他陪師父四海游方時，有時囊中羞澀，壺裡沒茶，只有白開水，
可師父偏偏喝得有滋有味，還會把他叫來一起品嘗。
一老一少，喝得陶陶然。

既然說到茶，那就說說我們的茶店吧。
大多買茶的人都認為貴的、少的，就是好的。成子賣茶時，
卻總是跟客人說，只要你覺得好喝即可，不一定要追求過高的價格。
很多來喝茶的人愛評論茶，有時會說：嗯……有蘭花香。
茶才兩泡而已，哪裡有什麼蘭花香？普洱千變萬化，總要喝個十來泡再發言才是行家。成子卻從不戳穿那些假行家，他任他們說，有時還點頭附和。

一度有很多人跑來找我們鬥茶。
鬥茶，唐代稱「茗戰」，是以比賽的形式品評茶質優劣的一種風俗，
古來就有，興于唐，盛于宋。而今的鬥茶之風慢慢復興，
不少愛茶之人都愛在一個「茶」字上較個高低。
同行是冤家，不少人自帶茶葉，要和我們家同款的茶葉比著喝。
一般這樣的要求，我都會滿足，可能我還沒有那麼平和吧。
我對自家的茶葉很有信心，很多茶都是成子親自去收的，
在茶山時就挑選、比較過很久，基本上來鬥茶的都贏不了，我很開心。
成子對我的開心很不以為然，他一般遇到來鬥茶的人，
總會拿出最一般的茶葉沖泡，他覺得鬥茶沒意思，寧可輸。
我不服，實事求是難道不好嗎？又不是咱們主動挑起競爭的。
成子卻說：讓人家高興一下又何妨呢？

（八）

在麗江住得久了，朋友也多起來了。
因為我一直是喊成子為哥哥，故而很多朋友都認為他是我有血緣關係的哥哥，由此鬧出了不小的笑話。
當時有一個很不錯的朋友，蠻喜歡我的，他是廣東人，說娶媳婦就要娶我這樣的，還說他現在雖比較漂泊，但在三年之內，肯定會穩定下來，到時候一定向我求婚。
一開始我當他是開玩笑，後來發現不對了，這朋友開始給我送花。
我婉轉地拒絕他，說：抱歉，我已經有成子哥哥了。
他說，那你也不能跟著你哥哥跟一輩子啊。
我不跟成子一輩子那跟誰一輩子？！

我哭笑不得，這人太單純善良實在了，
不論怎麼旁敲側擊地說，他都聽不明白，只當成子是我表兄或堂兄，
且認為成子與我兄妹情深，壓根兒不覺得我們是兩口子。
好吧，怪只怪成子長得實在是太老相了，和我的性格反差也大，
沒人相信我這樣的小姑娘肯跟他。

我怕拖得久了誤會更大，就督促成子去攤牌，
成子撓了半天頭，約了那位朋友去酒吧喝酒。
那位朋友高興極了，一見面張嘴閉嘴「大舅子，大舅子」地喊，還拍成子的大腿，成子撚著鬍子直咂吧嘴，斟詞酌句地開口解釋。我沒進門，躲在窗外看著，眼睜睜地看見那位朋友的表情從興奮到吃驚，再到失落。
幾天後，基本所有的朋友都知道了，大家集體震了一個跟頭。
後來成子跟我講，很多朋友怎麼也想不明白，我到底看上成子那一點。

愛一個人，若能有條不紊地說出一二三四個理由來，那還叫愛嗎？
我只知道他身上的每一種特質我都接受，他所有的行為我都認可，他喝茶我就陪他喝茶，他打坐我就陪著他打坐，他開羊湯館我就當老闆娘，他趕去彝良地震現場當義工，我就守在佛前念阿彌陀佛，他採購了一卡車的軍大衣送去給香格里拉大火的災民應急，我就陪著他一起押車。

其實，除了朋友們，家人也不是很明白我所謂何求。
我從小跟著爺爺長大，他疼我，怕我吃虧受委屈，他給我打電話說：
孩子，你辭去高薪的工作我不怪你，你背井離鄉去生活我也能接受，
只要你過得高興，能過上好日子就行哦……

你覺得你跟的這個男人他能讓你過上好日子嗎？
我對爺爺說：爺爺您知道嗎，好日子不是別人單方面給的，我既然真愛他，就不能單方面地指望他、倚靠他、向他索取。他照顧我，我也要照顧他，兩個人都認真地付出，才有好日子。
我說：爺爺放心好嗎，我喜歡現在的生活，知道自己在做什麼，
我不僅要和他過好，我還要把您和奶奶從四川接過來，和你們一起過好日子。

我打電話的時候，成子在一旁泡茶，餘光瞟瞟他，耳朵是豎起來的（豎起耳朵聽）
我掛了電話，他開口說：這個……
我說：成子哥哥，您老人家有什麼意見嗎？
他咳了一下，說：這個……凡事還是名正言順的好哦。
我不明白，拿眼睛瞪他。
他端著一杯茶，抿一口，說：
回頭爺爺來了，咱總不能當著他的面非法同居吧，豆兒，咱們領個證去吧。
我心怦地跳了一下，天啊，這算求婚嗎？
這個傢伙端著一杯普洱茶就這麼求婚了？！
我說做夢！先訂婚，再領證，再拜天地，然後生孩子……
按照程序來，哪一樣也不能給我省略！

我的訂婚儀式和別人不一樣。
我不需要靠鮮花鑽戒賓朋滿座來營造存在感，
也不需要像開記者會一樣向全世界去宣佈和證明，
朋友們的祝福一句話一條資訊即可，就不必走那些個形式了。

我的生活是過給我自己的，編劇是我、導演是我、主演是我、觀眾還是我，
不是過給別人看的。
我知道，對成子而言，也是一樣的。
其實對於每一個人而言，這不都應該是事情本來該是的樣子嗎？

在徵得成子的同意後，我和他一起回到四川，下了車，直接帶著他去見媽媽。
如果說真的需要見證和祝福，我只希望得到媽媽的祝福。
從小到大，不論是開心或難過，我都會坐到媽媽的旁邊，
我陪著她，她陪著我，不需要多說什麼，心裡就平靜下來了。
媽媽，是我們訂婚儀式唯一的見證人。

（九）

媽媽年輕時是部門裡出名的大美女，當年她是最年輕的科長，
爸爸是最帥氣的電報員，她追爸爸的，轟轟烈烈的。
據家裡人說，當年爸爸和媽媽是旅行結婚，新潮得很，
而且是想到哪兒就去哪兒，從四川一直跑到了遙遠的東北。
那個年代的人們還有一點點封建，爸爸寶貝媽媽，出門是一路摟著她的，
路人指指點點笑話他們，媽媽摁低爸爸的腦袋，當著滿街的人吻他。
她摟著爸爸的脖子說：不理他們，跟他們沒有半毛錢關係。
媽媽做事有自己的方法和原則，爸爸經常出差，
她太漂亮，難免被部門裡的閒人傳閒話，換作別人或許就忍了，
她卻直接找到那戶人家，敲開門二話不說就是一巴掌。
她不罵人，嘴裡只一句話：這一巴掌，是替我們家男人打的。
家裡人常說，我繼承了媽媽的脾氣和性格，遇事較真兒，

凡事只要開了頭就從不退縮。
這個說法我無從印證。

媽媽是在生完我 18 天後過世的。
我出生在寒冬臘月，媽媽的娘家人愛乾淨，見她身上血污實在太多，
就給她簡單擦了擦身，沒想到導致傷風發燒，且迅速惡化，
醫生想盡辦法讓媽媽出汗，但是根本出不出來。
因為怕我被傷風傳染，媽媽一直強忍著不見我，
第 17 天時，媽媽讓爸爸把我抱了過來，說最後想看看我。

她已經虛弱得翻不動身了，卻掙扎著去解衣扣，要餵我一次奶。
旁人勸阻，她回答說：讓我給女兒留點東西吧……
聽說媽媽當時一邊餵我，一邊輕點著我的鼻子說：
小姑娘，要勇敢一點哦……媽媽把福氣和運氣都留給你吧……
要好好地長大哦，媽媽會一直看著你的。

媽媽走的時候 26 歲，我只喝過媽媽一次奶，她只親口和我說過這一句話。
剩下的時間，她是沉默的。
從小到大，我曾無數次獨自坐到她身旁，讓沉默的她看看慢慢長大的我。
媽媽一直守著我呢，媽媽最愛我了。

我和成子跪到了媽媽的墳前。
我挽著成子，說：媽媽你看到了嗎？這是我男人，我要結婚了。
成子抬起手掌給我擦眼淚，不知為什麼，淚水越擦越多。

我哭著說：媽媽你留給我的福氣和運氣我都用著呢……媽媽我終於長大了，
媽媽我好像找到我想要的生活了……媽媽你高興嗎？

我們在媽媽墳前跪了好久，回程時我腳麻了，成子背著我慢慢地走路。
我攬著成子的脖子，臉貼在他頸窩裡說：我不耽誤你下輩子去當和尚，
下輩子我不打算嫁給你，我只想這輩子和你把塵緣了了，
你去哪兒我就跟著你去哪兒，天涯海角我都去，水裡火裡我都去。
我感慨道：
不知為什麼，我老覺得咱們這一輩子的緣分，就像是命中註定的一樣。

成子笑，他說豆兒你知道嗎，我的那位僧人師父曾對我說，世上沒有什麼
命中註定，所謂命中註定，都基於你過去和當下有意無意的選擇。
選擇種善因，自得善果，果上又生因，因上又生果。
萬法皆空，唯因果不空，因果最大，但因果也是種選擇。
其實不論出世入世，行事處事，
只要心是定的，每種選擇都是命中註定的好因果。

我說：唔……

（十）

碗底的羊湯早涼透了，一層油花。
豆兒的故事講了整個下午，我的屁股在門檻上坐麻了，她不讓我起來，
非要我一次坐個夠。
我說：豆兒我服了，你夠狠，我沒見過比你更較真兒的女人，我錯了我以

後再也不坐門檻了，你饒了我吧讓我起來吧好嗎好的……

豆兒笑瞇瞇地說：大冰冰你乖乖坐好，不要著急，這才剛講到訂婚而已哦，我還沒開始講我和成子100塊錢的婚宴呢，還沒講我們中彩票一樣的蜜月旅行呢，還沒講我們結婚後的生活呢……你知道嗎，我們現在正在搞「希望工程」，普洱茶能調節體內的酸鹼平衡，男人多喝女人不喝，就能生女兒，女人多喝男人不喝，就能生兒子，你猜我們打算要女兒還是兒子……

我屁股痛，我要哭了。

我打岔說：你給我講的故事有漏洞！

你一開始不是說你和成子第一次見面的時候，是他給你洗的澡嗎？

但後來你又說你們是在西寧的青年旅舍裡認識的！

豆兒笑而不語，她掏出手機，給成子打電話：

你跑到哪裡去了呀？快點回來吧，咱們回家做飯去……

實話實說，豆兒溫柔起來還是蠻窩心的，和熱騰騰的羊湯一樣窩心。

她掛了電話，笑瞇瞇地回答我的問題：訂婚後，我帶成子回家見爺爺，他們倆見面後聊了不到十分鐘就都蹦起來了，爺爺薅著成子的袖子激動得差點中風……不停地叨念著：天意啊，天意啊。

豆兒兩歲時的一天，被爺爺放在大木盆裡洗澡，那天有太陽，

爺爺連人帶盆把她曬在太陽底下。

這時，家裡來了客人，是從西北遠道而來的遠房親戚，

隨行的還有一個九歲的小哥哥。
大人們忙著沏茶倒水、寒暄敘舊，囑咐那個小哥哥去照顧豆兒，
小哥哥很聽話地給豆兒洗了澡，然後包好浴巾抱到了沙發上，
他很喜歡豆兒，摟著豆兒哄她睡覺，哄著哄著，自己也睡著了。
大人們不捨得叫醒他們，他們臉貼著臉，睡得太香了，美好得像一幅畫。

那個九歲的男孩不會知道，
二十四年後，身旁的這個小姑娘會成為他的妻子，陪他浪跡天涯。

YouTube 遊牧民謠，靳松《最美的陽光》

YouTube 遊牧民謠，大軍《媽媽》

普通朋友

有一天，大鵬差一點死在我面前。

再往後 10 釐米，他必死無疑。

所有人都傻了，巨大的回聲久久不散。

我扔了話筒跳下舞臺要去打人，他僵在臺上，顫著嗓子衝我喊：

別別別……沒出事。

他的臉煞白，快哭出來的表情。

我眼睛一下子就酸了……唉，誰說藝人是好當的。

我好友多，上至廟堂，下至廟會，三教九流天南地北。

至交多了，故事自然也多：兩肋插刀、雪中送炭、范張雞黍、杵臼爾汝……

林林總總攢了一籮筐。

故而，與好友宴飲時常借酒自詡「小人」。

沒錯，小人。

旁人睨視不解，我揮著瓶子掉書袋：

君子之交淡若水，這句話出自《莊子．山木》……

好友嗯嗯啊啊，說：知道知道。

我說：那你丫知道後半句嗎？

後半句是：小人之交甘若醴。醴，甜酒。

我說：咱倆感情好吧，親密無間吧？

他說：是啊，挺親密的啊，異父異母的親兄弟一樣哦。

我說：那咱就是小人！

好友慨歎：古人真傷人，一棍子打死一片。朋友之間感情好，怎麼就都成了小人了呢？

他問：咱幹嗎非要當小人啊，為什麼不能當君子呢？為什麼不能是君子之交甘若醴呢？

怎麼不能，誰說不能？只要你樂意，君子之交甘如康師傅冰紅茶都行。

好友被說糊塗了，懦懦地問：那個……那到底是君子之交好呢？還是小人之交好呢？

我說：你讓我想想……

我說：有時候君子之交比較好，有時候小人之交也不賴，

但更多的時候當當普通朋友也挺不錯的。

好友怒，罵我故弄玄虛，曰友盡，催我上天臺。

我自罰一杯，烈酒入喉，辣出一條縱貫線。

情義這東西，一見如故容易，難的是來日方長的陪伴。

阿彌陀佛嚒嚒噠（嚒嚒噠是一種語氣詞）。

能當上一輩子彼此陪伴的普通朋友，已是莫大的緣分了。

（一）

講個普通朋友的故事吧。

作文如做飯，需切點蔥絲，先爆爆鍋。
好嗎？好的。
先罵上 600 字當引子。

其他圈子的朋友暫且按下不表，姑且聊聊娛樂圈的朋友吧。
我是個對所謂的娛樂圈有點成見的人。雖然在綜藝娛樂行業摸爬打滾十幾年，但稱得上好友的圈中人士卻寥寥無幾。
好吧，說實話我看不太慣很多人身上的習氣。

侯門深似海，娛樂圈深似馬里亞納海溝，溝裡全是習氣，深海魚油一樣，開水化不開。
明星也好，藝人也罷，
有時舞臺上的光鮮亮麗、慷慨激昂並不代表私底下的知行合一。
不是說他在螢幕裡傳遞的是正能量，他自己順手也就等於正能量。
不是說長得好看的就一定是好人。
古時候有心機的人在宮裡，現在都在台裡，
什麼樣的環境體制養育什麼樣的英雄兒女。
當面親如手足，背後挖坑拆牆、下刀子、大盆倒髒水的大有人在，
各種驍勇善戰，各種計中計，比《甄嬛傳》厲害多了。
真相往往出人意料。
不多說了，天涯八卦大多是真的。

醃臢的東西見得多了，自然懶得去敷衍。
你精，我也不傻，我既不指望靠你吃飯，又不打算搶你的雞蛋，
大家只保持個基本的工作關係就好，爺懶得放下麥克風後繼續看你演戲。
一來二去，得罪了不少高人，也結下不少樑子，有時候原因很簡單：
你一個小小的主持人而已，喊你喝酒 K 歌是給你面子，
三喊兩喊喊不動你，給你臉不要臉是吧。
我 ×，我聽不了你吹的那些牛皮、看不慣你兩面三刀的做派（作風）、
受不了你那些習氣，幹嗎要去湊你的那個局？你又不是我兒子，
我幹嗎要處處遷就你，硬給你當爸爸？

我的原則很簡單：
不喜歡你就不搭理你，懶得和不喜歡的人推杯換盞假惺惺地交心。
當然，凡事沒有絕對，「貴圈」再亂也不至於洪洞縣裡沒好人（註 21），能坐下來一起喝兩杯的人還是有的。
不多，只有幾個。
其中有一個姓董，別人習慣叫他大鵬。
他是我的一個普通朋友。

十年前的初冬我認識了大鵬，他那時在搜狐網工作，也做主持人。
他來參加我的節目，以嘉賓主持的身分站在舞臺上。

註 21：這句話源自戲劇名段《蘇三起解》中，蒙冤的蘇三發出的千古一歎：「九也恨來十也恨，洪洞縣內是無好人。」這句感嘆並非指所有的洪洞縣人都不是好人，蘇三說的是洪洞縣的衙門裡沒有好人。蘇三這千年一歎，當然詛咒的不是草民老百姓，一個壞人能禍害的不過一個村落，幾十戶百姓，一個民間惡霸所能禍害的也不過是方圓十里，然而一個當權者魚肉百姓，黑白不分，威脅的則是本該他們守衛的一方水土、千萬庶民的平安，威脅的甚至是整個國家的基業。

他捏著麥克風對著我笑，說：我聽過你那首《背包客》，很好聽……
彼時，在綜藝行業裡還沒有多少人知道我的另一個身分是流浪歌手，我的歌百分百屬於地下，還沒被大量上傳到網路上，只在藏地和滇西北一帶小規模傳播，這個叫大鵬的網路主持人居然聽過，好奇怪。

我愣了一下，轉移了話題。不熟，不想深聊。
那時候我並不知道他也曾一度是個地下音樂人，自己彈琴自己寫歌。
我那時也並不知道，他曾一度在塘沽碼頭上靠力氣討生活，
經歷過比流浪歌手更艱苦的生活。

那次我們的話並不多，錄完節目各自回家，我唯一印象深刻的是，
他對每一個工作人員都禮貌拘謹地告別，禮數絲毫沒缺。
我們沒留電話，沒加QQ，我沒什麼興趣去瞭解他，人走茶涼式的工作交集而已。職場不交友，這是不用多言的規矩，我傲嬌，格外恪守。

再度有交集是在幾年之後，大鵬在網路上積蓄了一些人氣，被人喊作「臉盆幫幫主」。他正式入行電視主持界，
接的第一檔節目叫《不亦樂乎》，那檔節目我主咖，他是我的搭檔之一。
那檔節目是以主持群的形式，主持人有四、五個，大鵬在其中並不起眼，
他對稿子時最認真，奈何綜藝節目的場上隨機應變是王道，他初入行，
還不太適應，經常插不上話。
這種情況蠻危險，電視綜藝節目錄製是高度流水線化的，節目效果比天還大，任何不加分的因素都會被剔掉，他如果不能迅速進入狀態的話，幾期節目後就會被換掉，而且之後也不會再被這個平臺的製作單位錄用。

當年的綜藝節目少，每個電視台就那麼一兩檔，
而想佔有一席之地的人卻如過江之鯽前赴後繼，
每個主持崗位都積壓著一堆一堆的簡歷，競爭就是這麼激烈。
沒人會刻意去照顧他，是留是走只能靠自己。
現實殘酷。

（二）

大鵬沒被換掉。勤能補拙，他語言反應不是長項，
就著重表現自己的互動能力，什麼醜都敢出，
什麼惡搞的內容都樂意嘗試，慢慢地在舞臺上站穩了腳跟。
他還找來本子，把臺上其他主持人的「金句」記錄下來，
慢慢咂摸（推敲學習）。
我翻過他的本子，裡面也有我說過的話，一筆一畫記得蠻工整。
我說：你這麼記錄意義不大，場上講究臨場反應，爆點往往如電光石火，
稍縱即逝，很多話用過一次未必能再用。
他點頭，解釋說：我是想留起來，以後說不定用得上……
他用笨辦法打磨自己的專業性，慢慢地，不僅話多了起來，
且屢有出人意料的表現。那個主持團幾次換人，他一直都沒被換掉。

大陸的綜藝節目曾一度風行遊戲環節，片面追求場上綜藝效果，
以出醜出糗博眼球。我的節目也不能免俗，
記得有一個環節保留了很久，是讓人用嘴從水中叼橘子。
水盛在大魚缸裡，滿滿的一缸，橘子借著水的浮力一起一伏，著實難叼，
往往腦袋要紮進水裡逡巡半天才能弄出一個來。

主持團裡的成員都不太願意參與這個遊戲，
有的怕弄濕髮型，
有的怕弄花了舞臺妝。鏡頭背後幾百萬觀眾在看著呢，
舞臺上很多話不能明講，眾人經常推諉半天。
推來推去，推到大鵬頭上，他硬著頭皮上，一個環節玩完，現場觀眾笑得前仰後合，他從腦袋濕到褲襠。我注意觀察他的表情，水淋淋濕漉漉的一張臉，看不清上面的異樣。導演事後鼓掌，誇他的效果處理得好，從那以後這個環節成了大鵬的責任田，固定由他負責完成。
換句話說，他每期節目負責把自己狼狽萬分地弄濕一次，出糗一次，以換來觀眾的開懷大笑。

靠出糗，他立穩了腳步，一直立到那檔節目停掉。
節目錄得很頻繁，那兩年，大家幾乎每週都見面。
我慢熱，他話也不多，合作了大半年才漸漸熟悉，
也漸漸發現他和其他的同行不一樣的地方。
不知從什麼時候開始，但凡藝人出行都習慣前呼後擁，
再小的「咖」都要充充場面帶上個助理。
他卻不一樣，經常獨自一人拖著大箱子來，獨自一人整理衣裝，再獨自離去。
問他怎麼自己一個人來，他說沒問題我自己能行，擺那個排場幹嗎。

很多情況和他類似的藝人卻不一樣，他們寧可按天計酬，也要雇幾個臨時助理，有的還要多配個御用造型師。說是助理，其實大都只是個擺設。你是有多紅啊，你是天王還是天后啊？你是要防著多少富有攻擊性的粉絲，需要靠一堆助理來幫你呼前喝後、逢山開路、遇水搭橋？

不過是來參加一檔綜藝節目而已，又不是奧斯卡走紅毯、格萊美領獎杯。
那麼擔心跌了身分，有必要嗎？

大鵬不花那個錢，也不怕自己跌了身分，
這一點頗得我心，故而又多生出幾分親近。
有一個細節印象蠻深的。有一回吃工作餐，組裡同事搞錯了，
遞給他的不是兩葷兩素的盒飯，裡面只有一菜一飯，他雙手接過去，
接得自自然然，吃得和和氣氣。
我要幫他換，他說太浪費了，別麻煩了。
化妝間不大，我們小聲地對話，旁邊還有幾個嘉賓在大聲說話，
她們嫌盒飯太油膩，正指揮助理打電話叫外賣。

我那時候收工後約大鵬喝酒吃肉，去的都是小館子。
不算怎麼聊得來的朋友，基於工作關係的熟人而已，
聊了幾句工作後就沒什麼話題了。
我曾想和他聊聊我的另外幾種生活，聊聊音樂和美術，麗江和拉薩……但
這是個宣導努力奮鬥、削尖腦袋往上爬的圈子，
和其他的價值觀並不相容，我拿不準他的反應會是如何，於是作罷。
大家話都不多，只是大口喝酒、大口吃肉，有點像大學同學間的小聚會，
不拘束，也不用刻意說些什麼場面話，淡淡的，卻蠻舒服。
一直吃到第六次飯的時候，他忽然問我：你還寫歌嗎？
我說：寫哦！筷子敲在桌子上打拍子，我一唱就剎不住車。
他一邊啃骨頭一邊打拍子，手裡也捏著一根筷子。
他給我講了講在吉林皇家建築學院讀書時組樂隊的故事，我和他聊了聊自己

的流浪歌手生涯。我那時才知道，錄節目掙來的通告費他從不亂花，
每次都會直接拿回家交給妻子，
他的妻子是他的同學，和他一起北漂（註 22），一起養家。
他隨意提及這些瑣事，並不展開話題，
我卻能揣摩出那份輕描淡寫背後的艱辛。

京城米貴，居之不易，多少強顏歡笑的背後，都是緊咬的牙關。
他那時追求的東西還不是生活，而是生存。

（三）

共事了一年半時，有一天，大鵬差一點死在我面前。
那場節目的舞台道具出了問題，
被威亞吊起的巨大的鐵架子從天而降，
正好砸向他。
萬幸，老天爺有眼，鐵架子中間有個小空間，正好套住他。
再往後 10 釐米，他必死無疑。

所有人都傻了，巨大的回聲久久不散。
我扔了話筒跳下舞臺要去打人，他僵在臺上，顫著嗓子衝我喊：
別別別……沒出事。

註 22：北漂，是指來自非北京地區、沒有北京戶口，卻在北京工作或生活的人（包括外國人）。這些人有一些共同的特徵：來北京初期，都沒有固定的住所，搬來搬去，給人漂泊不定的感覺，而他們對於北京也沒有太多的認同感，因此得名。而所謂的拉漂，則是指非居住在拉薩的藏民，卻在拉薩工作或生活，居無定所的人們。

他的臉煞白，一副快哭出來的表情。
我眼睛一下子就酸了……唉，誰說藝人是好當的。

那次風波之後，我請他喝酒壓驚，他給我看他剛剛出生的小女兒的照片，
小小的一個小人兒睡在他的手機螢幕裡，閉著眼，張著小嘴。
他說：……既然有了孩子，就要讓孩子過上好日子。
他摘下眼鏡，孩子氣的一張四方臉，
看起來一點都不像個已經當了爸爸的人。
每個硬著骨頭敢拼敢搏的人都有個柔軟的理由，
他的那個理由是這「隻」小姑娘。

從那次事件到今天也有好幾年過去了，他的小女兒應該快上小學了吧，
聽說胖嘟嘟的，蠻乖。
女兒哦，香香軟軟的女兒哦，真羨慕人。
乖，長大了好好對你爸爸，他當年為了給你掙奶粉錢，
差點被砸死在山東衛視電視台 1200 平方公尺大的演播廳的舞臺上。
這件事他一直沒敢告訴你媽媽。

我見證了大鵬黎明前的一小段黑夜，然後天亮了。
我和大鵬結束合作時，他已經在數家電視臺兼職了好幾份主持人的工作，
那是他最拼的一段時光。
我想，我知道他拼命努力的原因是什麼。
天道酬勤，幾年後他拚出了一份企盼已久的溫飽體面。拍電影、拍短劇、
上春晚、出書……獲得了苦盡甘來的掌聲。

上億人把他喊作「屌絲男士」。
按照世俗的界定，他終於成功了。

人紅是非多，他卻很奇怪地罕有負面消息。
有時候遇到共同認識的圈中人士，不論習氣多麼重，都沒有人在背後說他不好，普遍的論調是：他不是一般的努力，是個會做事也會做人的人。
每個人都是多面體，我和大鵬的交集不深，不瞭解他其他的幾面，
但僅就能涉及的那些部分而言，確是無可厚非。他是個好人。

不是因為大鵬現在紅了，
所以才要寫他，也不是因為我和他是多麼情比金堅的摯友。
我和他的交情並沒有好到兩肋插刀的境地。
從同事到熟人，當下我們是普通朋友，如果這個圈子有朋友的話。
之所以寫他，只是覺得，一個如此這般的普通朋友，得之我幸。
這是個扯淡的世界，一個男人，在庸常的生活模式中打拼，
靠吃開口飯謀衣食，上能對得起父母師長，下能對得起朋友妻兒，
且基本能做到有節有度，實在已是萬分難得。
這樣的人我遇見得不多，大鵬算一個。
能和這樣的人做做普通朋友，不是挺好的嘛。

這兩年和大鵬遇見的機會屈指可數，工作上早沒了交集，
但奇怪的是，關係卻並未疏遠。
他出書了，我去買上一本，再買一本，每遇到一家書店就買一本。我出書了開發表會，他請假跑來幫忙，結束後飯都不吃，匆匆離開趕場忙通告。

我沒謝他，不知為什麼，總覺得這句「謝謝」不用說出口。

我有另外一個普通朋友隱居在大理，名字叫聽夏。
聽夏曾說：普通朋友難當。今天你說了什麼做了什麼符合了他的觀念，或者對他有利，他就喜歡你，覺得你好。明天你不符合他的觀念了，
或者做了什麼影響他的事情，他就不喜歡你了，覺得你壞……
世事大多如此，人們只是愛著自己的幻覺，並四處投射、破滅、又收回。

結合聽夏的話看看周遭，歎口氣，世事確是如此。
但好像和大鵬之間還未曾出現過這樣的問題。

一年中偶爾能坐下來喝杯酒時，和之前一樣，話不多。
沒什麼大的變化，除了大家都老了一點了。
我不勉勵他的成功，他也不勸誡我的散淡，彼此之間都明白，
大家都在認認真真地活著，都在過著自己想要的生活。
這不就足夠了嗎？
廢那麼多話幹嗎？喝酒喝酒，把桌子上的菜吃光才是正事。
普通朋友嘛，不評論、不干涉、不客套、不矯情，已是最好的尊重。

（四）

我對普通朋友這四個字的理解很簡單：
我在路上走著，遇到了你，大家點頭微笑，結伴一程。
緣深緣淺，緣聚緣散，該分手時分手，該重逢時重逢。
你是我的普通朋友，我不奢望咱們的關係比水更淡泊，比酒更香濃。

惜緣即可，不必攀緣。

同路人而已。

能不遠不近地彼此陪伴著，不是已經很好了嗎？

我有一碗酒，可以慰風塵

我寫這篇文章並未徵得老兵的同意，我也做好了被他扔下河的準備。

無他，在這個不懂得反思的時代，有些故事應該被後人知曉。

不奢望銘記，知曉即可。

有廟堂正史，亦應有民間修史，何為史？末學淺見，五個字：真實的故事。

是對是錯，是正是反，百年後世人自有分曉，但無論如何，請別讓它湮沒，

那些鮮活和真實的細節，有權利被人知道。

寫就寫了。

我等著老兵來把我扔下河。

我有一碗酒，可以慰風塵。

我還有一個比烈酒還烈的故事。

今天盛滿，端給你喝。

（一）

老兵打架，愛用滅火器。

油錘灌頂的招式他是不用的，滅火器十幾斤重，幾乎類似李元霸的大錘，砸到肩膀上必定是粉碎性骨折，砸到腦袋上絕對出人命。

老兵不是馬加爵，他不掄，只噴。

臭鼬厲害吧，沒乾粉滅火器厲害，拇指輕輕一扣壓，砰的一聲，白龍張牙舞爪地奔騰而出，對手立馬被撲成了一個雪人，眼淚鼻涕一把一把的。

老兵噴完一下後，倒退兩步紮好馬步，等著對方咳嗽，對方只要一咳嗽，立刻又補上一次，對著臉噴，粉塵瞬間堰塞住舌頭，嗆得人滿地打滾。

挨噴的人連嘔帶吐，連告饒的工夫都沒有，白色的口水拖得有半尺長，咯吱咯吱地牙磣。

老兵一邊噴一邊斬釘截鐵地喊：你再借酒裝瘋，爆你的菊！
乾粉彌漫了半條街，烽煙滾滾，他威風凜凜立在其中，中國版的「終結者」。
我站在一旁暗暗稱奇，爆菊居然爆到臉上來了。

老兵是開火塘賣燒烤的，專注賣宵夜整整十年，專做酒鬼生意。
店名「老兵燒烤」，一度被《孤獨星球》雜誌列為環球旅行之中國雲南麗江站最值得體驗的十個地點之一。
他們家的炭烤雞翅、錫箔紙培根白菜名氣很大，但大不過他們家的青梅酒、瑪卡酒和櫻桃酒。半人多高的大酒甕有十幾個，最香莫過酒氣，封蓋一開，酒氣頂得人一趴頭一趴頭的，頂得人舌頭發酸、口內生津。
管你是不是好酒，都忍不住想來點嘗嘗。
他們家沒酒杯，一律都用大號軍用搪瓷缸子，二兩酒倒進去不過是個缸子底兒，根本不好意思端起來和人碰杯，於是大部分客人站著進來，打著醉拳出去，小部分客人空著肚子進來，空著肚子回去。
沒辦法，夜風一吹，酒意作祟，一手撐牆一手攥拳，腰自覺地一彎，嘴自覺地瞄準腳下的水溝，喉嚨裡像有隻小手自己在擰開關，滿肚子的燒烤連湯帶水地傾瀉而出，不倒空了不算完。

酒是話媒人。
每晚來消費的客人大多已在酒吧喝過一兩場，大多大著舌頭而來，坐到火塘裡被熱烘烘的炭火一烤，酒意上頭上臉，再木訥的人也難免話多。
燒烤店的子夜浮世繪有意思得很，四處嗡嗡一片，有人逼賬，有人借錢，有人打酒官司，卡著對方的脖頸子灌酒，有人秀真誠，攥緊別人的手掏心窩子，有人覥著臉聊姑娘，仗著酒意覺得自己英俊非凡，有人不停地拍馬屁，對方隨便說一句冷笑話也哈哈大笑，誇張地齜出十二顆門牙，顆顆都泛著諂媚的光。

話多了，是非自然也多。
夜店、酒鬼、炭火熊熊，難免起摩擦。爭端日日有，由面子問題引發的佔三成，一言不合丟酒瓶子是小事，鬧得凶的直接肉搏混戰，酒精上腦，下手沒輕重，常有人被揍暈在桌子底下。
人真奇怪，在自己的城市謹小慎微，來到古城後各種天性解放，喝多了個個覺得自己是武林高手，人越多越愛抖威風。
想想也可憐，幾十歲的人了，抖的哪裡是威風，找存在感而已。
很多架哪裡是為了自己打的，大多是打給別人看的。

尋常推推搡搡的小架，老兵是不理會的，你吵你的，他忙他的。
他操著大鐵鏟子伺候炭火，間或端起溫在炭火旁的白酒遙敬一下相熟的客人，只當那些起小摩擦的人群是在扮家家吵架架的小孩子。
一般的中度摩擦，他也不怎麼理會，自有老闆娘拉措出馬。

拉措是瀘沽湖畔長大的摩梭（註 23）女子，模樣比楊二車娜姆（註 24）漂亮，性格比楊二車娜姆還要鋒銳，嗓門又高又亮，力氣也大，一個人可以拎著兩個煤氣罐健步如飛。
拉措像個楔子，硬生生地往拳來腿往的人堆裡紮，她兩臂一振，白鶴亮翅，兩旁的大老爺們一踉蹌。拉措的手指頭敢指到人的鼻子上，她劈頭蓋臉地罵：你們都是多大的人啦！吃飯就好好吃，打什麼架！你媽媽教你吃飯的時候打架嗎？！

她挑著細長的丹鳳眼挨個兒人地瞪著看，
成人之間的鬥毆被她一句話罵成了小朋友間的胡打亂鬧。
拉措一發威，酒鬼變烏龜，沒幾個人敢再造次，大都訕訕然地轉身坐下，
偶爾有兩個拉不下臉的人剎不住車，嘴裡雖然碎碎念著，音量卻不敢放大。

金波、狂藥、般若湯，古人稱酒為狂藥是有道理的，醉酒的人大多易狂。
倫理道德是群體中建築起來的，環境條件不同，尺度和底線不同。
人性是需要約束的，而酒是解開這種約束的鑰匙之一。
午夜的燒烤店酒氣四溢，「鑰匙」晃蕩在每一隻酒杯裡，
故而道德尺度的彈性尤為明顯。
一把鑰匙開一層鎖，一杯酒火上澆油增三分狂意。
有一些人狂得蠻天真，醺醺然間，把自己的社會屬性和重要性無限放大，總以為自己的能量可以從自己的一畝三分地穿越大半個中國輻射到滇西北，故而不畏懼和旁人的摩擦升級。他們大著舌頭，各種好勇鬥狠，各種六親不認，開了碴口的啤酒瓶子亂揮瞎舞，誰攔都攔不住。

這種時候，就輪到老兵出場了。

註 23: 摩梭人主要居住於四川的瀘沽湖畔，約有 4 萬人左右。摩梭人被認為是中國唯一仍存在的母系社會，實行「男不娶，女不嫁」的「走婚」制度。實行走婚的家庭，由最年長的老祖母掌握權力，居住於獨立的祖母房，是家庭活動的中心。
祖母房由兩根柱支撐，分別為「男柱」和「女柱」，男柱和女柱必須出自同一棵樹，女柱為根，男柱為幹，象徵「女本男末」。祖母屋中有「火塘」，火塘的火代表家族的命脈，因此不能熄滅，家中所有重要的儀式和聚會都會在火塘前進行。

註 24: 楊二車娜姆， 摩梭人，她姓楊，名二車娜姆，女歌手、作家、旅行者、演員、專欄作家。2007 年擔任《快樂男聲》評審委員期間常常鬢角帶著一朵大紅花，因而被一些人戲稱為「紅花教主」。

電線杆子上的「老軍醫」專治各種疑難雜症，火塘燒烤店裡的老兵專治各種不服、各種混不吝（北京方言，什麼都不在乎的意思）。

他噘著嘴踱過去，鉗子一樣的大手專擒人手腕，擒住了就往門外扔，不管掙扎得多厲害，手腕一被鎖，皆難逃老兵的毒手。也沒見老兵身手有多敏捷，但對方的拳頭就是落不到他身上，他腰微微一晃，不論是掏心拳還是撩陰腳全都擦身而過。

部分被扔出門的人大字趴摔在青石板上，貼得和烙餅一樣，哎喲哎喲哼唧半天，才一節一節地撐起身體，旁邊早蹲下了拿著計算機的燒烤店小弟，笑眯眯地說：結了帳再走吧，賴帳不好。

又說：您還有東西沒吃完，要不要打包？浪費食物不好……

還有一部分人士越挫越勇，爬起來又往門裡衝……

然後再度擁抱大地，屁股上清清楚楚烙著一個鞋印。

怎麼說也是一百五六十斤的人，怎麼就被這麼個瘦巴巴的小老頭兒給打了個顏面掃地呢？更丟人的是，人家一拳都沒出，這也不算打架啊。

他們都蠻委屈，揉著屁股，噙著淚花蹣跚離去。

能享受乾粉滅火器待遇的人士極為少數，老兵只對一類人使此狠招。

這類人有個共性，嘴欠，從地上爬起來後大多喜歡堵著門放狠話，南腔北調，九省鄉談：你知道我是誰嗎？！你知道我認識那個誰誰誰嗎？！工商、稅務、消防、公安……總有一樣能拿得住你吧！媽的，明天就封了你的店！

再不然就是打電話叫人，張嘴就是：

給我帶多少多少人過來，我就不信治不了他！

還真治不了，不管多麼氣勢洶洶，統統折戟於老兵的乾粉滅火器之下。

一堆涕淚橫流的雪人連滾帶爬地逃，臨走還不忘撂狠話：

老兵你給我等著……我弄死你！

老兵火塘和大冰的小屋打對門，我有時蹲在門口看看，真心悲憫那些雪人，有時候實在忍不住就插話。

我說：你還真弄不死他……

我還真不是個愛挑事的人，媽媽從小教育我要實話實說，我說的是實話，真的，就你們這點道行還真弄不死他。

AK47 都沒弄死他，美式 M79 式 40 毫米榴彈發射器都沒弄死他。

蘇聯制 14.5 毫米高射機槍都沒弄死他。

地雷和詭雷都沒弄死他。

他的一隻耳朵、一塊頭蓋骨都留在了中南半島的熱帶叢林裡。

老兵曾是偵察營營長，歷經槍林彈雨，是從死人堆裡爬出來的老兵。

20 世紀 80 年代初的國境線上，他是戰鬥英雄。

（二）

我和老兵是忘年之交，

他的歲數當我舅舅都措措有餘，但若干年來大家兄弟相稱。

他平時喊我「大冰兄弟」，高興起來了，喊我「小渾蛋」、「小不死的」。

禮尚往來，我喝醉了酒後，一口一個「老不死的」喊他。

這是有典故的，我大難不死好幾回，他死裡逃生無數次，

我殘了幾根手指斷過幾根骨頭，他廢了一隻耳朵還傷了腦袋，

大家都是身殘志堅的不死小強，一個小不死，一個老不死。

全麗江都尊稱他一聲老兵哥，估計也只有我敢這麼大逆不道地喊他了，同樣，全麗江能讓我喝成醉貓的，也只有他老兵一人。

我既傲且驕，雖開酒吧，卻最煩酒局中的稱兄道弟，
也懶得聽醉酒的人吹牛逼（意思指老王賣瓜，自吹自擂）
說車軲轆話（不斷向人說同一件事或同一段話），
不論在座的有多少大人先生，杯子端得也不勤，極少喝醉。
不是不愛喝，但分與誰醉。
酒是狂藥，也是忘憂物，若要酣暢，只當與老友共飲，比如老兵。

很多個打烊後的午夜，街面由喧囂回復寧靜時，他推開大冰小屋的木門，
伸進腦袋來自言自語：真奇怪……有烤牛肉，有烤魷魚，有酥油饅頭，
還有櫻桃酒，怎麼這個小渾蛋還不趕緊滾過來，非要麻煩我來請嗎？
我含著口水鎖門，三步併作兩步跑過去，櫻桃酒哦，饞死我了。
還有的時候，他腦袋伸進來就一句話：緊急集合！目標，老兵火塘。
我跟在他後面，踢著正步走出門，
他正步踢得太快，我一步跟不上，下一步就順拐。
他喊口號：一、二、一……一二三四！
我配合他，順著拐喊：A、B、C、D！

世事洞明皆學問，人情練達即文章，中年人大多被世俗的生活覆上了青苔，
棱角未必全被磨平，只是不輕易揭開示人而已。
我卻有幸，屢屢見識老兵孩子氣的一面。

他經常走著走著，忽然下達戰術指令，比如正步踢得好好的，高喊一聲：臥倒！

我臥倒了，他又嫌我屁股撅得太高。

還有一次，有隻虎皮大貓嗖地躥過去，

他高喊了一聲「隱蔽」，就一骨碌躲進了牆角的陰影裡。

我哪兒經歷過這種場面啊，慌慌張張地也找了個陰影往裡頭鑽，

結果一屁股坐進了河溝裡。

他跑過來撈我，嘴裡還不忘了說：警報解除……

水真涼，我想罵娘。

我們的午夜對酌一般分三個步驟，先就著烤肉喝啤酒，

然後啃著烤生蠔飲青梅酒或櫻桃酒，最後是大杯的老黃酒。

我把它分為三個時代：

啤酒是青銅時代，青梅酒是白銀時代，老酒是黃金時代。

青銅時代，大家不說話，搶著吃肉，吱吱作響的烤肥牛燙得人齜牙咧嘴，

那也得吃，要抓緊墊底呀，不然撐不到黃金時代，白銀時代就被放挺了。

老兵不讀王小波，我跟他解釋了半天他也搞不明白，他不像我，

喝酒不矯情，只是乾淨利索的兩個字：乾了！

櫻桃酒是我的最愛，肚裡有肉心裡不慌，故而酒來碗乾，

從不養魚，然後必端著酒碗上桌子……酒是狂藥，我本俗人不能免俗，

喝酒喜歡上桌子這一良好習慣保持了多年，

或歌或嘯，或激昂文字或擊鼓罵曹，或技擊廣播體操。

老兵火塘裡的桌子是青石條壘成的長方框，中間是炭火，

四邊是半尺寬的石頭面，腳感頗佳，我每每一爬上去就不肯下來了。

有時候來勁了，還非拽著老兵一起站上來，
我激他，說他不敢站上來是怕被拉措罵。
他還真不經激，端著酒缸子站上來和我碰杯，
兩個人搖搖晃晃地像在推手一樣。
盤子踩碎過幾次，腳踩進炭火裡，鞋燒壞過兩雙。
老兵被拉措關在房門外數回，睡沙發若干次。

我和老兵的午夜痛飲常常持續到天亮，我們邊喝邊大著舌頭聊天，
尺度頗大。老兵只剩一隻耳朵，且耳背，和他講話必須扯著嗓子，
不知道的人以為我在和他吵架。他是諸暨人，江浙口音重得一塌糊塗，
喝了酒以後說話幾類鳥語，我平時聽他講話是蠻費勁的，但奇怪的是，
喝了酒後卻句句都聽得真切。
一般到了夜未央、天未白的時分，我會借著酒膽，
從他嘴裡有一句沒一句地摳出點陳年往事。

他不太愛講過去的事，清醒時若有人隨意和他攀談過往的行伍生涯，
他要麼冷臉、要麼翻臉，
不論對方是在表達一種尊重還是在恭維奉承，都不給人留情面。
相識這麼多年，我懂他的脾氣，
故而就算是喝得再醉，也不忘了在套話之前先來個戰術迂迴。
最常用的方式是：
欸，我說老傢伙，扣林山戰役是不是比法卡山戰役打得慘……
他嗤之以鼻，擺著手說：你懂個屁啊。
話匣子一打開就關不上了，他拿杯子、盤子排兵佈陣，石板桌面是沙盤，

戰略佈局一講就是幾十分鐘。
只要在他長篇大論的過程中隨意提一句「當時你在哪個高地」事就成了，
他立馬上套，通紅的眼睛瞇成一條縫，從貓耳洞講到無名高地戰，
字字句句硝煙彌漫。
他不看人，自顧自地說話，語氣平穩淡定，
只描述，不感慨，卻屢屢聽得我心驚肉跳。

（三）

老兵 1984 年初次參戰，二山輪戰，又名中越邊境戰。
參戰前寫血書，老兵把手指切開，剛寫了一個字，傷口就凝住了，
旁邊的戰友打趣他：你凝血機制這麼強，想死都難。
一語成讖，老兵的血小板密度保了他一條命。

老兵時任偵察連副連長。
偵察連一馬當先，是全軍尖刀中的刀尖，沿文山一線，自麻栗坡紮入，最遠深入敵後 400 公里。因偵察需要，穿的是敵軍的軍裝，最近的時候隔著兩三米的距離和敵方打照面，隨時做好殺人和被殺的準備。

叢林遭遇戰是家常便飯。1984 年 6 月 3 日，
老兵經歷了記憶裡最深刻的一次肉搏戰，雙方都用了 56 式軍刺，
老兵的右腿肚被捅穿，他割斷了對方的喉管。
是役，敵軍大多是特工級的偵察員，單兵作戰能力突出，卻被老兵的偵察連整隊殲滅。
老兵雖是江浙人，卻驍勇得很，扣林山戰役時，他領著一個排偽裝成一個

營，據守高地一晝夜。增援的隊伍一度被阻在半途中，
老兵領著手下的幾十個兵，一次又一次擊退敵方整營建制的波浪攻擊。

輾轉征戰的數年間，老兵到過 74 個高地。
斥候難當，無給養、無後援，初入叢林時沒有經驗，單兵配備不過五塊壓縮餅乾、兩個軍用罐頭，幾天就吃完了，然後他們吃蛇，生吃，吃各種蟲子。
吃毛毛蟲時，用軍用雨布一蒙，點起羊油蠟燭灼去毛毛蟲的硬毛，整個兒囫圇塞進嘴裡，一嚼，滿嘴黏稠的汁兒，像魯菜上勾的芡。
最常吃的是蚯蚓，雨林潮濕，有成千上萬的蚯蚓，紅的、黃的、粉紅的，取之不竭。
人手鹹，觸碰到蚯蚓的體表，它立馬渾身分泌出噁心的黏液，實在難以下嚥。
必須翻過來吃，找根樹枝，像翻洗豬大腸一樣，把整條蚯蚓從外到裡翻起來，不管什麼顏色的蚯蚓，翻過來後都是生豬肥肉一樣的雪白，蚯蚓食泥，把泥巴揩掉，閉上眼睛往嘴裡丟，咯吱咯吱地嚼，伸著脖子往下吞咽。
味道好像啃了一口中南雨林的腐殖紅土。

貓耳洞自然是要住的，進洞前全員脫衣服，不脫不行，
水汽一浸，濕氣一泛，人會爛襠（註25）。最潮濕時，洞中有半米多深的水，人蹲靠在其中，濕氣透骨，瘙癢難耐，撓出血來還是癢，終身的後遺症。
煩人的還有螞蟥，鑽進肉裡，揪不得拽不得，越拽越往裡鑽，火也燒不得，否則半截燒掉半截爛在體內，螞蟥有毒，整塊肉都會糜爛。

註 25：爛襠，大體指會陰部、大腿根部由於長時間高溫悶熱、潮濕、褲子不透氣、出汗得不到及時沖洗等清潔處理，或缺乏蔬菜、維生素的情況下而造成的濕疹，局部可出現潮濕、發紅，甚至潰爛、滲出，患者局部疼痛難忍，偶伴瘙癢。又名陰囊炎。

扣林山、法卡山、八里河東山……
老兵兩隻胳膊上佈滿了螞蟥眼，戒疤一樣，但數量沒有他殺的人多。
大大小小的陣地戰及遭遇戰，他斃敵20餘人，還不包括遠距離擊斃的。
參戰一年後，老兵已從副連長升為偵察大隊代理營長，
彼時他二十三、四歲光景，手底下的幾百名士兵大多只有18、19或20歲。

這幾百名年輕人，大多殞命於1985年5月28日。

當日，他們為了應對越軍的6月反擊，深入敵後偵察火力配備、彈藥基數、換防兵力。剛剛完成偵察任務，返程行至麻栗坡，離國境線只有48公里處時，忽然遭遇重火力伏擊，被包了餃子。
敵方看來蓄謀已久，把他們圍在了壩子底，圍起的口袋只留北面一隅，
那是無法去突圍的敵方陣地。
包圍圈越縮越小，平射機槍和火焰噴射器交錯攻擊，
眼瞅著老兵和他的偵察大隊就要全體被俘被殲。
槍林彈雨中，老兵組織大家做了一次舉手表決，然後呼叫後方炮火覆蓋：
以偵察大隊為中心，500米半徑內炮火覆蓋。
他們請求的是一次自殺式的炮火覆蓋。
若用四個字解釋，就是：向我開炮。

在和後方爭論了13分鐘後，呼嘯的炮火覆蓋了整個包圍圈。
頃刻，越南的重炮開始了反覆蓋，雙方的炮戰不斷升級，
雨點一般的炮火揭開的是後來被軍事戰略學家載入史冊的「5・28」炮戰。
他什麼都聽不見，不停地中彈，被炸飛，又二度被炸飛，

氣浪把他掛到了一旁報廢的坦克炮筒上。
手下的人全都沒了，只留下老兵一條命。

他原本也活不了，第一次打掃戰場時，人們以為全員陣亡，
並無人發現他還有一絲氣息。直到次日淩晨，他才被人發現。
整整兩個月後，老兵在千里之外的昆明陸軍總醫院恢復了幾分鐘意識，
然後繼續墮入沉沉的昏迷。
他當時的傷情如下：
胸椎骨斷 4 截
腰椎斷 2 截
左肋骨斷 5 根
右肋骨斷 9 根
左手手腕斷裂
右耳缺失
右肺穿透傷多處
右肩粉碎
雙眼眼膜灼傷
上下門齒缺失
腦部顱骨變形，3 公分的彈孔 2 處
全身彈片無數
…………

幾乎已經稀巴爛的老兵命不該絕，他奇蹟般地活了下來，這或許歸功於他過人的凝血機制，或許冥冥之中上天希望留下一個活口做見證。

全隊陣亡，只剩他一條人命。

「5·28」之後的七個月內，老兵時而昏迷時而甦醒，歷經了24次大手術，
被定為二等甲級傷殘，醫生費盡心力救治後，篤定地下結論：
全身癱瘓，終生臥床。
在術後的昏迷中，軍委嘉獎他為一等功臣，終生療養，享受正團待遇。

老兵全身癱瘓，一動不動地躺在療養院病床上，躺到1988年8月1日時，
他將自己的終生俸祿捐獻給了希望工程。
他說：把這些錢花在該花的地方吧。
老兵當時每月領取的各種補貼是1300元。在1988年，
1300元不是個小數目，隨著時間更迭，這個數字水漲船高，但不論漲得有多高，
26年來，老兵分文未動，幾百萬元的人民幣全部捐了出去。
他的戰友們都死了，只剩他一人孑立世間，理所應當的俸祿他不要，
他不肯花這份飽浸熱血的錢，固執地選擇終生捐贈。

老兵癱瘓了整整四年。
慢慢恢復了一點上肢力量，可以輕輕地撓撓雨林濕氣遺留的瘙癢。
一天，他夜裡睡覺時，迷迷糊糊中撓破了肩胛處的皮膚，摳出了一枚彈片。
半睡半醒間他繼續摳，摳得床單上鮮血淋淋，摳得背上稀爛，到天亮時，
他摳出了幾乎一瓶蓋的彈片。
奇蹟發生了，老兵不可思議地站起來了，療養院的人都震驚了。

一年後，療養院的人們再度震驚：老兵跑了。
他是國家天經地義要養一輩子的人，
但他決絕地認為自己既已康復，就不應再佔用資源。
他用了一整年的時間恢復好身體，然後跑了。
翻牆跑了。
拿命換來的一切全都不要了，不論是榮譽、光環，還是後半生的安逸，
隨手撫落，並未有半分留戀。
八千里山河大地，他兩手空空，獨行天涯。

老兵在人們視野中消失了很多年，家人、朋友、戰友，
無人知曉他隱去了何方。
直到很多年後，他家鄉的一位親友無意中走進了一家燒烤店……
這時的老兵已經自力更生，擁有了另外一種人生。
他選擇了一個離他的戰友們不算遠的南方小城，
吃飯、睡覺、喝酒、做小生意，安安靜靜地生活。
那座小城叫麗江，位於中國西南——邊陲雲南。

（四）

老兵的心裡揣著一個血淋淋的世界，他並不屑於話與人知，
隱居滇西北的多年裡，並沒有多少人知道他的過去。
曾有位報人如我這般機緣巧合瞭解了他的故事後，把他的行伍生涯撰成數萬字的長文。那人也算是老兵的好友，因為事前未打招呼，老兵獲悉後，找到那人，在文章發表前懸崖勒馬，連人帶筆記本把人家扔進了河裡。
那人在河裡撲騰著喊：媽的，絕交！媽的，為什麼！……

老兵不睬他，盤腿坐在水邊抽煙。沒什麼可解釋的，
不過是一個執拗的老兵，不肯用他兄弟們的血給自己貼金。

我寫這篇文章並未徵得老兵的同意，我也做好了被他扔下河的準備。
無他，在這個不懂得反思的時代，有些故事應該被後人知曉。
不奢望銘記，知曉即可。
有廟堂正史，亦應有民間修史，何為史？末學淺見，五個字：真實的故事。
是對是錯，是正是反，百年後世人自有分曉，但無論如何，請別讓它湮沒，
那些鮮活和真實的細節，有權利被人知道。
不論是這個國度還是這個民族，都不應該遺忘：
那些人曾經歷過那些事，然後那樣地活。

寫就寫了。
我等著老兵來把我扔下河。

老兵歸隱滇西北後，一直以賣燒烤為生。最初的燒烤店不過是個攤位，
他那時招募了一名服務生，就是後來的老闆娘拉措。
有時候，女人就是這麼神奇，不論你曾經滄海還是曾驚濤駭浪，
她都會成為你前段人生的句號，後段人生的冒號。

關於這段公案，老兵和拉措各執一詞，老兵信誓旦旦地說最初是走婚：當
年拉措居心叵測，邀請他這個老闆去瀘沽湖玩，
晚上偷偷爬進他的房間把他給辦了……他力氣沒人家大，不得不就範。
拉措挑著丹鳳眼推他，咬著後槽牙說：

你再說一遍！你再說一遍！你再說一遍！
說一句推一下，她力氣果然大，老兵被推得像個不倒翁似的。
拉措說：大冰你別聽他瞎說，明明是他追我的，這傢伙當年追我追得那叫一個凶喲，從古城追到瀘沽湖，一點都不怕羞，
哎呀，我都不好意思說……後來把我給追煩了，就嫁給他了。
老兵借酒遮面，悶著頭嘿嘿笑，半截兒耳朵紅通通的。

拉措告訴我說，摩梭人的傳統風俗濃郁，敬老、重禮，
老兵陪拉措回瀘沽湖過年時深受刺激。
村寨裡的規矩是，大年初一要磕頭，家族的長輩一字橫開，坐成一排，
小輩排著隊，挨個兒磕過。和漢民族一樣，頭不會白磕，
長輩是要當場給壓歲錢的，錢不多，十塊二十塊的是個心意，
重要的是蔭庇的福氣，長輩給得高高興興，晚輩收得歡天喜地。
老兵是新女婿，照例磕頭，一圈頭磕完，他快哭出來了。
長輩們給他的壓歲錢是其他人的三倍，他不敢接，人家就硬塞，好幾個大嬸一臉慈祥地拍著他的手，用瀘沽湖普通話說：
啊呦，應該的應該的喂，不要客氣的喂……你那麼老。

光從面相上看，老兵和嬸子們真心像同齡人。

老兵來不及細細品味悲憤，酒席開始了。大杯的　當酒盛在碗裡，乾完一碗還有一碗，他是遠客，敬他酒的人很多，濃情厚意都在酒裡，
不乾不行，他還沒來得及伸筷子，就已經被幾個大嬸給灌趴下了，
他掙扎著往外爬，被人家揪著衣服領子拖回來，捏著鼻子灌。

一頓酒下來，老兵醉了兩天。
咣當酒是瀘沽湖的土釀，當地古諺曰：
三碗一咣當——咣當一聲醉倒在地上的意思。

拉措嫁給老兵後生了個大胖兒子，取名小札西，彼時老兵已是 50 歲上下的人了。孩子滿月酒時，我去送紅包，看見老兵正用筷子頭點著咣噹（註 26）酒喂札西，拉措幸福地坐在一旁，美滋滋的。
我真的驚著了，白酒啊，親爹親媽啊。

小札西長到三歲時，已經是五一街上的一霸，整天攆貓、攆狗，還調戲婦女。他是漢人和摩梭人混血，漂亮得要命，特別招女遊客喜歡，人家讚歎：哇，好可愛的小孩兒啊。他立馬衝人家招手，奶聲奶氣地說：漂亮姐姐……過來。姐姐剛一蹲下，他立馬湊上去親人家，不親腮幫子，專親嘴唇，被親的姑娘不僅不惱怒，還摟住他蹭臉，誇他乖，對他疼愛有加。
運氣好的時候，他一天能親十來個如花似玉的軟妹子，我在一旁替他數著，恨得牙癢癢。
我說：我也蠻乖的……
人家理都不理我。

註 26：咣噹酒，又名攔路酒。這名稱據說是到苗寨的外來客給這種酒取的渾名，意思是這種苗家自己釀造的米酒後勁十足，喝下去後走不多遠，你就會「噹」一聲摔倒在地。摩梭族也有此酒，摩梭語稱「克日」或「安兒寄」，一般是用青稞釀造，用以自飲和待客。

小札西乖嗎？扯淡啊，我就沒見過這麼皮的孩子。
他遺傳了老爹的基因，愛玩槍，動不動就端著玩具水槍往大冰的小屋裡射，還扔手榴彈，他的手榴彈是蘸水的泥巴塊，吧唧一聲糊在人身上，氣得人半死。

他經常衝菜刀扔，菜刀那時在小屋當義工，他被小札西磨沒了脾氣，
只要一見這小子露頭，立刻舉手投降，投降也不管用，人家照扔不誤。
熊孩子愛捏軟柿子，卻不敢招惹我，他怕我。
有一回，他衝我扔了枚手榴彈，我二話不說衝出去把他的褲子給扒了，
然後找了截塑膠繩子把他的小雞雞紮了起來，他光著屁股哇哇大喊著逃回了家。

不一會兒，老兵拖著小札西黑著臉出來了。
老兵衝我吼：你個小不死的，怎麼打了個死扣！
我和老兵手忙腳亂地解繩子，半天才解開。小札西的小雞雞被擺弄了半天，居然支棱了起來，硬邦邦的，像顆大花生。
老兵伸手彈了彈，然後驕傲地看了我一眼。
親娘啊，三歲就能這樣？
我震驚了，由衷地敬仰老兵的遺傳基因。
我也伸手去彈，結果彈出來半掌熱乎乎的童子尿。

小札西後來養成了一個習慣，只要一看見我，立刻提著褲子逃竄，
從三歲躲到六歲。
我說：札西你幹嗎去？

他慌慌張張地跑出一個安全距離，然後比著手指衝我開槍：biu biu biu……

（五）

雖然與老兵交好，但我一度認為他開的是黑店。
老兵火塘的酒價和菜品定價著實不低，高於麗江古城其他的食肆。
說來也奇怪，卻日日爆滿，
來消費的人一邊嫌貴一邊排隊，老兵的銀子掙得像從地上撿的一樣。
我曾閑來無事毛估了一下他的年收入，被得出的數字嚇了一跳，
富豪算不上，小財主卻是一定的了。

老兵財不露白，掙了錢不花。
穿衣服他也不講究，迷彩褲一穿就是一整年，
被炭火燒出不少小洞，隱約透出底褲，紅的，三角的。
他冬天一件山寨迷彩服，夏天一件迷彩 T 恤，
領口早就被搓洗得變了形，肩頭和胸口被水洗得發白，質料太低劣，
上面起了一層球球，胳膊一抬，劈哩啪啦生靜電。
農民工穿成什麼樣他就穿什麼樣，打眼一瞅，真像剛扛完水泥鋼筋空心磚，
剛從工地裡跑出來的。唯一的區別是他一年四季都紮著腰，
軍用皮帶勒得緊，褲腳也全被塞在靴子筒裡。
我實在是看不下了，送他一件牛津紡的天藍色手工襯衫，他也穿，
套在破迷彩 T 恤外面穿，硌硬得我三天懶得搭理他。

老兵也不買車，整天騎一輛破電動機車。此車歷史悠久，絕對是電動機車裡的祖宗級古董車，他安了兩個裝菜的車筐，有時候採購的東西多，背上再背

上一個塑膠背簍。正面看背面看，活脫脫一個趕集賣雞蛋的農民大爺。

我坐過一回他的電動車，北門坡的坡度不大，車開到一半怎麼也爬不上去了，一邊發出詭異的聲音，一邊往下溜，我嫌他的破車腎虛，馬力太小，他嫌我身體太沉。
沒拌幾句嘴，車子歪倒在路旁，筐子裡的雞脖子扣了我一身，
旁邊騎自行車的遊客嗖嗖地路過，好奇地瞅瞅我們。
我說：老傢伙，你掙的錢買輛大哈雷摩托都買得起吧，摳吧你就，摳死你！
他急急忙忙地撿雞脖子，覥著臉笑，不接我話茬兒。
一談到錢，老兵就裝聾作啞。

麗江是一方江湖，既是江湖，難免多是非。有些閑來無事的人愛嚼舌根子，他們不生產八卦，只是家長里短的搬運工。
老兵火塘的生意火得一塌糊塗，難免讓人眼紅，
故而常常佔據麗江八卦的風口浪尖。
有人說老兵往死裡掙錢是為了將來舉家移民，有人說他用這些年掙來的錢收購了好多個納西院子，早已躋身麗江客棧地產大炒家的行列。
對於前一個說法，我嗤之以鼻。
移民，移你個頭啦，這老傢伙一口江浙年糕普通話，聽得人一個頭兩個大，我不信他忍心去禍害其他國度的人民群眾。
再說，他移了民能幹嗎？擺攤賣燒烤嗎？
對於後一個說法，我無從替他辯解什麼。
2009 年後，很多集團式的連鎖客棧入駐麗江，大手筆地收購房子、收購院子，只要位置好，付起款來眼睛眨都不眨的，商會模式的運作慢慢侵蝕麗

江古城固有的客棧市場，把價格泡沫吹得很大。
市場受到這麼猛烈的刺激，
不論高端的客棧還是低端的客棧，整體的價位上揚是無法避免的。
拿最偏僻的文明村來說，當年一萬元一年的院子，現在八萬元都拿不到手，這還只是房租，如果租下院子後，略微裝修打理一下，開門做上幾天生意，倒手一轉就是幾十萬元的轉讓費，賺的就是這個轉讓費。這種錢雖風險大，但來得容易，投入產出比實在是誘人，
不少人用此手段短短一兩年賺足了百萬身家。
客棧房地產在麗江古城是種變相的期貨，
至於接收的下家是否能繼續接著轉讓出去，那就各安天命了。

我傲嬌（源於日語，是指平常說話帶刺、態度強硬高傲），自詡古城清流，抹不下臉來染指這一行當，周遭交好的朋友都窮，
也沒什麼資本，都玩不了這種心跳。
老兵是我身邊唯一幹這事的。

其實也沒有傳言中那麼大手筆，他算不上大炒家，
但手頭上五、六家院子是有的。
按照一家院子幾十萬元的收益來算，幾百萬元的身家是妥妥的了。
我曾在他其中一家客棧裡借住過幾日。短短幾日裡，光我遇到的過來詢價要盤店的人就有四、五個，老兵心狠手辣，報價高高的，討價還價錙銖必較，玩各種心理戰，一副惡俗的生意人嘴臉。
我看不太慣，刺激他說：牛逼啊，加油加油，多掙點養老錢蛤。
他笑而不語，顧左右而言他。

一和他談到錢，他就裝聾作啞。

我沒有資格對老兵表達失望，世人誰不愛財？
他不偷不搶，你情我願地倒倒房產而已，談不上有什麼錯。
只是在我心裡，一個那麼有骨氣的人，一個曾經那麼英雄的人，
一個曾經把終生俸祿全部捐獻給希望工程的人，居然在晚年如此逆轉，
如此入世愛財……說實話，心底實在是難以接受。
或許是我太苛責老兵了吧，或許是我還太年輕……
我找了個藉口，搬出了老兵的客棧。

若干年來，我有個習慣，每年都會在麗江過春節。
老友太多，年夜飯一般要趕四、五場，一般最後一頓是陪大和尚吃，
而第一頓一定是在老兵家吃，我若晚到，他舉家停箸等我。
但 2013 年春節前的除夕，我沒去老兵家吃年夜飯。
他打電話過來，我找藉口推託，他在電話裡歎口氣，說：
你這個小渾蛋……明天早上別忘了來給我拜年，不來沒有壓歲錢。
老兵每年大年初一都會給我封一個壓歲錢紅包，祝我好好發育、茁壯成長。
第二天是大年初一，我用簡訊向老兵拜年，沒去拿紅包。

整個 2013 年，我太忙，沒回麗江幾趟，每次都匆匆忙忙的，一整年只在 8 月 1 日那天和老兵喝過一次酒，春節時的那次爽約，他不提，我不說。
關於老兵的房地產生意，我不提，他也不說。
8 月 1 日那場酒，主角不是我和他，有酩酊大醉，
但沒有白銀、黃金和青銅時代。

2013 年是古城的多事之年，新店鋪和新客棧一堆一堆地冒出來，
不堪重負的老房子接二連三地著火，火勢洶洶，燒得人提心吊膽的。
古城的消防支隊日日嚴陣以待，但麗江的店鋪實在太多了，
冷不防的就在哪個犄角旮旯鬧出什麼亂子來。
我從外地打電話回去，朋友們細細給我描述火場的情形，
有些火災僅僅是因為一個煙頭或一根老化的電線，聽得人冒一身冷汗。
朋友告訴我說，鑒於火災隱患，如今的古城禁止明火，
原先家家戶戶慣用的火盆、火塘和蠟燭台如今通通被取締。
他們說，老兵火塘燒烤本是特批的唯一一家可以用炭火燒烤的店鋪，但老兵主動改造，把炭火燒烤改成了電磁爐燒烤，常客不習慣，生意大不如前。
他們還說，聽說老兵把手頭的院子全部出脫了，
他現在手頭匯攏了一大筆錢，大家都在揣測老兵快離開麗江了。
對於老兵火塘的改造，我略為驚訝了一下，並未太當一回事。
但聽聞他即將離開的揣測，心裡還是很難過，這老傢伙，掙夠了錢要走了嗎？

2014 年春節，我回到麗江，不用老兵請，年夜飯我主動跑了過去，老兵火塘裡一堆生面孔，服務生全都換成了一水兒的大小夥子，
個個結實得要命，吃起菜來和打仗一樣。
老兵高興極了，一口一個小渾蛋地喊我，
他舀了一大瓢櫻桃酒灌我，還讓拉措加菜，給我煮空運過來的螃蟹。
我從小在海邊長大，從小吃夠了海鮮，
實在沒必要跑到雲南來吃螃蟹，他不管，逼著我吃。
拉措用做紅燒肉的做法做螃蟹，吃得我皺著眉頭齜牙咧嘴的。
櫻桃酒酒勁兒大，我很快喝紅了眼。

這麼好喝的櫻桃酒，以後喝不到了。

桌上盤子太多，擺得太滿，我站不上去，我擠坐到老兵旁邊，摟著他的脖子敬酒，話一出口就拐了彎帶了嗚咽，我說：老傢伙，我捨不得你走……
一桌子的人停了筷子，拉措嫂子一頭霧水地問我：誰說你老兵哥要走了？
我說：別演戲了，你們不是把手頭的院子全都變現了嗎……
誰知道你們接下來打算顛到哪兒去？
拉措哈地笑了一聲，兩手一合，啪地拍了一下巴掌，她說：
錢都打水漂兒了……
老兵呵呵笑著，一桌子的大小夥子嘿嘿笑著。老兵照我腦袋抽了一巴掌，他說：你個小不死的……人在陣地在，我他媽媽的哪兒都不會去！

老兵火塘多年來的盈餘變成了數家客棧院子，
客棧院子變成了幾百萬元的現金。
這一大筆錢被花得乾乾淨淨。
老兵招募了一堆退伍的消防兵，月薪 5000 元起，
又斥資 200 萬元蓋了宿舍營房，還購買了近 180 萬元的專業滅火器材，
並計畫再購置四輛一噸半的消防車。
隱居麗江的多年裡，他一直在默默地賣燒烤掙錢，默默地倒院子掙錢，
一分一厘地積攢資金。
越南戰場上死裡逃生後的第 29 年，老兵傾家蕩產，
以一己之力組建了一支消防救援隊。
全國唯一一支個人組建的消防救援隊。

他用他的方式護持著這個世界。
傻倔傻倔的，像根老旗杆一樣，始終屹立在往昔的年代裡。
在那個早已遠去的年代裡，人們價值觀雖一元，卻樸素而單純地崇尚奉獻。

老兵的消防救援隊趕上了牡丹園大火和獅子山大火，
他們和麗江消防支隊的官兵幾乎同時到達，聯手協作。
老兵的消防救援隊先後參與了十餘次大小火災的救援。
2014 年中，老兵的消防隊在「雲南省民間消防大比武」中拔得頭籌，
集體一等獎，他的隊伍全都是退伍老兵，經驗豐富、素質過硬，
集結第一、出水第一，著實震驚了賽場。
令老兵震驚的不僅僅是賽場，同時還有聞訊趕來的幾位退休老將軍。
將軍們來自公安部，個中數人當年曾與老兵持戈於同一個烽火邊疆，他們感慨於老兵的往昔和當下，當場電示《人民公安報》和《解放軍報》重點報導這一支民間消防隊的先進案例。

老兵再三婉拒，萬語千言端在一碗酒中。
將軍們比他強，一定要樹立他個人的光輝形象。
老兵尿遁，跑了，關了手機，躲到大冰的小屋。

小屋那天來了一些背包客和一些畢業旅行的大學生，我向他們介紹老兵，
他們客氣地和老兵聊關於戰爭的話題，好奇地問：
1985 年、1986 年還在打仗嗎？不是早已經改革開放了嗎？
他們大多是 80 後和 90 後，其中數人的家鄉，位於邊陲雲南。
我坐立不安，為自己和他們汗顏。

瞅瞅一旁的老兵，他淡定地抽著煙。此類問答，看來他早已習慣。

…………

有個英文單詞叫 hero（英雄）。

牛津詞典對 hero 的釋義有四：

一、具有超人的本領，為神靈所默佑者。

二、聲名煊赫的戰士，曾為國征戰者。

三、其成就及高貴品格為人所敬仰者。

四、詩和戲劇中的主角。

有英雄，就有英雄崇拜，關於英雄崇拜，《史記》中的一句話最為精當：「高山仰止，景行行止。」雖不能至，然心嚮往之。

我沒通讀過《史記》，這句話是從朱光潛先生的文章中讀到的。

朱光潛先生認為，崇拜英雄的情操是道德的，同時也是超道德的，所謂的超道德，是具有美感的。故而，崇拜英雄是一種好善，也是一種審美。

另外，他在著述中提及英雄這個話題時說：

敬賢向上是人類心靈中最可寶貴的一點光焰，個人能上進，社會能改良，

文化能進展，都全靠有它在燭照。英雄常在我們心中煽燃這一點光焰，

常提醒我們人性尊嚴的意識，將我們提升到高貴境界。

崇拜英雄就是崇拜他所特有的道德價值。

一個人能崇拜英雄，他多少還有上進的希望，

因為他還有道德方面的價值意識。

朱先生是主張維持英雄崇拜的，他認為人在青年時代，意象的力量大於概念，與其向他們說仁義道德，不如指出幾個有血有肉的人給他們看。

一個具體的人才具有真正的人格感化力。

…………

我該怎麼和那些懵懂的孩子介紹老兵？
挑明了說：「你看你看，你面前的這個老兵是個活生生的英雄」嗎？
指縫黢黑的老兵，酒氣醺醺的老兵，衣服上油漬斑斑的老兵……
我不確定他們會有怎樣的反應。
我也不確定我是否有資格來做這個介紹人。
相交多年，我並不知曉老兵的真實姓名，只知他籍貫浙江諸暨，
1981 年入伍，二等甲級傷殘，耳背、好酒、摳門兒，打架時愛用滅火器，
建了一支牛逼的消防隊，開著一家叫老兵火塘的「黑店」。

（六）

從二十出頭到三十四、五，我兜兜轉轉驛馬四方，但很多個 8 月 1 日，
不論身在何方，都會趕回麗江。
也沒什麼重要的事，不過是陪一個老兵過節。

這一天，老兵一定會失態，一定會喝醉，一定會嘶吼著高歌，涕淚橫流的。
照片牆前供台已擺好，供香青煙直插雲天，他立正著，大聲唱歌，從《血染的風采》唱到《望星空》，咬牙切齒，荒腔走板，唱得人心裡發抖。
「如果我告別，將不再回來，你是否理解，你是否明白……」
他一手端著滿杯的白酒，一手攥著拳，在每首歌的間隙高喊一聲：敬……禮！
啪的一個軍禮，半杯酒潑進地裡，半杯酒大口地吞咽，
一杯接一杯，一杯接一杯。

每年的 8 月 1 日，我負責站到一旁給他倒酒，
這一天不論他喝多少、醉成什麼樣子都不能去勸，他一年只瘋這一次。
老兵已經醉了，上半身找不到重心地搖晃著，腿卻一動不動地站著軍姿在地面上紮根，他把杯子塞進我手中，說：來，和我的兄弟們喝杯酒。
半身的汗毛豎了起來，不知為什麼，真好似一群血衣斑斑的人如山如嶽地矗立在我面前一般，血嘩嘩地湧上了腦子，一口酒下肚，熱辣辣地燒痛了眼。
我說：我 ×，我他媽算個什麼東西……怎麼配給你們敬酒……
老兵在一旁青筋怒張地朝我大喝一聲：乾了！

聲音的後坐力太強，他搖晃兩下，咕咚一聲仰天倒下，砸得牆板亂顫。
挾著三十年的是非對錯，砸得牆板亂顫。

我盤腿坐下，把老兵的腦袋放在我大腿上。
他攤開手腳，躺成一個「大」字，彷彿中彈一樣大聲呻吟著，
聲音越來越輕、越來越輕，然後沉沉睡去，在這個風花雪月的和平年代。

門外日光正好，路人悠閒地路過，偶爾有人好奇地往屋裡看看。

我扶著老兵的頭顱，滾燙燙的，沉甸甸的。
酒打翻了一地，浸濕了褲腳，漫延而過。
如同坐在血泊裡。

You Tube 遊牧民謠，王繼陽《缺氧的海》

我的師弟不是人

我蠻納悶，我說：牠是狗耶……牠是狗牠怎麼能皈依？

大和尚反問我：牠是條小生命不？

我說：嗯呢。

他繼續問我：那你是條小生命不是嗎？

我說：……我我我不明白您是什麼意思？

他哈哈大笑著說：對嘍，你也是條小生命，我也是條小生命，

牠也是條小生命，OK，回答完畢，自己悟去吧。

世人都推崇仁愛和善良，

但生命價值若不平等，再善良、再仁愛，也是有差別的愛，也是不停權衡中的善良。

物質世界愈發達，分別心愈盛，人心愈七竅玲瓏，「平視」二字愈難。

平視越稀缺，真正的人文關懷也就越匱乏。

這是個缺乏平視的時代，人們嘴上說人人平等，現實生活中，卻總禁不住屢生分別心：

按照名望高低、財富多寡、資源配置權的優劣、社會屬性之強弱……

對自己的同類遠近親疏，仰視或俯視。

哎喲，我說這事不太對啊，哈。

我給你講個故事吧，請自由選擇視角去解讀：俯視、仰視、斜視、漠視、無視……

或者平視。

（一）

據說全世界有 7.9 億個佛教徒。

我是其中之一。

我皈依的是禪宗臨濟，在家修行，算是個居士，但舊習難改修得不好，熱愛冰啤酒和軟妹子（註 27），又屢造口業，殺、盜、淫、妄、酒五戒只勉強持了兩戒。

我皈依得早，底下一堆師弟，他們習慣喊我「大師兄」，喊猴兒似的。

大家金剛兄弟一場，幾世種來的福田，故而也樂得和他們開玩笑。

有時候，在街上遇見了，他們衝我打哈哈：大師兄幹嗎去啊？

我回一句：妖怪被師父抓走了，我撈人去。

他們喊：帶金箍棒了沒？

我說：帶你個頭。

說完了一回頭，師父站在屋簷下背著手衝我笑。

師父說，管管你那嘴吧，唉……你師弟比你強多了。

大和尚寶相莊嚴，頗有威儀，我蠻怕他的，

但用餘光掃一眼那幫逗逼（註 28）師弟，對他這話著實不服氣，

我硬著脖子打問訊：您指的是我哪個師弟？

師父瞪我一眼，說：昌寶。

我說：好吧師父你贏了，你非要拿昌寶來舉例嗎？還能不能一起玩耍了……

昌寶是我師弟，是條哈士奇。

墨分濃淡五色，人分上下九流，貓貓狗狗卻只有兩種分法：

註 27：軟妹子，或稱軟妹，ACG 界〔ACG 指動畫（Animation）、漫畫（Comics）與遊戲（Games, 指電玩或 galgame）的英文首字母縮略字，ACG 界則指前述三項產業的相關業界。〕用語，也在大陸網路界流行。專指目光柔和、嗓音溫婉，腰身軟綿，而性格往往有點天然呆，但溫柔體貼的年輕女性。

註 28：逗逼，又稱逗比，意指一個人既逗又犯傻，並有一點小可愛的意思。主要用於調侃別人賣萌、搞笑。

不是家貓就是野貓，不是寵物狗就是流浪狗。
昌寶例外，牠既不是寵物狗也不是流浪狗，是條正兒八經的佛門居士狗。
昌寶半歲的時候來到麗江，我不清楚牠的出身，是被撿來的還是被人當禮物送來的，或者是從忠義市場狗肉攤位前被刀下救命的，總而言之，
牠的身世是個謎。知情的只有大和尚，他懶得說，我們也就不太好問。

我第一次見到牠的時候，牠正在做皈依儀式。
師父披著袈裟、立著念皈依文，牠夾著尾巴趴臥在跪墊上，
小佛堂裡燭火搖曳，隔著嫋嫋煙氣，準提菩薩笑意慈悲。
師父一本正經地念著：往昔所造諸惡業，皆由無始貪嗔癡，
從身語意之所生，今對佛前求懺悔……
我這叫一個納悶，心說，您老人家折騰這麼半天，牠也未必聽得懂啊……
昌寶那時候小，檀香的煙氣飄過牠的大鼻頭，牠「呲、呲」地打噴嚏，
聽起來好像在一問一答一樣。

我蠻納悶，找師父釋惑答疑。我說：牠是狗耶……
大和尚笑笑地看著我說：牠不是狗它是什麼？是張桌子嗎？
我說：牠是狗牠怎麼能皈依？
大和尚反問我：牠是不是一條小生命？
我說：嗯呢。
他繼續問我：那你是不是一條小生命？
我說：……我我我不明白您是什麼意思？
他哈哈大笑著說：對嘍，你也是條小生命，我也是條小生命，
牠也是條小生命，OK，回答完畢，自己悟去吧。

大和尚老讓我自己悟，我悟來悟去悟不出個道理，於是跑去問昌寶。
知道問它也白搭，但事情搞不明白的話我彆扭，我拿個棍兒戳戳它，問它：
喂，傻狗，你有什麼特別之處嗎？
它以為我在跟他玩兒，立馬肚皮朝天仰躺著，露著大花生一樣的小雞雞，
它還搖尾巴，還伸嘴啃棍子頭兒，啃得口水滴滴答答。
我說：你可真是條傻狗，不過你長得挺好玩的。
師父在花架下喝茶，他隔著半個院子喊：
別「傻狗傻狗」地喊，如果別人喊你「傻冰」你願意嗎？
這是你師弟，以後喊師弟，昌寶師弟！

不得不承認昌寶師弟的皮相還是不錯的，
一表狗才，比古城其他哈士奇漂亮多了。
它眉毛濃得很，舌頭長得很，耳朵挺得很，毛色黑加白，又厚又亮，
像整塊的開司米一樣。
像一大坨會跑的 OREO 餅乾一樣。

（二）

我和昌寶師弟一起過大年，在大和尚師父的院子裡。
那年除夕，師父喊我去包餃子，我蠻積極地刮了鬍子、剪了指甲，
還穿了一件頗似僧服的老棉襖。師父一看見我就樂了，他逗我說：
真有心現僧相，就剃頭出家好了。
我告饒：師父，我賴皮，紅塵裡驢打滾，
業障太深，殺、盜、淫、妄、酒五戒都持不穩當，怎麼有資格出家呢？
大和尚笑笑，邊包餃子邊講了個三車和尚的故事：

玄奘法師（唐僧）西天取經歸來後，欲度一位官二代世家子入沙門，此君打死不從，比孫悟空難搞多了。於是玄奘從皇帝那兒討得一紙詔書當緊箍咒，敕命其出家。他如二師兄（耍賴）上身，使盡各種賴皮招數，非要帶一車酒、一車肉、一車美女招搖過市進廟門，眾人譁然，玄奘欣許。

未曾想，行至山門前，驀然一聲鐘鳴，喚起累世劫的阿賴耶識，前塵往事如雲煙般彙聚到他的眼前，機緣既到，人一下子就醒了，他遣退隨從、斂起傲嬌，把出家當回家，自此躬身潛心，一心向佛。

此君是唐代名將尉遲恭的親侄子，名尉遲洪道，法號窺基，人稱慈恩法師，又名三車和尚，後來成為大乘佛教唯識宗的開山祖師。

師父說：眾生皆有佛性，佛法嘛，一條尋求智慧的道路而已，沒有門檻，機緣到了就好。

我說：懂了師父，我作個偈子吧。

遂口占一絕：

此身本是嶺上松，自來峭壁崖畔生，
八風催起一身刺，慣餐霜雪立寒冬，
成住壞空懶得管，有漏無漏我不爭，
偶有朝露三兩枚，任它遁化皮相中，
風吹樹動根不動，福慧資糧穿堂風，
罡風焚風不周風，吹過又是一場空，
我今默擯娑婆境，不悲不喜不出聲，
坐等大鋸攔腰斬，因緣具足下孤峰。

師父說：不錯不錯，境界不錯，但真懂了嗎？
別光嘴上說說，真能做到了才 OK 哦。
我說：OK，OK，阿彌陀佛噻噻噻。
大家說說笑笑，不一會兒就包了三大抽屜餃子，
奇形怪狀的，長成什麼樣的都有。
餃子下了鍋，熱湯裡三起三落，白汽騰騰間滾來滾去，一個個白白胖胖的，
長得很好吃的樣子。我負責盛餃子，師父一碗我一碗，眾人一碗又一碗。

師父是比丘，不沾葷，我避開他剝蒜，正剝得歡，師父隔著桌子喊我：
昌寶的餃子呢？
我這下開心了，狗也吃餃子？白菜餡兒的餃子？
大過年的不想挨罵，我盛了一碗去餵昌寶。
大年三十晚上沒月亮，小院裡黑漆漆的，我喊：昌寶喲，過年吃餃子嘍！
昌寶撒著歡兒跑過來，一腦袋撞在我祠堂（鳥巢）上……
它搖頭晃腦地吃餃子，呼嚕呼嚕的，香得很。
我捂著襠，蹲在一旁說：師弟你有點出息，吃飯別吧唧嘴。
我餵它吃蒜，它嘎巴嘎巴地嚼，嚼了兩下愣住了，
先是拿眼睛瞪我，然後乾咳，大蒜沫沫濺了我一褲腳。
我開開心心地說：傻師弟，過年好。

昌寶比一般的狗傻。
師父有飯後散步的習慣，每次都帶上牠，牠白長了個大個子，
路旁的小狗一凶它，立馬撒丫子跑。
古城人多，牠一跑，接二連三地撞著人的小腿，嚇得遊客哇哇叫。

遊客一叫，牠更害怕了，慌不擇路地從人的兩腿中間往前鑽，
女遊客的花裙子長，牠蒙著頭拽出去半米遠，幾乎讓人家走光。
昌寶一跑，師父就跟在後面追。
師父長得像彌勒佛，近兩百斤的大胖和尚，跑起來地動山搖，
他一邊跑一邊喊：昌寶……寶……
師父在古城人緣極好，大家都樂意出手相助，沿途不停有人扔下店面生意，
加入追狗的隊伍……大家普遍比師父跑得快，但普遍沒有昌寶跑得快。
大家一邊 喊著一邊追，什麼調門的嗓音都有，高矮胖瘦、男女老少，
來勢洶洶、聲勢浩大，從五一街追到小石橋又追到四方街，
嚇得遊人紛紛閃身路旁噤若寒蟬。
不知道的人還以為是打群架，只是蠻奇怪，怎麼裡面還夾著個大胖和尚？

我幫忙追過一次，跑在最前面，一邊跑一邊喊：昌寶昌寶，Stop ！
牠完全不理睬我，跑著各種「之」字形。
我喊：昌寶昌寶！餃子……餃子！
它一個緊急剎車，瞬間甩尾漂移，一臉期待地面朝著我。
我沒剎住車，咣的一聲，再次撞到了「祠堂」。

後面的人追上來，說：阿彌陀佛，大師兄，還是你有辦法。
我蹲在地上心碎加蛋痛，昌寶傻呵呵地湊過鼻子來拱我的手……找餃子。

（三）

古城其實有蠻多頗具靈氣的狗。

五一街王家莊巷有把木長椅，上面常年拴著一隻大狗，是隻漂亮的大金毛巡邏獵犬，旁邊擺著小黑板，上面寫著「我長大了，要自己掙錢買狗糧了」，旁邊還放著一個小錢筐，裡面花花綠綠一堆零錢。

那大金毛一天到晚笑呵呵地吐著舌頭，誰摟著牠脖子合影它都不煩。

遊客前赴後繼，哢嚓哢嚓的閃光燈，早晨閃到黃昏，年頭閃到年尾，

生生把牠閃成了個旅遊景點，閃成了那條巷子裡的大明星。

我這小半輩子見識過 N 多個明星，搞電影的、搞電視的、搞藝術的、

搞體育的、搞男人的、搞女人的、搞政治的、搞人命的……搞什麼的都有。

在我見過的明星裡，有的把黑板文案做得特別牛逼，

有的把錢筐尺碼弄得特別大，但沒有一個人的耐性比這隻狗強。

沒辦法，人沒辦法和狗比，你開心，牠就樂呵呵的。

有一天，我喝多了汾酒發神經，去找牠聊天，

坐在牠旁邊嘮嘮叨叨了大半天，牠樂呵呵地晃尾巴，還歪著頭瞟我。

天慢慢地黑透了，狗主人來解繩子，領狗回家，牠顛顛兒走了，

又顛顛兒地回來了，牠勁兒大，拽得狗主人踉踉蹌蹌地跑不迭。

牠把狗繩繃直，使勁把頭努到我膝蓋上，拿長嘴輕輕舔舔我的手……

又顛顛兒地走了。

我酒一下子就醒了。

好溫馨。

金毛是狗，哈士奇也是狗。

我下一回喝醉了酒後，回到師父的院子找昌寶，坐到牠的身旁叨叨叨……
等著牠來舔舔我的手。
借著酒勁兒，掏心掏肺地說了半天，一低頭……
我去年買了個登山包！丫睡著了！肚皮一起一伏的。
悲憤！我搖醒牠，罵牠沒道義，大家金剛兄弟一場，怎麼這麼冷血？
牠歪著頭看了我一會兒，打了個哈欠，埋頭繼續睡。

過了幾天我和師弟聊天，提起昌寶的傻，有個師弟說：
一切煩惱皆來自妄想執著……傻很好哦，總好過七竅玲瓏心吧。
另一位說：分別心不可有，什麼傻不傻、聰明不聰明的，也還都屬於皮相，
二元對立要不得，其實仔細想想，眾生的自性又有什麼不同的呢？
又有一位摁著「分別心」三個字起話頭，曰：
分別心是眾生輪迴中最大的助緣，亦是解脫的障礙。
很多的修行法門不就是為了讓分別心停止下來嘛？
少了分別心，心即寧，
心寧則見性，自在解脫就在眼前了。我說：
是的是的，我記得尼采說，每句話都是偏見，只要不執著於偏見就好……
那位仁兄撓著頭問我：大師兄，咱們說的是一回事嗎？
我說：咱倆說的不是一回事嗎？那個，你說的是什麼？
他說：分、別、心、啊……

我跑去請教大和尚關於分別心，請他開示。
他是典型的禪宗和尚，你不問我不說，問了也不好好說，只是叫我施粥去。
我說：師父啊，我駑鈍，你機鋒打淺一點好不好，只是請教一個問題罷了，

幹嗎搞得那麼麻煩非要施粥？施粥和分別心有關係嗎？
他笑，不解釋，只一味讓我去施粥，順便寫個偈子交作業。

《魏書・孝文帝本紀》記載，北魏太和七年，冀州饑荒，地方賢達「為粥于路以食之」，一舉救活了數十萬人，善哉善哉，大善舉哦噻噻噻。
我沒那麼大的能力救殍於道，只煮了一鍋八寶粥端到大冰的小屋門前，師父買來花生豇豆幫我煮的。
鍋蓋敞開，一次性杯子擺在一旁，擺了個小黑板，上書二字：施粥。
八寶粥香噴噴的，七寶美調和，五味香糝入，
我自己先吸溜吸溜地喝了一杯，又蹲在一旁守株待兔。
施粥是種功德，可添福報，若供養的是過路菩薩，功德更大，
考慮了一會兒後，我捏起粉筆，書偈曰：

娑婆多靡疚，
苦海自有舟，
白衣論浮沉，
菩薩來喝粥。

從中午到半夜，沒幾個人來喝粥，時乃盛夏時節，
大半鍋粥硬生生餿在鍋裡。
我鬱悶極了，跑去問大和尚怎麼沒人來喝粥。
他說：……一定是你把粥煮糊了，賣相不好。
我說：師父別鬧，粥又不是我一個人煮的，咱好好說話。
他笑嘻嘻地說：你偈子寫得也太功利了，怎麼著，這鍋粥專供八地菩薩啊？

口氣這麼大，六道眾生怎敢來受施？
我說：操，這算分別心吧，怎麼不知不覺就起了分別心了？

我痛定思痛，第二天重新煮了一鍋粥，因念頭太多壓力太大，煮糊了。
我端著煮糊了的粥來到小屋門口，思量了半天，重寫偈子曰：

淘米洗豆水三升，
生火燒水大鍋盛，
一念清淨掀鍋蓋，
掀開鍋蓋空不空。

你說奇怪不奇怪，明明是糊了的粥，不到半天工夫，鍋空了。
最後一個跑來刮鍋底的是江湖酒吧的小松，我說小松你又喝多了吧，
糊粥鍋底你刮什麼刮？
他醉醺醺地回答：管它糊不糊，反正又不要錢，幹嗎不來一碗……
好嘛！他倒是不起分別心。

接連施粥了好幾天，偈子寫了又擦，擦了又寫，八寶粥煮了一鍋又一鍋，
來喝的人有遊客，有常住民，還有麗江的狗們，昌寶師弟也跑來喝粥，牠
牛逼，喝了半鍋。

最後一天施粥時，我跟大和尚說我隱約懂了，大和尚問我懂了什麼了。
我閉著眼睛念：過去心不可得，現在心不可得，未來心不可得……
分別心不可得。沒有分別心並不是看一切都沒有分別了，

而是清楚地看到一切分別，但不會對自己造成影響。

大和尚歎口氣：真懂了嗎？真懂了的話你就不會說了。

我說：好吧好吧好吧……師父，今天粥還剩小半鍋，咱倆分著喝了吧。

我衝院子深處喊：寶啊，快點來喝粥了。

（四）

師父領進門，修行在個人。

我不著急，有心修佛，慢慢來就是，反正還年輕，不怕摸索。

我感覺昌寶師弟也是如此心態。

有段時間，我一直懷疑昌寶開始嘗試雲游四方。

牠長到三四歲時開始階段性地離家出走。

昌寶離家出走的那段時間，大和尚正忙著在小院子裡種地，

他掀走近一百個平方公尺的青石板，又親身背來一筐一筐的土，

最後種了滿院子的向日葵和馬鈴薯，葵花子當茶點，馬鈴薯當主食。

大和尚恪守百丈清規，覽經入田，自耕自食自給自足，農作和禪悟並行不悖。

此舉乃釋門自古至今的傳承：雲門擔米、玄沙砍柴、雲嚴作鞋、臨濟栽松鋤地、仰山牧牛開荒、黃檗開田擇菜、溈山摘茶合醬……

禪門溈仰宗的祖師仰山和尚曰：滔滔不持戒，兀兀不坐禪，釅（ㄧㄢˋ）茶（濃茶）兩三碗，意在钁（ㄐㄩㄝˊ，一種形似鎬的刨土農具）頭邊。

我的大和尚師父也意在鋤頭邊，故而那段時間院子門關得不嚴，

昌寶經常刺溜一下就沒狗影了，然後過個三五天才回來。

長的時候是一兩個星期。

回來後一看，肚子沒癟，毛色沒發黑，只是爪子髒得厲害，
看來是游方有志，躡屩（ㄐㄩㄝˊ，草鞋）忘疲。

我去找牠聊天：寶，跑哪兒去了？沒犯色戒吧？
牠傻呵呵地搖尾巴，一副癡呆的表情。
我說：你別裝傻，老實交代，說不清楚的話把你拴起來，不讓你出門了。
大和尚在一旁拄著鐵鍬說：
你有那個閒工夫逗昌寶，不如騰出工夫去抬點農家寶來。
農家寶又叫米田共，這個基本常識我還是有的，故而藉口上廁所尿遁。

我後來和師父說，昌寶這麼亂跑的話，萬一被人給抓住吃了怎麼辦？
還是拴起來吧。
大和尚泡著茶，慢悠悠地和我說：眾生各有其宿世因果——你操那些心幹嗎？
大和尚說昌寶五戒持得好，自有天龍護持，他不擔心牠被人給吃了。
我說：奇怪咧，您前兩年散步的時候不是還滿大街追昌寶嘛，
怎麼現在反倒不怕牠亂跑了？
大和尚指著昌寶說：光你長歲數啊，牠也長歲數的好不好，
咱們昌寶現在長大了，自己知道好歹。
好吧好吧，算我瞎操心，各自的因果，各自坦然受之好了。
傻人有傻福，傻狗也有，希望牠遇見的都是好人吧。

我最後一次見昌寶是在大冰的小屋門口。
我喊了牠一聲，牠扭頭看我，打了個飽嗝。
我正端著一份素三鮮餃子在吃，餵了牠兩個，牠邊吃邊打嗝。

我餵牠水喝，罵牠太嘴饞。

牠邊喝水，邊眼巴巴地往餃子碗裡瞅。

還想吃？不給！

好奇怪，牠是隻習慣了吃素的狗狗，滿世界雲游的時候靠什麼果腹的呢？

昌寶後來失蹤的時間越來越長，有人說在東河見過牠，牠站在溪水邊的石頭上一動不動，目視流水，入定一般。也有人說在金塔寺見到過牠，香火繚繞的大殿旁，牠曬著太陽呼呼地睡大覺，從日出睡到日落。

還有人說在文海見到過牠，

牠不急不慢地溜達著，在荒無人煙的花海裡閒庭信步。

…………

師弟說，昌寶有時候會回來小院兒轉轉，蜷曲在大和尚的腳旁呆呆地躺上一會兒，然後起身溜溜達達地離開。

大和尚不怎麼操心牠，該種地種地，該喝茶喝茶，

只是在牠離開時客氣地寒暄一句：走了蛤……

走了。

走了走了，昌寶後來走得很遠，離開麗江了。

我很久沒見過昌寶了。

聽說牠現在在大理。

有種說法是狗販子把牠拐賣到了那邊，賣了三萬塊。

還有一種說法是，牠自己溜達過去的……

真驚悚，200 公里的路，牠怎麼溜達過去的？舉爪攔車嗎？

總之，昌寶師弟是在大理了。

很多人在人民路見過牠，還有人在才村的海邊見過牠，都說牠胖了。
我和大和尚提及這些傳言，他說：
挺好的，牠有牠的因緣福報，這不活得挺好的嘛。
是啊，操那麼多心幹嗎？有緣則殊途同歸，無緣則來世再聚吧。

院子裡的向日葵開了又謝，葵花子已經吃了好幾回了。
傻狗，走了這麼久，也不知道回來看看……

我寫這篇文章寫到這裡，有點想念昌寶師弟了，不多，一點點。
你去過大理沒？
如果你路過大理，如果你遇見一隻傻呵呵的哈士奇，麻煩你替我和牠握握爪。
如果牠樂意，你可以餵餵牠。
我師弟喜歡吃餃子。

這篇文字與文學無關，不必過度解讀。
這篇文字與佛法也無關，開口即是錯。
我多麼希望我所闡述的只是一種無須多言的常識、
一種理所應當的自然現象，就像頭頂的星雲永恆旋轉。
好了故事講完了，該幹嗎就幹嗎去吧。
無量天尊，哈利路亞，阿彌陀佛嚒嚒噠。
乖，摸摸頭。

YouTube 遊牧民謠，大冰《禪音心經》

後記

這是我寫的第二本書。

提筆寫第一本書前，我曾列過一個寫作計畫。按人名順序一個接一個去羅列——都是些浪蕩江湖，曾和我的人生軌跡交叉重疊的老友。

當時坐在一列咣噹咣噹的綠皮火車裡，天色微亮，周遭是不同省份的呼嚕聲。我找了個本子，塞著耳機一邊聽歌一邊寫……活著的、死了的，不知不覺寫滿了七八頁紙。我嚇了一跳，怎麼這麼多的素材？

不過十幾年，故事卻多得堆積如山，這哪裡是一本書能夠寫得完的？

頭有點大，不知該如何取捨，於是索性信手圈了 22 個老友的人名。

隨手圈下的名單順序，就是出版時篇章構成的由來。

圈完後一抬頭，車窗外沒有起伏，亦沒有喬木，已是一馬平川的華北平原。

綠皮火車上的那個本子我還留著呢，

200 多人的名單，現在兩本書總共寫了不到十分之一。

那次圈下了 22 個人的名單，第一本書《他們最幸福》只用了 10 個，

剩下的 12 個人物故事，我在此後的一年間陸續寫完。

是為我的第二本書《乖，摸摸頭》。

我自江湖來，雖走馬名利場跨界媒體圈略得虛名薄利，然習氣難改，行文粗拙，且粗口常有，若因此惹君皺眉，念在所記、所敘皆是真實的故事、真實的對話，還請大家海涵。

我不懂文學，也沒什麼文化，亦誠惶誠恐於作家這個身分。

有人說文化可以用四句話表達：植根於內心的修養；無須提醒的自覺；以約束為前提的自由；為他人著想的善良。

我想，文學應該也一樣吧。

竊以為，所謂文學，終歸是與人性相關：發現人性、發掘人性、闡述人性、解釋人性、解構人性……乃至昇華人性。千人千面，人性複雜且不可論證，以我當下的年紀、閱歷、修為次第，實無資格摁著「人性」二字開題，去登壇講法。

那就席地而坐，簡簡單單地給你們講講故事好了。

《三慧經》曰：「善意如電，來即明，去便復冥。」

在我粗淺的認知中，善意是人性中永恆的光明面。

這本書我講了 12 個故事，皆或多或少地與「善意」二字相關，我祈望它們如星光如燭火，去短暫照亮你當下或晦澀或迷茫的人生。

善良是種天賦，而善意是種選擇。

選擇善意，即是選擇幸福。

我寫不出什麼「警世通言」「喻世恒言」，唯願這點燭火能助你面對個體人性中所伏藏的那些善意，並以此點燃那些屬於你自己的幸福故事。

如果你說你當下已經過得很幸福，那我祝你更幸福。

如果你未必是晴朗的，頭頂和眼前是灰濛濛的……
請你相信，這個世界上真的有些人在過著你想要的生活，
來，我把他們的故事說給你聽。
我能做的事有限，文字是隔空伸出的一隻手——乖，摸摸頭。

說幾件文字之外的事吧。

一、關於【台灣讀者見面會】

今年秋季的夜晚，臺北和高雄，會搭建臨時的大冰的小屋，我會飛越海峽去當掌櫃的。
邀請大家來跟我見個面，只要買杯飲料就可以進場，不費心。
來聊聊我的書，聊聊書裡沒寫的故事，也聊聊你的故事。
順便來聽我跟朋友們為你們唱唱歌。
如果咱們玩的開心，明年秋季繼續約，年年秋季年年約。

二、關於【百城百校暢聊會／台灣場】

《乖，摸摸頭》出書時辦了一輪百城百校的校園演講，我走過了幾十座城池，面晤了幾十萬人，幾萬公里的旅程，每個人都握了手。
這次繁體《乖，摸摸頭》出版，不免俗地也去看看臺灣的同學們過得好不好。
想去和你們聊聊生活的美學，聊聊理想和愛情，聊聊人世間美好的東西，以及達成的路徑與可能性。

聽說台灣年輕的朋友們喜歡跑壯遊，跑國外去打工遊學是吧？

咱們一起來個負責任，平衡生活的旅行——
「旅行即生活——既能朝九晚五，又能浪跡天涯」，沒能有演講座位的朋友，請爬上舞臺來盤腿，我們擠一擠。

如果你們樂意，帶酒來，咱們邊喝邊聊。

三、關於【打哭你信不信】

喜歡書就好，沒必要喜歡叔，不要學著內地的年輕讀者的模樣網路上喊著要給我生孩子生猴子生包子，不然打哭你信不信？
別老是讀完我的書後盲目地辭職退學去旅行，一門心思地玩放棄，打哭你信不信？
別老是把我說成「文青」代表，我山東人天天吃大蒜……說我文藝等於罵人，打哭你信不信？
好了說完了，我就是這樣，我還不止這樣。（羞澀地捂臉狂奔）

這本書完稿後，按照慣例，我背起吉他，從北到南，
用一個月的時間挨個兒去探望書中的老友們。
老兵在忙著燒烤，我背後戳了戳他，喊了一聲「老不死的」。
阿明摸著飛鴻的腦袋，靦腆地說：大冰哥，我又寫了一首新歌。
大鵬在拍電影，《煎餅俠》。
我去了包頭，沒見到二寶。
我去了大理，沒遇到昌寶師弟。
我去了西安，坐在「那是麗江」的小舞臺上，撥弄吉他，
唱了一首寫給兜兜的歌。

椰子姑娘惡狠狠地說：大B，如果你敢把我老公扔進太平洋，我就生吃了你！
成子轉山去了，豆兒贈我一隻小小的銀茶碗，亮得像一面小小的鏡子。
妮可不知道我去廣州看過她，我坐在她公司樓下的咖啡座，看著她匆匆地走過，藍色的職業套裝，粉色的坤包，上面墜著一個護身符，藏式的。
午夜的北京，趙雷說：大哥，很久不見了，你過得還好嗎？我說：我過得還行，你呢？他說：也還行，吃得飽了……馬上發新專輯了，叫《吉姆餐廳》。
雜草敏發來一條簡訊：哥，恭喜你，你要當舅舅了。
…………

他們依舊各自修行在自己的江湖裡，從容地生長著。
願他們安好。
他們都是真實存在的人，只不過當下並不在你的生活圈中。
書中他們的故事都是真實的，或許他們的故事也可以是你的故事。

又或許，他們的故事，永遠不應拷貝成你的故事。
知道嗎，有時候你需要親自去撞南牆，別人的經驗與你的人生無關。
同理，我筆下的故事，與你腳下的人生也無關。
自己去嘗試，自己去選擇吧，先嘗試，再選擇。
不要怕，大膽邁出第一步就好，沒必要按著別人的腳印走，
也沒必要跑給別人看，走給自己看就好。
會摔嗎？會的，而且不止摔一次。
會走錯嗎？當然會，一定會，而且不止走錯一次。

那為什麼還要走呢？

因為生命應該用來體驗和發現，到死之前，我們都是需要發育的孩子。
因為嘗試和選擇這四個字，這是年輕的你理所應當的權利。
因為疼痛總比蒼白好，總比遺憾好，總比無病呻吟的平淡是真要好得多的多。
因為對年輕人而言，沒有比認認真真地去「犯錯」更酷更有意義的事情了。

別怕痛和錯，不去經歷這一切，你如何能獲得那份內心豐盈而強大的力量？
喂，若你還算年輕，若身旁這個世界不是你想要的，
你敢不敢沸騰一下血液，可不可以綁緊鞋帶重新上路，
敢不敢勇敢一點面對自己，去尋覓那些能讓自己內心強大的力量？
這個問題留給你自己吧。
願你知行合一。

最後，謝謝你買我的書，並有耐心讀它。
謝謝你們允許我陪著你們長大，也謝謝你們樂意陪著我變老。
我的 Facebook 是：大冰－乖，摸摸頭，拍上一張照片，附上幾句留言，來告訴我你是在哪裡讀的這本書吧——失眠的午夜還是慵懶的午後，火車上還是地鐵上，斜倚的床頭、灑滿陽光的書桌前、異鄉的街頭還是熙攘的機場延誤大廳裡？
不論你年方幾何，我都希望這本書於你而言是一次尋找自我的孤獨旅程，亦是一場發現同類的奇妙過程。
那些曾溫暖過我的，希望亦能溫暖你。
希望讀完這本書的你，能善意地面對這個世界，乃至善意地面對自己。
願你我可以帶著最微薄的行李和最豐盛的自己在世間流浪——
有夢為馬，隨處可棲。

人常說百年修得同船渡，你我書聚一場，仿如共舟，今朝靠岸，就此別過，臨行稽首，於此百拜。
有緣他日江湖再見。

阿彌陀佛噻噻嗟。

國家圖書館出版品預行編目（CIP）資料

乖,摸摸頭 / 大冰著. -- 初版. -- 臺北市：信實文化行銷, 2015.06
面；公分.--（What's story）
ISBN 978-986-5767-58-7（平裝）

857.63　　104002357

What' s Story

乖，摸摸頭

作者　大　冰
總編輯　許汝紘
副總編輯　楊文玄
美術編輯　楊詠棠
行銷企劃　陳威佑
網路行銷　劉文賢
發行　許麗雪
出版　信實文化行銷有限公司
地址　台北市大安區忠孝東路四段 341 號 11 樓之三
電話　（02）2740-3939
傳真　（02）2777-1413
網址　www.whats.com.tw
E-Mail　service@whats.com.tw
Facebook　https://www.facebook.com/whats.com.tw
劃撥帳號　50040687 信實文化行銷有限公司

印刷　皇城廣告印刷事業股份有限公司
地址　新北市中和區永和路 193 號
電話　（02）2246-0548

總經銷　高見文化行銷股份有限公司
地址　新北市樹林區佳園路二段 70-1 號
電話　（02）2668-9005

本書中文簡體原書名：《乖，摸摸头》；作者：大冰。
版權代理：中圖公司版權部。
本書由中南搏集天卷文化傳媒有限公司授權信實文化行銷有限公司於台灣地區獨家出版發行。

2015 年 6 月 初版
定價　新台幣 380 元